糜文開
裴普賢 著

詩經欣賞與研究（四）

三民書局印行

© 詩經欣賞與研究（四）

作　者　糜文開　裴普賢
發行人　劉振强
出版者　三民書局股份有限公司
印刷所　三民書局股份有限公司
地址／臺北市重慶南路一段六十一號
郵撥／〇〇〇九九九八—五號
初　版　中華民國七十三年一月
再　版　中華民國七十七年一月
編　號　S 84005
基本定價　肆元捌角玖分
行政院新聞局登記證局版臺業字第〇二〇〇號
著作權執照臺內著字第二六三一八號

詩經欣賞與研究㈣
編號 S 84005
三民書局

謹以此書獻給

先夫糜先生文開之靈

序——悲或喜的思想與情感

臺靜農

溥言與糜文開先生結褵二十六年，兩人共同研究詩經一書達十九年，合撰「詩經欣賞與研究」印行了三集，不幸文開未及寫第四集，竟與溥言永訣了。溥言為踐宿諾，獨自寫成第四集，其着筆時悲愴的心情是可想像的了。

他們伉儷這一工作，雖然花費了許多時間與心力，却極有意義與貢獻。因為我們這一部最早的詩歌總集，漢以來被經生們汚染得黯然無色，後來學者所能作的，止是訓詁與聲韻而已。即有少數學者比較大膽提出他們通明的看法，不是被漠視，便被看作離經叛道。

本世紀以來，傳統的觀念，已經解體，學者雖不再有所拘限，但是那些詩篇，畢竟是兩三千年前的作品，其作者身分又甚懸殊，有廟堂人物，有民間男女。因之辭彙、聲律、語法等等，並極複雜。至於詩中反映的列國風土與史實，更不易探索。能通過這些問題，才能談到欣賞，而欣賞能達到某種程度，那又要看欣賞者的學養了。

以溥言與文開的學力，從事這一工作，應該是綽有餘裕的了，然而也感到許多困難。溥言說：「往往一字之推敲，徘徊終夜；一句之斟酌，廢寢忘餐。」（四集後記）因為要將極古典的作品，其中的思想與情感，使今人毫無阻隔的體會得來，以至共同感受其悲哀或喜悅。文字訓詁尚可克服，而詩的內在精神由體會而再表現出來，實在是太難了。讀他兩人的今譯，大都生動真切，並且異常矜慎，惟恐歪曲了原作者的意思，音節神韻，雖因古今文字不同，也儘量的保存。

早在五四後，北方學者就試以今語譯詩了，如魏建功兄譯伐檀篇「彼君子兮，不素餐兮」兩句，用道地口語，不免粗魯，當時就引起了不同的看法。衛道者說：褻瀆經典，大不敬；文士們說：雖白話也要雅馴；只有年輕人說：活像責勞力人的口氣。這一故事，距今已大半世紀了。建功昔年在女師學院任教授時，溥言從之治文字聲韻學，是建功得意的學生。建功曾同我說：溥言才有文字學的知識，就借「說文解字詁林」一本一本的讀了，這又是若干年前的事了。溥言今日解詩，能融會前人勝義，通明透徹，自有她的學養的。

關於專題論文，共有二十餘篇，所提出的問題，皆甚重要，如先秦諸子與詩經，就有六篇，以總結算的方法，討論先秦諸子對於詩的解釋與運用，甚至割裂詩篇，遷就己意。這些都值得學人參考的。此外則為關於風土、史實、字法、句法等等，析論皆縝密而平實。我看這些論文附在每集欣賞後，既不合體例，也容易被讀者忽略，似應獨立編成專書，這姑且作為建議如何？

我與溥言都是臺灣大學中國文學系的馬前卒，我們是三十五年秋渡海來臺大的，溥言先我一個月到，也都是魏建功兄承首任校長之託代為邀聘的。那時建功兄與何容兄分任臺灣國語推行委員會正副主任委員。臺灣大學接收不久，規模未具，原藏中文圖書甚多，是早年買自福州「烏氏山房」藁家的，先是分散在各研究室，接收後集中在文學院一大教室裏，堆積塵封，毫無秩序。由溥言與歷史系卜君，共同分類整理，然後始可供人應用。這在現在看來算不了什麼，而在當時却是一件大事，因為能有四部分類知識來整理那麼多中文圖書的，只有這兩位青年助教。

三十多年後的今時，溥言既傷悼亡，遠道傳聞建功兄已不在人世，我從臺大退休也有十二年了，以與溥言交情深，涉筆不免有傷逝之感，溥言或不以為忤罷。

詩經欣賞與研究四集　目次

目次

詩經欣賞

一、干旄

這是描摹一位衞國的貴族，乘車去看他的情人，一路所思之詩。

原詩

孑孑干旄，❶
在浚之郊。❷
素絲紕之，❸
良馬四之。❹
彼姝者子，❺
何以畀之？❻

今譯

揷着高高牛尾旗，
來到浚城郊野地。
旗用素絲連綴起，
駕車的好馬有四匹。
她是那麼嬌又麗，
送她什麼才歡喜？

孑孑干旟，[7]
在浚之都。[8]
素絲紕之，[9]
良馬五之。[10]
彼姝者子，
何以畀之？

孑孑干旌，[11]
在浚之城。
素絲祝之，[12]
良馬六之。[13]
彼姝者子，
何以告之？[14]

鳥隼旗子隨風飄，
浚邑的都城已來到。
旗用素絲縫得牢，
好馬五匹齊奔跑。
她是那麼美又嬌，
送她什麼才算好？

彩羽飄揚在旗杆，
到了浚城城裏邊。
素絲連綴旗翩翩，
好馬六匹一齊趕。
她既美麗又明艷，
對她說什麼才喜歡？

【註釋】❶孑：音結，孑孑：特出貌。干：通杆，旗杆。旄：音毛，犛牛尾。干旄：旗杆上飾以犛牛尾。❷浚：音俊。衞國邑名，在今山東濮縣境。❸素：白色。紕：音皮，聯繫，即縫綴。謂旌旗係以素絲縫綴而成，表示旗子很講究。❹四之：一車四馬，中間兩馬謂之服，左右外側兩馬謂之驂。❺姝：音梳，美色。❻畀：音必，給予。此言愛而欲有以贈之。❼旟：音餘，畫有鳥隼之旗。❽都：城邑。❾組：組織，聯合，即縫綴也。❿五之：與下章之六之，爲押韻而換字，非眞用五馬六馬以駕車也。⓫旌：音精。杆首裝飾五色羽毛之旗。⓬祝：聯屬，縫合。⓭六：音陸，與祝、告爲韻。⓮告：音故，告訴，講說。

【評解】

干旄是鄘風十篇之第九篇，分三章，章六句，句四字，全詩共七十二字。

此詩向來有幾種講法，如詩序云：「干旄，美好善也。衞文公臣子多好善，賢者樂告之以善道也。」朱傳謂：「衞大夫乘此車馬，建此旌旄，以見賢者。」然姚際恆云：「邶風『靜女其姝』，稱女以姝；齊風東方之日亦曰『彼姝者子』，以稱女子。今稱賢者以姝，似覺未安。」近人屈萬里則謂「此蓋美貴婦人之詩。」而王靜芝詩經通釋則曰：「此美衞大夫夫婦出遊之詩。」

然而我們由詩的本文看，可說是一篇很好的情詩。是描寫一位貴族，要去會晤他認識了不久的情人。詩中對這位貴族要去會晤情人的心理，刻劃入微，每章都描寫他車馬裝備之華麗，車上揷着鮮艷的旗子隨風招展，更顯出他的高貴和神氣。他雖然有很多寶物可贈送對方，但卻不知到底送那樣才能討得她的歡心。所以一路想着這個問題，車子也就由郊而都，漸行漸近。及至到達城裏，馬上就要和她見面了，於是又想到一見面該和她說些什麼才能得體而使她高興呢？同時我們也可以由詩文體會出來，這位貴族和他的情人，也許才只見過一兩次面，所以還摸不透她的喜好是什麼，因而特別費心揣摩要送的禮物和要說的話。如此解釋，全詩通暢，毫無滯礙。而對這位貴族心理的描繪，眞是入木三分。這詩對在戀愛中的男女，當會引起共鳴而有「如出我口」之感吧！

【古　韻】

第一章：旄、郊，宵部平聲；

　紕、四、畀，脂部去聲；

第二章：旟、都、組、五、予，魚部上聲；

第三章：旌、城，耕部平聲；

祝、六、告，幽部入聲。

二、揚之水

這是敘寫一個女子水占得吉兆，便秘密前去赴男友婚姻之約的詩。

原詩	今譯
揚之水，	激揚的流水流得快，
白石鑿鑿。❶	鮮明的白石露出來。
素衣朱襮，❷	白色上衣紅色領，
從子于沃。❸	你在曲沃我相從。
既見君子，❹	既已見到我君子，
云何不樂？❺	敎我如何不歡喜？
揚之水，	激揚的流水流不停，

白石皓皓。❻　皓皓的白石好潔淨。
素衣朱繡，❼　白色上衣綉紅領，
從子于鵠。❽　你在鵠地我相從。
既見君子，　既已見到君子面，
云何其憂？　怎麼還會心憂煩？

揚之水，　激揚的流水清見底，
白石粼粼。❾　水清見底露白石。
我聞有命，❿　我聞有命來會你，
不敢以告人。　不敢告訴別人知。

【註　釋】❶鑿：音做ㄗㄨㄛˊ，鑿鑿：鮮明貌。❷素衣：白色上衣。朱：紅色。襮：音博ㄅㄛˊ，領子。❸沃：曲沃，地名。❹君子：本意爲國君之子，擴大而指對貴族男子之尊稱，最後又成對品德高尚者之專稱。詩經中的君子多指有官爵者言，包括天子、諸侯在內，而婦人稱其夫亦用之。❺云何：如何。❻皓皓：潔白貌。❼朱繡：紅色刺繡，亦指領子。❽鵠：音鼓ㄍㄨˇ，亦地名，近曲沃。❾粼：音鄰。粼粼：水清見石之貌。⑩命：邀約之命。

【評解】

揚之水是唐風十二篇的第三篇，分三章，一、二兩章六句，第三章四句。每章第一句爲三字，第三章末句五字，餘均爲四字句，全詩共五十八字。是章、句、字數很不規則的一篇詩。

此詩按詩序云：「揚之水，刺晉昭公也。昭公分國以封沃，沃盛彊，國人將叛而歸沃焉。」鄭箋：「封沃者，封叔父桓叔于沃也。沃：曲沃，晉之邑也。」左傳桓公二年：「惠之二十四年，晉始亂，故封桓叔于曲沃。」朱熹詩集傳從之曰：「晉昭侯封其叔父成師于曲沃，是爲桓叔。其後沃盛強，而晉微弱，國人將叛而歸之，故作此詩。」

查漢儒均以政敎說詩，而毛詩晚出更好附會史事，求勝於三家。清儒崔述謂：「其說乖謬特甚。」（讀風偶識論三家詩。）此詩中因有「從子于沃」句，卽指爲晉昭公封桓叔成師於曲沃之失策。朱子雖云「凡詩之所謂風者，多出於里巷歌謠之作，所謂男女相與詠歌，各言其情者也。」而於這篇言男女之情的民歌，卻仍從序說，跌入歷史政敎的漩渦之中。十五國風中有「揚之水」三篇，一在王風，一在鄭風，一在唐風。非但三篇篇首都是「揚之水」

三字，而且王、鄭二篇首次兩章更皆以「揚之水，不流束薪」，「揚之水，不流束楚」二句開頭。則國風不特流行於本國，亦有流行及於他國者，故其辭能互相抄襲套用也。而各國之民俗尤多相同者，於是日人白川靜在他的詩經研究中，應用民俗學來研讀詩經，用「水占」之說來解釋「揚之水」。他告訴我們，這是古人風俗，把柴束投入溪流中來占卜吉凶，因卜得的預兆有好壞的不同，所以就有欣喜的歌唱和憂愁的申訴兩種詩歌的差異。王風揚之水，是投入溪流中的柴束被水中之石所阻，不能順流而下，則所願難償，就發爲憂愁的歌聲。如果水占的柴束順流而下，未被阻擋，則卜得吉兆，就唱出欣喜的歌聲來。唐風這篇詩，只見水底白石，就是水占吉兆的反映。

我們寫詩經欣賞續集時，尚未見到白川靜之書，所以解王風揚之水時，還只說是東周初年王畿之民遠戍申、甫、許三國，久不得歸，望水感歎之詩。後來普賢爲時報出版公司寫中國歷代經典寶庫的青少年版詩經時，就加入了水占的故事。而這篇唐風的揚之水，也就不從毛序朱傳，而由玩味詩文，解爲一對男女相戀，已私訂終身，但議婚時，女方父親堅不同意，要將她許配別人。而女亦抱柏舟「之死矢靡它」之志，誓不從命。形成雙方僵持局面。母憐其女，以女已滿二十歲，到了可以自主的年齡，就母女商量，試行水占，以卜吉凶。水占得吉兆，女郎就瞞着她的父親，應邀秘密行動，去未婚夫所在地曲沃成婚。所以篇末說：「我聞有命，不敢以告人。」詩中「素衣朱襮」乃女子自述其前赴曲沃時所穿爲紅領子的白衣。

怎麼說女子已滿二十歲，就到了可以自主的年齡呢？原來，我國「父母之命，媒妁之言」的婚俗，是後來形成的，與詩經時代的禮俗，尙有些差別。詩經齊風南山篇只說：「取妻如之何？必告父母。」「取妻如之何？匪媒不得。」「必告父母」是自己找到合意的對象，一定要禀告父母，「匪媒不得」是父母同意了，一定先要請媒人從中說合。到了戰國時孟子弟子萬章就因舜不告而娶，引南山詩來問孟子舜何以不告而娶。孟子答以「告則不得娶。」不娶「則廢人之大倫」，所以從權不告。詩經時代的男女，也有自由戀愛的，所以國風中的情歌很多，孔子也不刪去。到後代的觀念變了，才指稱這許多情歌爲淫詩。但是那時自由戀愛了，仍要禀告父母，並經過媒人的一套手續，才可迎娶爲正式夫妻，有衞風的氓可證。氓篇的男女主角，雖是自由戀愛結合，但結合的經過中，女的就曾說：「匪我愆期，子無良媒。」責怪男方沒有提親的媒人。等到秋天要結婚，仍要先占卜，詩中記載着「爾卜爾筮，體無咎言。」占卜沒有凶兆，雙方才成親。本篇「揚之水，白石粼粼」就是水占得了吉兆，女方才前去曲沃成婚。但爲什麼她要秘密前去呢？那是因爲她的父親沒有同意她的婚事，他知道了要加以攔阻的。那末，這樣說來，她沒有得到父親同意，不就成爲不合法的私奔了嗎？我們的回答是她還是合法的。你看，這在周禮就有合法的條文。

周禮地官媒氏載：「令男三十而娶，女二十而嫁，中春之月，令會男女。於是時也，奔者不禁。」賈疏：「若有父母不娶不嫁之者，自相奔就，亦不禁之。」所以鄘風柏舟之女，可以要求她母親同意她自擇的對象。這篇唐風的揚之水，女兒也可不從父命而奔就曲沃成婚。照周禮說，子女到了男年三十，女年二十而不娶不嫁的，父母還要受罰呢！我們不能一味盲從後來漢宋學者的舊說來解釋詩經，應該就詩經本身的史料參以其他古籍，來探討詩經時代的禮俗，而獲取客觀的眞相才對。

文開同意這篇玩味詩文而採用民俗學的新解。所以我們在這詩經欣賞的第四册也就採用此說，來代毛朱舊解。

普賢曰：本篇欣賞全由文開執筆，對觸及的問題發揮較詳，因讀者對象不同；原詩今譯較爲簡潔，不似普賢所寫青少年版詩經之偏重淺顯。

【古韻】

第一章：鑿、襮、沃、樂，宵部入聲；
第二章：皓、繡、鵠、憂，幽部上聲；
第三章：粼、命、人，眞部平聲。

三、終南

這是秦人贊美他們國君的詩。

原詩	今譯
終南何有？❶	終南山上何所有？
有條有梅。❷	有梅樹呀有山楸。
君子至止，❸	我們君上已來到，
錦衣狐裘。	錦緞衣服狐皮袍。
顏如渥丹，❹	面色光潤似染紅，

其君也哉！　　君儀莊嚴好威風！

終南何有？　　什麼長在南山上？
有紀有堂。⑤　有杞樹呀又有棠。
君子至止，　　我們君上已到來，
黻衣繡裳。⑥　黻衣綉裳好氣派。
佩玉將將，⑦　佩玉鏘鏘聲悅耳，
壽考不忘。⑧　萬壽無疆祝福你。

【註　釋】❶終南：山名，在今陝西西安南，為秦嶺主峯，亦簡稱南山。❷條：木名，即山楸。梅：木名，即枏（楠），乃梅字之本義。結酸果之梅應作「某」。❸君子：指其君。止：語詞。❹渥：音握，厚漬。丹：紅色之粉末。❺紀：讀為杞ㄑㄧˇ，木名。堂：讀為棠，亦木名。均為經義述聞之說。❻黻：音弗ㄈㄨˊ，毛傳：「黑與青謂之黻，五色備謂之繡。」均為古代禮服上之花紋。❼將將：同鏘鏘，形容佩玉聲音。❽忘：通亡，不忘猶不已，長久之意。或解忘之本義，謂秦襄公得周天子之賜，始有周地而為諸侯，故不忘周之恩賜也。亦通。

【評　解】

終南是秦風十篇的第五篇，分兩章，章六句，句四字，全詩共四十八字。周幽王爲犬戎所殺，秦襄公助周平戎，並輔平王東遷洛邑，平王遂封襄公爲諸侯，賜之岐以西之地。（此據史記。朱傳則據鄭玄詩譜云：「能逐犬戎，卽有岐豐之地」。蓋皆終南所在之地也。）從此秦之國勢日強，終於東進而滅列國，掩有天下。牛運震曰：「終南形勢重地，周秦得失，正係於此。」

終南卽秦嶺，是座大山，自西至東，綿亙不絕。此詩以巍峨之終南山，與起秦國君相之威儀，並盛贊其服飾之華貴。

首章末句「其君也哉」表達了秦人對於有如此一位國君的那種興奮喜悅心情；次章末句「壽考不忘」雖係祝福客套，也正是秦人對其君上衷心愛戴和眞誠期望的心意。全詩文字雖淺顯，而情意卻深長。是一篇很好的頌美詩。

【古　韻】

第一章：梅、裘、哉，之部平聲；

第二章：堂、裳、將、忘，陽部平聲。

四、天　保

這是臣下祝福君上的詩。

原　詩

天保定爾，❶
亦孔之固。❷
俾爾單厚，❸
何福不除？❹
俾爾多益，❺
以莫不庶。❻
天保定爾，
俾爾戩穀。❼

今　譯

上天保佑我君王，
國祚穩固又久長。
使你福大祿也厚，
那種福祿不備有？
使你多福又多祿，
種種福祿莫不聚。
上天保佑安定你，
使你有祿有福祉。

罄無不宜，❽
受天百祿。
降爾遐福，❾
維日不足。❿

天保定爾，
以莫不興。⓫
如山如阜，⓬
如岡如陵。⓭
如川之方至，
以莫不增。⓮

吉蠲爲饎，⓯
是用孝享。⓰

有福有祿無不宜，
百祿接受自天帝。
降你大福福連連，
應接不暇忙不完。

上天保佑安定你，
福祿無不都興起。
堆積如山又如阜，
如岡如陵永堅固。
又像大川水洶湧，
越來越盛永不停。

吉日齋戒備酒食，
孝敬祖先來祭祀。

禴祠烝嘗，[17]
于公先王。[18]
君曰：「卜爾，[19]
萬壽無疆。」

神之弔矣，[20]
詒爾多福。[21]
民之質矣，[22]
日用飲食。
群黎百姓，[23]
徧爲爾德。[24]

如月之恆，[25]
如日之升。[26]

四季祭祀不遲疑，
祭祀先王表孝思。
先王說道：「祝福你，
祝你萬壽壽無期。」

神明已經到這裏，
許多幸福送給你。
人民生活安定了，
日用飲食不缺少。
群黎百官人衆多，
普遍接受你恩澤。

似月圓滿無缺欠，
似日升天光燦爛。

如南山之壽，　　壽比南山永存在，
不騫不崩，㉗　　不虧不崩永不壞。
如松柏之茂，　　又如松柏之茂盛，
無不爾或承。㉘　　永不凋零永蒼青。

【註釋】①保：安。爾：汝，指君上。②亦：語詞。孔：甚。③俾：音必，使。單：說文：「大也。」厚：謂福祿厚。④除：備。易萃卦象傳：「君子以除戎器戒不虞。」虞翻注云：「除，脩也。」脩戎器卽備戎器也。說見屈萬里詩經釋義。高本漢則謂除爲儲之同音假借。儲：儲積也。漢石經易萃卦「除」卽作「儲」。⑤多益：益多，謂福祿多。⑥庶：衆。謂以是之故，莫不衆多也。⑦戩：音剪ㄐㄧㄢˇ，福。穀：祿。⑧罄：音慶，盡也。謂無不盡宜。⑨遐：大。⑩此句形容福祿之多，維感接受時日之不足也。⑪興：興盛。謂無不興盛。⑫阜：高平曰陸，大陸曰阜。⑬陵：大阜曰陵。以上二句謂其福祿累積高大而永固。⑭謂福祿淵遠流長，氣勢充沛，無不增盛也。⑮吉：善。蠲：音捐，潔。饎：音斥，酒食。言擇吉日齋戒沐浴以潔身，爲酒食以祭祀。⑯享：獻。祭祀祖先乃對祖先孝敬，故曰孝享。⑰禴：音越，夏祭。祠：春祭。烝：冬祭。嘗：秋祭。⑱祭于先公先王。⑲君：先君。此指代表先君接受祭祀之尸。卜：賜給。爾：你。⑳弔：至。㉑詒：同貽，給予。㉒質：安定。㉓群黎：衆民。百姓：百官。㉔徧：普遍。謂普遍受爾之德。㉕恆：上弦月，漸圓。㉖日初升漸高明。㉗騫：音牽，虧損。崩：倒塌。㉘承：繼承。松柏之屬，新葉既出，舊葉始落，承繼不斷。謂永無凋零之象。

【評　解】

天保是小雅鹿鳴之什的第六篇，分六章，章六句，除第三章第五句及第六章之三句、五句、六句爲五字外，餘均爲四字句，全詩共一百四十八字。

方玉潤對此篇有完美而恰當的評解，玆錄之於下：

全詩以「德」字爲主。

臣之祝君，非但君也，實爲民耳。蓋君之福民，卽民之福君。一人受天地神祇之福，卽天下臣民億萬衆同享天地神祇之福，其所係不綦重歟！故詩又曰：「群黎百姓，徧爲爾德」。是必在上有多福之君，然後在下有受福之民。特民在福中，日用飲食皆君福所庇而不自知其所以然耳。前後雖極言天神降福無所不至，其實以「德徧群黎」一句爲主。夫使君德未徧，天雖有福而不降，神又豈肯受其享哉！是知君福，君自致耳，非民所能祝也。臣以頌君，臣不過盡其心所欲而已，故極其頌禱不爲諛，反覆譬喻而非夸。

文開曰：小雅多帶國風疊詠格調，此篇三、六兩章之連用「如」字句格，始見其獨特有力之活潑豐姿。而三章五「如」與六章四「如」，又各呈其錯落之致，各極其妙矣！

【古韻】

第一章：固、除、庶，魚部去聲；
第二章：穀、祿、足，侯部入聲；
第三章：興、陵、增，蒸部平聲；
第四章：享、嘗、王、疆，陽部平聲；
第五章：福、食、德，之部入聲；
第六章：恆、升、崩、承，蒸部平聲；
　壽、茂，幽部去聲。

五、南有嘉魚

這是一篇燕饗通用的樂歌。

原詩

南有嘉魚，❶

今譯

南方的嘉魚眞好看，

烝然罩罩。❷
君子有酒，❸
嘉賓式燕以樂。❹

南有嘉魚，
烝然汕汕。❺
君子有酒，
嘉賓式燕以衎。❻

南有樛木，❼
甘瓠纍之。❽
君子有酒，
嘉賓式燕綏之。❾

成群游着水中玩。
君子有酒燕賓客，
賓客燕飲共歡樂。

南方的嘉魚好活潑，
成群游着水中樂。
君子有酒燕嘉賓，
嘉賓歡樂共燕飲。

南有樛木彎又彎，
甘瓠纏繞樹枝幹。
君子有酒賓客享，
賓客享呀保安康。

翩翩者鵻，⑩　翩翩飛舞鵓鳩鳥，
烝然來思。⑪　成群的鵓鳩都來到。
君子有酒，　君子有酒燕嘉賓，
嘉賓式燕又思。⑫　嘉賓歡樂勸多飲。

【註釋】①南：南方。嘉：美，或謂魚名。②烝：衆。下同。罩罩：衆魚游水之貌。馬瑞辰說。③君子：指主人。④式：語詞。燕：同宴。⑤汕：音扇，汕汕：魚游水貌，義見說文。⑥衎：音看，樂也。⑦樛：音糾，樹木下曲曰樛。⑧瓠：音戶，胡蘆。甘瓠可食。纍：音雷，繫也。⑨綏：安。⑩翩翩：飛貌。鵻：音椎ㄓㄨㄟ，鵓鳩鳥。⑪思：語詞。下同。⑫又：同侑，勸酒。

【評解】南有嘉魚是小雅南有嘉魚之什的第一篇，分四章，章四句，每章末句六字，餘均四字，全詩共七十二字。

首次兩章均以群魚游在水中歡樂的情形，與起君子燕饗嘉賓，賓主之間感情的融通，正是如魚之得水。

三章以樛木因有甘瓠纏繞，樛木始不至有孤獨之感，而甘瓠依靠樛木，始能攀援而上。

正如賓主之間，至相依附，相得益彰，各成其美。

四章以翩翩飛舞的鵻鳩鳥居然都能群集而來，以興嘉賓之雲集及由於賓主情誼的深厚，相處的歡洽，影響所及，物我一體。

全詩充滿無限溫情和一片太平安樂的氣氛。不愧是一首描寫燕饗的好詩。

【古　韻】

第一章：罩、樂，宵部去聲；

第二章：汕、衎，元部去聲；

第三章：纍、綏，微部平聲；

第四章：來、又，之部平聲。

六、南山有臺

這也是一篇燕饗通用的樂歌。

原詩

南山有臺，❶
北山有萊。❷
樂只君子，❸
邦家之基。
樂只君子，
萬壽無期。❹

南山有桑，
北山有楊。
樂只君子，
邦家之光。
樂只君子，

今譯

南山上面有臺樹，
北山上面有萊樹。
快快樂樂眞君子，
是我國家的基礎。
快快樂樂眞君子，
祝你長壽壽無期。

南山上面有綠桑，
北山上面有白楊。
快快樂樂眞君子，
是我國家大榮光。
快快樂樂眞君子，

德音是茂。❾ 美好的聲譽天下揚。

南山有枸，❿ 南山的枸樹長得高，

北山有楰。⓫ 北山的楰樹也繁茂。

樂只君子， 快快樂樂眞君子，

遐不黃耇？⓬ 怎不長壽人不老？

樂只君子， 快快樂樂眞君子，

保艾爾後。⓭ 佑你後人也安好。

【註　釋】❶臺：通薹，莎草，可製蓑衣。❷萊：草名，嫩葉可食。❸只：語詞。君子：指賓客。❹無期：無盡期。❺德音：聲譽。不已：不止，不盡。❻栲：音考，木名，山樗。❼杻：音紐，亦木名，檍也，葉似杏而尖，白色，皮正赤，其理多曲少直。朱傳之說。❽遐：何也。下同。謂何能不眉壽？❾茂：盛也。❿枸：音舉，木名，正義引陸疏云：「枸樹高大似白楊，有子著枝端，大如指，長數寸，噉之甘美如飴，八月熟，今官園種之，謂之木蜜。」⓫楰：音余，木名，亦名苦楸。⓬黃：黃髮。老人髮白而復黃。耇：音苟，老也。⓭保：安。艾：音愛，養也。後：後人。

【評　解】

南山有臺是小雅南有嘉魚之什的第二篇，分五章，章六句，句四字，全詩共百二十字。儀禮燕禮與鄉飲酒皆歌魚麗、南有嘉魚、南山有臺，故朱傳以此三篇皆燕饗通用之樂歌。這篇雖然是一篇燕饗通用的樂歌，但卻是站在國家的立場而作。詩中多祝福有德有位者之辭。

首章有「邦家之基」，次章有「邦家之光」，三章更有「民之父母」，可見對所燕之賓客倚望之重，稱美備至。進而祝福他萬壽無疆，以多有年月，造福人民，裨益國家。不只在他本身能聲譽遠播，更澤及他的子孫後代。全詩充溢着對賓客的無限敬愛之情。

輔廣評之曰：「後二章言『遐不眉壽』『遐不黃耇』，與首章次章末句相應。『萬壽無期』『萬壽無疆』者，願之之辭也。『遐不眉壽』『遐不黃耇』者，必之之辭也。『德音是茂』言不但不已而已，而又愈益茂盛也。『保艾爾後』則不但爲今日計，而又願其安養其後世子孫也。」

【古　韻】

第一章：臺、萊、基、朝，之部平聲；

第二章：桑、楊、光、疆，陽部平聲；
第三章：杞、李、子、母、子、已，之部上聲；
第四章：栲、杻、壽、茂，幽部上聲；
第五章：枸、楰、耇、後，侯部上聲。

七、蓼蕭

這是一篇天子燕饗諸侯的詩。

原詩	今譯
蓼彼蕭斯，❶	那蕭草長得高又長呀，
零露湑兮。❷	露珠兒落上好清亮呀。
既見君子，❸	既已見到了君子面，
我心寫兮。❹	我的心裏好舒坦呀。
燕笑語兮，❺	有說有笑共歡飲呀，

是以有譽處兮。❻

蓼彼蕭斯，
零露瀼瀼。❼
既見君子，
爲龍爲光。❽
其德不爽，❾
壽考不忘。❿

蓼彼蕭斯，
零露泥泥。⓫
既見君子，
孔燕豈弟。⓬
宜兄宜弟，

說說笑笑好開心呀。

那蕭草長得長又高，
露水滋潤更繁茂。
既已見到了君子面，
無限光榮好喜歡。
德行完美無缺點，
自能長壽永延年。

又高又大的青蒿草，
露水滋潤長得好。
既已見到諸君子，
非常和樂又平易。
和樂平易似兄弟。

令德壽豈。⑬　有德有壽壽無期。

蓼彼蕭斯，　那蕭草高大長得好，
零露濃濃。⑭　露水濃濃更美妙。
既見君子，　既已見到了君子面，
鞗革忡忡。⑮　金飾轡首垂兩邊。
和鸞雝雝，⑯　和鸞響起聲雝雝，
萬福攸同。⑰　萬福一同來聚攏。

【註釋】①蓼：音路，長大貌。蕭：蒿也。斯：語詞。②零：落。湑：音許，露珠清明貌。③君子：指所燕饗之諸侯。④寫：舒暢。⑤燕：燕飲，或釋爲燕樂。⑥譽：通豫，安也。譽處：猶言安樂。⑦瀼：音壤ㄖㄤˇ，瀼瀼：露盛貌。⑧龍：寵也。惠氏九經古義云：「寵，榮名之謂。」屈萬里云：「按：寵、光，皆今語所謂光榮也。」⑨爽：差失。⑩考：老。不忘：不已。⑪泥泥：濡濕貌。⑫孔燕：甚樂。豈：音慨。弟：音替。豈弟：同愷悌，和樂平易也。⑬令德：美德。豈：音慨，樂也。朱傳：「壽豈，壽而且樂也。」⑭濃濃：厚貌，謂露多也。⑮鞗：音條，字應作鋚，轡首之飾，以金屬爲之。革：轡首，以皮爲之。馬瑞辰之說。忡：音沖，忡忡：下垂貌。⑯和鸞：皆鈴也。在軾曰和，在鑣曰鸞。雝雝：聲音和諧。⑰攸：所。同：聚。

【評解】

蓼蕭是小雅南有嘉魚之什的第三篇，分四章，章六句，除第一章末句爲六字外，餘均爲四字句，全詩共九十八字。

這雖是一篇天子燕饗諸侯的詩，但卻有一種親愛精誠，和樂歡愉的氣氛。蕭草受露水之滋潤，更增其光彩；諸侯得到天子的寵渥，更增其榮耀。爲天子者，不以位尊而倨傲，反而以見到諸侯而感到舒暢。爲諸侯者則不以天子之厚愛而稍懈，自當益加恭謹，對天子必竭誠盡忠，處諸侯則友愛和睦，君臣上下和樂融融，如和鸞之和諧，雝雝悅耳，令人欣悅。如此必致萬福聚集而共享太平矣。

方玉潤評之曰：此蓋天子燕諸侯而美之之詞耳。然美中寓戒，而因以勸導之。曰德曰壽，有是德乃有是壽，固也。諸侯之易於失德，則尤在兄弟爭奪之間，與鄰國侵伐之際，故又從令德中特言宜兄宜弟。夫必內有以和其親，然後外有以睦其鄰。諸侯睦而萬國寧，乃眞天子福也。故更曰萬福攸同。是豈徒爲諸侯頌哉！古人立言，各有體裁，以上頌下，當以此種爲得體。

【古韻】

第一章：湑、寫、語、處，魚部上聲；

第二章：瀼、光、爽、忘，陽部平聲；

第三章：泥、弟、弟、豈，脂部上聲；

第四章：濃、忡，中部平聲；

雝、同，東部平聲。

八、湛露

這也是一篇天子燕饗諸侯的詩。

原詩	今譯
湛湛露斯，[1]	白露濃濃水漣漣，
匪陽不晞。[2]	不見陽光不會乾。

厭厭夜飲，❸　　靜靜夜晚共歡燕，
不醉無歸。　　歡燕不醉不分散。

湛湛露斯，　　白露濕濕水濃濃，
在彼豐草。　　滋潤豐草更繁榮。
厭厭夜飲，　　靜夜燕飲恩意重，
在宗載考。❹　　宗室和樂燕禮成。

湛湛露斯，　　濃濃露水撒地遍，
在彼杞棘。❺　　杞棘枝葉都潤沾。
顯允君子，❻　　既誠又信眞君子，
莫不令德。❼　　品德行爲無不善。

其桐其椅，❽　　既有桐樹又有椅，

其實離離。❾　纍纍下垂多果實。
豈弟君子，❿　和樂平易眞君子，
莫不令儀。⓫　君子莫不有令儀。

【註釋】❶湛：音站，湛湛：露盛貌。斯：語詞。❷匪：同非。陽：陽光。晞：音希，乾。❸厭厭：安靜貌。❹宗：宗室。陳奐曰：「王者爲天下之大宗，即爲天下諸侯之宗室也。」載：則。考：成，謂成其禮。姚際恆釋「宗」爲宗廟，謂古朝、聘、享皆于廟，則燕亦在廟也，亦通。❺杞、棘：皆木名。❻朱傳：「顯，明；允，信。」君子：指諸侯。❼令：善。❽桐、椅：皆木名。❾離離：下垂貌。❿豈弟：同愷悌。見蓼蕭篇。⓫儀：威儀。

【評解】

湛露是小雅南有嘉魚之什的第四篇，分四章，章四句，句四字，全詩共六十四字。首兩章寫露在夜降，故夜飲以露爲比。露盛潤澤萬物，非陽光不乾；天子夜燕諸侯，情感歡洽，非至醉不散。且在宗室設宴，更見天子恩意之深重，禮儀之隆盛。後兩章更贊美諸侯有顯允的令德，有愷悌的令儀。故方玉潤評之曰：「夜飲至醉，易於失儀。故必不喪其威儀而後謂之禮成。其威儀之所以醉而不改乎其度者，則非有令德以將之也不可。故醉中可以觀德，尤足以知蘊蓄之有素。況天子夜宴而曰不醉無歸，君恩愈寬，臣心愈謹，乃可免愆尤而昭忠敬，詎可恃寵以失儀乎？詩曰：『莫不令儀，莫不令德』者，蓋美中寓戒耳。外雖美其德容之無不善，意實恐其德容之或有未善，則未免有負君恩而虧臣職，其所係非淺鮮也。」

【古韻】

第一章：晞、歸，微部平聲；
第二章：草、考，幽部上聲；
第三章：棘、德，之部入聲；
第四章：椅、離、儀，歌部平聲。

九、彤弓

這是天子歡燕有功諸侯而賜之弓矢的詩。

原詩

彤弓弨兮，❶
受言藏之。❷
我有嘉賓，❸
中心貺之。❹
鐘鼓既設，❺
一朝饗之。❻
彤弓弨兮，
受言載之。❼
我有嘉賓，
中心喜之。
鐘鼓既設，

今譯

紅色寶弓鬆了弦，
收到藏好妥保管。
今日我有貴賓客，
賓客來到我心悅。
鐘鼓既已設置好，
快快燕饗慶功勞。
紅色寶弓弦鬆開，
載在車上帶回來。
我有嘉賓來饗燕，
我的心裏好喜歡。
鐘鼓既已都齊備，

一朝右之。⑧　　大家多多喝幾杯。

彤弓弨兮，　　紅色寶弓弦鬆弛，

受言櫜之。⑨　　裝進櫜中保護起。

我有嘉賓，　　我有嘉賓來歡飲，

中心好之。⑩　　內心喜悅情意深。

鐘鼓既設，　　鐘鼓樂器已佈陳，

一朝醻之。⑪　　快快酬庸有功人。

【註釋】①彤：音同，朱紅色。弨：音超，放鬆弓弦，蓋賜弓弛而不張。②言：語詞，猶「而」。③嘉賓：指諸侯。④貺：音況，古通作況，善也。馬瑞辰說。⑤天子大饗諸侯用鐘鼓。⑥一朝：一旦，即刻，言其速也。或謂一朝爲同一日，亦通。⑦載：載以歸，亦收藏之義。⑧右：通侑，勸酒。莊公十八年左傳：「晉侯朝王，王饗醴，命之宥。」經義述聞據爾雅釋詁：「酬、酢、侑，報也。」以爲「侑與酬酢同義。」⑨櫜：音高，收藏弓矢等物之囊。此作動詞用，謂收藏於囊中。⑩好：音號，悅之也。⑪醻：同酬，報也。飲酒之禮，主人獻賓，賓酢主人；主人又自酌自飲，而遂酌以飲賓，謂之醻。

【評 解】

彤弓是小雅南有嘉魚之什的第五篇，分三章，章六句，句四字，全詩共七十二字。詩三章意思相同。先述天子對彤弓的寶愛，再述及如此寶愛之弓，只適於賜給有功之人。而這有功之人，是天子眞心欣賞而喜歡者。受此厚賜的諸侯，自當感恩而上報天子矣。所以宋人輔廣評此詩曰：「守之者不重，則得之亦輕；予之而不誠，則其感之也亦淺。畀之而不速，則其視之也亦玩而不以爲恩也。然其所以重，所以誠，所以速者，非懼其得之輕，感之淺，視之玩也，盡吾之理而已。」

【古 韻】

第一章：藏、貺、饗，陽部平聲；

第二章：載、喜、右，之部去聲；

第三章：櫜、好、醻，幽部平聲。

一〇、小弁

這是爲人子者，不得於父母而憂讒畏禍所作的詩。

原詩	今譯
弁彼鸒斯，❶	那小鳥拍着翅膀飛，
歸飛提提。❷	一群一群都飛回。
民莫不穀，❸	人家沒有不美滿，
我獨于罹。❹	只有我在受苦難。
何辜于天？❺	什麼過錯惱着天？
我罪伊何？❻	什麼罪過我觸犯？
心之憂矣，	我的心裏好憂煩，
云如之何？❼	到底應該怎麼辦？

踧踧周道，⑧
鞫爲茂草。⑨
我心憂傷，
惄焉如擣。⑩
假寐永歎，⑪
維憂用老。⑫
心之憂矣，
疢如疾首。⑬
維桑與梓，⑭
必恭敬止。⑮
靡瞻匪父，⑯
靡依匪母。⑰
不屬于毛？⑱

平坦的大道平又寬，
茂盛的野草長得滿。
我的心裏好憂傷，
憂傷難忍似擊撞。
和衣而臥長聲歎，
憂能傷人成老年。
心裏憂愁又煩躁，
就像頭痛痛難熬。
種了桑樹和梓樹，
看到必然表敬慕。
無人不敬他嚴父，
無人不戀他慈母。
毛髮豈不相連繫？

維足伎伎。㉘
雉之朝雊，㉙
尚求其雌。㉚
譬彼壞木，㉛
疾用無枝。㉜
心之憂矣，
寧莫之知！㉝
相彼投兎，㉞
尚或先之；㉟
行有死人，㊱
尚或墐之。㊲
君子秉心，㊳
維其忍之！㊴

四脚都不落地。
雄雉早起就鳴叫，
尚且去把雌雉找。
像那枯萎的樹木，
傷殘無枝好孤獨。
我的心裏多憂戚，
竟然沒有他人知！
看那兎子投入網，
都還有人把牠放；
路上行人死掉了，
人家也會去埋葬。
君子用心費疑猜，
竟然忍心施殘害！

一〇、小弁

心之憂矣，
涕既隕之。㊵
君子信讒，㊶
如或醻之。㊷
君子不惠，㊸
不舒究之。㊹
伐木掎矣，㊺
析薪扡矣。㊻
舍彼有罪，㊼
予之佗矣。㊽
莫高匪山，㊾
莫浚匪泉。㊿

心裏憂戚又悲哀，
眼淚鼻涕落下來。
君子也愛信讒言，
就像接受敬酒般。
君子既已不愛護，
不肯細細查清楚。
伐木使倒一邊拉，
析薪順理去砍它。
有罪之人給放過，
卻要我來背黑鍋。
沒有高丘不是山，
沒有深水不是泉。

君子無易由言，51　君子切莫輕發言；
耳屬于垣。52　牆外有耳會聽見。
無逝我梁，53　不要動我堵魚壩，
無發我笱；54　不要開我捕魚簍；
我躬不閱，55　我自身已經不收留，
遑恤我後！56　那兒管得我走後！

【註釋】1弁：音盤，鳥飛拍翼之貌。鸒：音玉，鳥名。鴉烏也，似烏而小，腹下白，好成羣。斯：語詞。2歸飛：飛回來。提提：羣飛貌。3穀：善。4于：語詞。罹：憂患。5辜：罪。6伊：是。7云：語詞。如之何：如何才好。8踧：音敵ㄉㄧˊ，踧踧：平易貌。周道：大道。9鞫：音菊ㄐㄩˊ，盈滿。鞫為茂草：荒蕪之象。10惄：音溺ㄋㄧˋ，饑意。謂憂思之甚，如饑餓之難忍。擣：音義同搗，搗擊。11假寐：和衣而臥。永歎：長歎。12用：以。此句謂因憂而老。13疢：音趁ㄔㄣˋ，熱病。疾首：頭痛。謂如患頭痛之熱病。14桑、梓：舊五代史王建立曰：「桑以養生（育蠶），梓以送死（為棺）」此桑梓必恭之義。梓：音子。15止：語詞。16靡：無。瞻：敬仰。此句謂「未有不敬仰父母者。」17依：偎依。此句謂「未有不依偎母親者。」18屬：音主，連屬。此句謂「我與父母豈不毛髮相連？」19罹：麗，附着。裏：讀為理，腠理，卽肌肉。此句謂「我與父母肌肉豈不相附麗？」卽所謂「身體髮膚，受之父母」，己與父母若相連屬附麗者，何竟不爲父母所愛耶？⑳辰：時。謂良時。以上二句自傷生不逢時也。㉑菀：音玉，茂盛貌。斯：語詞。㉒蜩：音條，蟬。嘒：音慧，嘒嘒：鳴聲。㉓漼：音璀ㄘㄨㄟˇ，深貌。有漼：漼然。㉔萑：音環，萑葦卽蒹葭、蘆荻。淠：音譬ㄆㄧˋ，淠淠：茂盛貌。㉕屆：至。㉖此句謂連假寐亦無暇。非無時間，而是無此情緒。㉗斯：語詞。㉘伎：音祈ㄑㄧˊ，一作跂，與企通用，翹足之貌，奔走之狀也。㉙雉：音至，野雞。雊：音够，雄雉之鳴。㉚以上四句謂鹿奔求其羣，雉鳴求其雌，喻人不可孤立也。㉛壞木：枯萎之樹。㉜疾：傷病。用：以，因。以其有疾，故而無枝，顯其孤特之狀。㉝寧：乃。此句謂竟不爲人所知。㉞相：視。投：掩，謂以網掩取。㉟先：開。先之：開脫之。㊱行：道路。㊲墐：音僅，埋。㊳君子：指父母。下同。秉：持。㊴忍之：殘忍。㊵隕：音允ㄩㄣˇ，落。㊶讒：讒害之言。㊷醻：同酬，謂醻酒進客。醻酒必受，言其父母聞讒必信。㊸惠：愛。㊹舒：緩。究：察。謂君子聞讒言不肯舒緩細究其實情。㊺掎：音幾ㄐㄧˇ，往一邊牽拉使倒。㊻析薪：劈柴。扡：音拖，隨木之紋理。以上二句謂凡事必依正理而爲之。㊼舍：捨。㊽佗：音駝ㄊㄨㄛˊ，負荷。㊾匪：同非。下同。謂山莫不高。㊿浚：深。謂泉莫不深。以上二句以喻父母之恩莫不深厚。(51)謂君子勿輕易出言。(52)屬：音主，連。垣：牆。耳屬于垣謂竊聽。以上二句謂我雖被棄遠行，猶望父母謹於發言，以免被人竊聽而受害。可謂敦厚之至。(53)逝：往。梁：魚梁，卽堵魚壩。(54)發：打開。笱：音苟ㄍㄡˇ，以竹爲器而承梁之空以取魚之具。(55)躬：本身。閱：容納。(56)遑：暇。

怞：憂。

【評解】

小弁是小雅節南山之什的第七篇，分八章，章八句。除末章第三句爲五字外，餘均爲四字句。全詩共二百五十八字。

此詩毛傳以爲幽王廢太子宜臼而咏者，詩序以爲太子之傅作，而朱傳以爲宜臼自作。魯、齊詩又皆認係尹吉甫之子伯奇所作：

魯說曰：「小弁，伯奇之詩也。伯奇仁人而父虐之，故作小弁之詩。」

齊說曰：「讒邪交亂，貞良被害，自古而然。故伯奇放流，孟子宮刑，申生雉經，屈原赴湘。小弁之詩作，離騷之詞興」又曰：「尹氏伯奇，父子生離，無罪被辜，長舌所爲。」

然由詩文考之，皆未見其必然。屈萬里詩經釋義云：「孟子論此詩，大意謂不得於其父母者所作，而不坐實其人。」其說較客觀，玆從之。

首章以彼鵶烏尚可群飛而歸巢，而此詩人卻被遺棄不得歸家。眼看別人都過着美滿的家庭生活，而自己卻不知犯了何罪，竟遭受如此之災難。

次章以平坦的大道，卻長滿了雜草；如同自己本是平靜的心境，如今卻充滿了憂傷之情。以致內心如被搗擊般痛苦，如頭痛般難當。只有假寐長歎而憂老矣。

三章充滿對父母的無限孺慕之情，而己之所以有如此不幸之遭遇，只怪生不逢辰也。

四章寫柳樹鳴蟬，水生蘆葦，自然景物，各得其所，各遂其生。唯我周流漂盪，無所歸處。內心之憂煩，雖想假寐，亦不成眠。「不遑假寐」較前章之「假寐永歎」更進一層。

五章寫性喜合群的鹿兒奔馳求友，雉雞也鳴叫着呼伴求侶。而人卻孤獨無依。更苦的是無人知道自己內心的這種憂愁情緒。四、五兩章都以物與己對比，以明己之不如物也。

六章以野兎被捕，尙有人憐而脫之；路有死人，也有人憐而埋之。是惻隱之心，人皆有之。然而自己的父母卻如此忍心，竟然遺棄親生骨肉，怎不令詩人傷心落淚！

七章以伐木、析薪有其一定之道理，而父母因信讒言，致不依理行事，那有罪者被赦免，我之無罪者卻遭殃。暗含無限怨情。

八章言己雖被放逐，然父母之恩如山高水深。如今我雖被放逐離去，仍望父母今後莫輕易發言，以免爲小人利用而受害。我走後希望不要動我的魚梁，不要開我的魚簍。但又一回想，自身已不被收容，那還管得了我走後的東西！那已經不是屬於我的了。總是一片癡戀敦厚之情，不能自已！

元人許謙評之曰：「總言怨慕之意，篇內五『心之憂矣』。一曰『云如之何』，其詞尚緩；二曰『疢如疾首』，則切於身矣；三曰『不遑假寐』，則晝夜無有休止；四曰『寧莫之知』，則無所告訴，而倉卒急迫，故終之以涕隕也。」

清人牛運震亦曰：「怨勝於慕，憂深於怨。幽苦沉鬱，終不失爲篤厚。」

文開曰：「孟子告子下篇載弟子公孫丑引高叟評小雅小弁爲小人之詩，以質疑於孟子。孟子因告以：『小弁之怨，爲親親之仁，非小人之詩。』公孫丑就再問邶風凱風篇，何以不怨？孟子答以：『凱風，親之過小者；小弁，親之過大者。』並以說明孝子之道，孟子之意，親有小過，做子女的不致於怨痛。不像小弁詩親有大過，做子女的不得不有所怨痛。兩詩都得性情之正，所以都是好詩。孔子論詩主張感情的中和，要得中庸之道，才可與觀群怨，事父事君。孟子論小弁凱風，便是繼承孔子詩論，把握原則加以說明的實例。」

【古韻】

第一章：斯、提，佳（支）部平聲；

罹、何、何，歌部平聲；

第二章：道、草、擣、老、首，幽部上聲；

第三章：梓、止、母、裏、在，之部上聲；

第四章：嘒、淠、屆、寐，微部去聲；

第五章：伎、雌、枝、知，佳（支）部平聲；

第六章：先、墐、忍、隕，文部去聲；

第七章：醻、究，幽部平聲；

　　　　　掎、扡、佗，歌部上聲；

第八章：山、泉、言、垣，元部平聲；

笱、後，侯部上聲。

二、蝃　蝀

衞宣公爲太子伋娶齊女，於河上築新臺迎之，據爲己妻，是爲宣姜。衞人作新臺篇刺之。此乃詩人同情宣姜的遭遇，代她答新臺之事，以申其委屈之詩。

原詩

蝃蝀在東，❶
莫之敢指。❷
女子有行，❸
遠父母兄弟。

朝隮于西，❹
崇朝其雨。❺
女子有行，
遠兄弟父母。

乃如之人也，❻
懷昏姻也！

今譯

彩虹出現在東天，
無人敢伸手去指點。
女子出門嫁外地，
遠離了父母和兄弟。

朝見彩虹西天升，
一早晨下雨下不停。
女子出門嫁丈夫，
遠離了兄弟和父母。

想不到竟有這樣的人啊，
原來有意要騙婚啊！

大無信也，❼　實在太不講信用啊；

不知命也？❽　難道不知有父母之命啊？

（或：竟不知名分有一定啊？）

【註釋】❶蝃蝀：音帝東，（魯詩蝃作螮，音同。）虹也。虹之映現，朝西而暮東。❷古代相傳虹為天地之淫氣，不可用手指之，指則獲禍。❸行：女子出嫁曰行。❹隮：音躋ㄐㄧ，升也。此謂虹忽然出現，如自下而升。見周禮眡祲鄭注。❺崇：終。自旦至食時為終朝。言朝雨而西虹見，則終朝雨不止。暮虹見則雨止。諺云：「東虹唿嚕西虹雨」，即此意。❻乃如：轉語詞。之人：是人，這個人，此為鄙視其人之語。❼大：讀為太。此句責其太無信用。❽命：指父母之命。責其難道不知雙方婚姻，都應遵守父母之命，今何竟成此違命之舉？文開曰：命與名通。廣雅釋詁三：「命，名也。」此言宣公竟不知與其有翁媳的名分在啊！亦通。

【評　解】

蝃蝀是鄘風十篇的第七篇，共三章，章四句。一、二兩章第四句，三章第一句，皆五字，餘均四字句，全詩共五十一字。

毛詩序：「蝃蝀，止奔也。衛文公能以道化其民，淫奔之恥，國人不齒也。」韓詩序：

「刺奔女也。」朱傳亦以爲「刺淫奔之詩。」明何楷詩經世本古義因詩中有「大無信」「不知命」之句，斷爲刺衞宣公奪太子伋婦事。淸方玉潤詩經原始亦曰：「此詩舍卻宣姜，別無他解，蓋與新臺相爲唱答。」此乃「代衞宣姜答新臺也。」今人馬持盈詩經今註今譯、王靜芝詩經通釋，均從之。馬氏云：「這是衞人刺宣公以暴力強奪其子伋之妻，宣姜以弱女子不敢反抗，致成此醜事。宣公年老醜陋，宣姜年輕貌美，根本不稱。宣姜實不欲嫁之，但無力反抗耳。衞人借宣姜的口氣刺宣公，宣姜無過，而宣公之淫亂益顯。」王氏云：「諦審此詩，初以蝃蝀之莫之敢指起，似有所畏也。次以朝虹隮于西，終朝其雨承之，似含天實爲之，莫之能改之意，而此二語皆冠女子出嫁之上，其女子之所嫁，似有所畏，有不得不然者，可以見之。三章之『乃如之人也，大無信也。』更見其怨意。方玉潤以爲是詩人之詩，爲宣姜之義，代答新臺之詠，辯弱女之受強力，非其過也。但未敢遽定。愚意以爲此說最爲近似，極爲可取。」

此詩一、二兩章比，三章賦。比者，以虹比衞宣公之暴淫，人莫敢指責，更似朝虹之驟雨爲患。一個女子的出嫁，遠離了父母兄弟，失卻保障，只有任人擺佈的分了。三章直賦其事，中言竟有這樣惡劣之人，對自己兒婦強行婚配，眞是太沒有信用了。不知雙方的父母之命到那兒去了？（或，竟不知名分是有一定，而不能亂倫耶？）

近人解新臺詩有謂係詠一般憑媒說合的婚姻騙局者，卽成婚時才發覺新郎或新娘容貌與媒人所說的大相逕庭。等於說好是白貓，打開布袋一看，卻是黑貓者。惟新臺所詠與宣公據子婦爲妻事極符合，且有水經注等書爲證，故仍多採詩序之說。屈萬里詩經釋義亦然。而於蝃蝀篇則曰：「此蓋既嫁之女而拒其他求婚者之詩。」並釋「大無信也」句云：「由此語證之，似此人昔曾約婚而未實踐其言者。」其說嫌牽強。

王靜芝曰：「愚意以爲：以蝃蝀象宣公，則全篇暢達無阻。詩序每多強牽某詩入某事，而此篇反以爲泛詠止奔之義。愚見素以爲不可強爲詩編故事，而於此詩則確認其合於宣公之事者無他，祇緣能通與不能通耳。若不能通，雖云確指某事，而不敢信；若能通，雖未言指某事，而可引入某事。一切但求合理，不必囿於舊說也。」

方玉潤評此詩曰：「天地淫邪之氣，忽雨忽晴，東西無定，以比宣公，可謂巧譬而喻。」

牛運震詩志曰：「崇朝其雨，猶言其雨崇朝也。倒句法。」末章「硬排四『也』字句，老橫之極。」

這裏順便一談韓愈的古文與詩經的關係，三百篇中，以語詞兮、之、矣等字爲句末者，則其用韻常在語詞的上一字。例如周南螽斯篇：「螽斯羽，詵詵兮；宜爾子孫振振兮。」兩「兮」字非韻，乃以詵、振爲韻。關雎篇：「參差荇菜，左右流之；窈窕淑女，寤寐求之。」兩「之」字非韻，乃以流、求爲韻。卷耳篇：「陟彼砠矣，我馬瘏矣；我僕痡矣！云何吁矣！」四「矣」字非韻，而以砠、瘏、痡、吁爲韻。也字亦然。本篇：「乃如之人也，懷昏姻也。大無信也，不知命也。」乃每句用韻式，以人、姻、信、命爲韻。邶風柏舟：「我心匪石，不可轉也；我心匪席，不可卷也。威儀棣棣，不可選也。」乃兩句一韻式，以轉、卷、選爲韻。唐朝韓愈是文起八代之衰的古文家，他做古文，主張從經史諸子中學習變化出來，韻文的詩經也不例外。晚唐李商隱在韓碑詩中，就說他係：「點竄堯典舜典字，塗改清廟生民詩。」宋人陳師道評他的「平淮西碑」也說是「敍如書銘如詩」。韓愈學習詩書，並不全用詩書中文辭，例如：「魏博節度觀察使沂國公先廟碑銘」，就自述是學的史克作魯頌詩篇的精神，卻未直接用其詩句或句法。他直接用詩經句法的，可舉潮州祭神文五首中第二篇祭大湖神文爲例：其末段結句「神其尚饗」前十句，完全是詩經兩句一「也」，也上用韻式：「充上之須，脫刑辟也。選牲爲酒，報靈德也。吹擊管鼓，侑香潔也。拜庭跪坐，如法式也。不信當治，疾殃殛也。」而且從文首四句「維年月日，潮州刺史韓愈，謹以

第三章：人、姻、信、命，眞部平聲。

一二、揚之水

兄弟二人被人離間而失和，爲兄者作詩以勸之。

原詩	今譯
揚之水，❶	激揚的水勢雖奔騰，
不流束楚。❷	一束楚木投下卻流不動。
終鮮兄弟，❸	既已少兄又少弟，
維予與女。❹	親人只有我和你。
無信人之言，	不要相信他人言，
人實迋女。❺	他人之言把你騙。
揚之水，	激揚的水勢雖奔騰，

不流束薪。	一束柴薪投下卻流不動。
終鮮兄弟，	既已少兄又少弟，
維予二人。	親人只有我和你。
無信人之言，	不要相信別人的話，
人實不信。	別人說話都虛假。

【註釋】❶揚：激揚。❷楚：木名。❸終：既。鮮：音險，少也。❹女：同汝。❺迋：音狂，同誑，欺騙。

【評解】

揚之水是鄭風廿一篇的第十八篇，分兩章，章六句，每章首句三字，第五句五字，其餘每句均四字，全詩共四十八字。

第一章以「揚之水，不流束楚」起興，二章以「揚之水，不流束薪」起興，意思是雖然別人在從中挑撥離間，但他們兄弟的關係、感情，卻不會因之有所改變，有所動搖。就像那激揚的水勢，雖然奔騰澎湃，卻流不去一束柴薪。因爲柴薪捆作一束，不似分散爲單根那麼容易被冲走。而兄弟的關係是天生的，是無法改變的；兄弟的感情是親密的，是無法冲淡的，不是別人可以離間的。更何況別人的話都是誑騙不實的呢！

詩序云：「揚之水，閔無臣也。君子閔忽之無忠臣良士，終以死亡，而作是詩也。」而朱熹則曰：「此男女要結之詞。」解此詩爲兄弟爲人所間而作，始自王質。詩序、朱熹之說，今人均不取。

國風有三篇揚之水，兩篇柏舟，其首句均相同。蓋民間歌謠，多有互相套用歌詞者，而檢他人現成首句以爲自己首句者尤多。此篇兩章首次兩句都套用王風揚之水者。惟王風唐風兩揚之水乃民俗「水占」之表現。此篇非直接水占之詩，似套用王風之句起興，而另賦以兄弟應團結之義；或係見水中他人水占所留水中流不下去的束薪，因以喻兄弟團結者。方玉潤詩經原始於駁難詩序及朱傳後卽曰：「此詩不過兄弟相疑，始因讒間，繼乃悔悟，不覺愈加親愛，遂相勸勉以爲根本之間，不可自殘。又況骨肉無多，維予與女，何堪再離？女豈謂人言可信哉？他人雖親，難勝骨肉；人實迋女，以遂其私而已矣。愼無信他人之言而致疑於骨肉間也。語雖尋常，義實深遠。而牛運震之感受卻是：「苦口危詞，瀝肝之言，淒痛難讀。」

【古韻】

第一章：楚、女、女，魚部上聲；

第二章：薪、人、信，眞部平聲。

一三、杕杜

這是丈夫遠戍，逾期不歸，描寫其妻思念之情的詩。

原詩	今譯
有杕之杜，	赤棠孤獨而特立，
有睆其實。❶	樹上結實掛滿枝。
王事靡盬，❷	爲王服役無停息，
繼嗣我日。❸	繼續一日又一日。
日月陽止，❹	時令已經十月天啦。
女心傷止，	妻子心裏好傷感呀，
征夫遑止。❺	出征的丈夫該空閒啦。

有杕之杜，
其葉萋萋。
王事靡盬，
我心傷悲。
卉木萋止，
女心悲止，
征夫歸止。

陟彼北山，
言采其杞。[6]
王事靡盬，
憂我父母。
檀車幝幝，[7]
四牡痯痯，[8]

赤棠孤立而伶仃，
葉子長得很茂盛。
爲王服役無休止，
敎我心裏好悲悽。
草木花卉茂盛長，
妻子心裏好悲傷呀，
只盼丈夫快回鄉呀。

登上那座北山坡，
爲把枸杞來採摘。
爲王服役忙不停，
使我父母憂忡忡。
檀木車子已破爛，
四匹公馬疲不堪，

征夫不遠。　　征夫離家該不遠。

匪載匪來，⑨　　不乘車兒回不來，
憂心孔疚。⑩　　憂心煎熬成病災。
斯逝不至，⑪　　歸期已過人不到，
而多為恤。⑫　　憂心忡忡好煩惱。
卜筮偕止，⑬　　既卜且筮兩求問，
會言近止，⑭　　都說離家已很近，
征夫邇止。⑮　　征夫馬上就到臨。

【註釋】①睆：音緩ㄏㄨㄢˇ，結實，有睆即睆然，結實的樣子。釋文作皖。②王事：周王之事，即周朝公家的事。靡：無。盬：音古，停息。③嗣：續。謂繼續我服役出征之日。④陽：陽月，指十月。止：語詞。⑤遑：空暇。⑥言：語詞。杞：枸杞。⑦檀：木名，檀木堅固，車輪以檀木製成，故車輛皆可稱檀車。幝：音闡ㄔㄢˇ。幝幝：破敝貌。屈萬里疑幝幝與嘽嘽同義，乃摹聲詞。說見其詩經釋義四牡篇註。⑧痯：音管。痯痯：疲憊貌。⑨載：乘車。⑩孔：甚。疚：病。⑪逝：往。言歸期已過，而征夫不至。⑫

而：乃。恤：憂。⑬偕：俱。謂卜與筮皆曾求問過。⑭會：會合，指卜與筮。近：謂距家已近。⑮邇：近。

【評解】

杕杜是小雅鹿鳴之什的第九篇，朱傳同。分四章，章七句，句四字，全詩共一百十二字。四章疊詠，惟三，四章略予變化，以免呆板。三章換頭，而第三句仍爲「王事靡盬」；第四章再換頭，而末三句仍一律用止字爲句尾。蓋爲受唐風杕杜、有杕之杜影響之作。此詩「有杕之杜，其葉萋萋」，猶唐風之「有杕之杜，其葉菁菁」也。而其憂思之風格亦全同。故毛傳將此與唐風兩篇，全標爲興詩。朱傳改有杕之杜兩章爲比，改此詩四章爲賦。姚際恆仍改有杕之杜爲興，而此詩僅三、四兩章之換頭者從朱傳標賦，其一、二兩章亦仍從毛傳標興。

詩序：「杕杜，勞還役也。」鄭箋：「役，戍役也。」此承采薇序：「歌采薇以遣之，出車以勞還，杕杜以勤歸。」而來。但我們體味全詩所詠，只是閨中婦人思念其遠戍之夫之辭，絲毫不見慰勞其歸人之意。朱子雖主體味詩意而廢序，然集傳對此詩卻代圓其說曰：「此勞還役之詩，故追述其未還之時，室家感於時物之變而思之。」姚際恆詩經通論才直捷了當地說：「此室家思其夫歸之詩。小序謂『勞還役』，非。勞之而代其妻思夫，豈不甚迂乎！」今從之。

方玉潤詩經原始詳析之云：「此詩本室家思其夫歸而未卽歸之詞。故始則曰：『征夫遑止』（一章）言可以暇矣，曷爲而不歸哉？繼則曰：『征夫歸止』（二章），言計其歸期，實可歸也。旣又曰：『征夫不遠』，（三章）言雖未歸，其不遠矣。終則曰：『征夫邇止』（四章）言歸程甚邇，豈尚誑耶？始終望歸而未遽歸。故作此猜疑無定之詞耳。然期望雖殷，而終以王事爲重，不敢以私情廢公義也。此詩人識見之大，詎得以尋常兒女情視之耶？」方氏又作眉批評此詩云：「四章落筆均望征夫之歸，而各極其變。」「思而不歸，則代憂其父母。且慮及車馬疲敝，深情無限。」「再期不至，卜筮兼詢，情切可知。蓋事愈瑣而心愈迫矣。」

輔廣詩童子問曰：「『征夫不遠』，料想之辭也。『征夫邇止』，決定之辭也。歸期近而思愈切者，人情也。『期逝不至』，然後『憂傷孔疚』焉。行者過期而不至，則居者之憂百端矣。」

姚際恆通論謹評「征夫不遠」句曰：「想像甚妙」！其實「征夫遑止」，「征夫歸止」，

「征夫邇止」，均爲想像之辭。此詩之妙卽在此每章之末句，征夫之妻思夫甚切，望穿秋水，特以此自慰耳。

【古　韻】

第一章：實、日，脂部入聲；

陽、傷、遑，陽部平聲；

第二章：萋、悲、萋、悲、歸，微部平聲；

第三章：杞、母，之部上聲；

幝、痯、遠，元部上聲；

第四章：載、來、疚，之部去聲；

至、恤、偕、邇，脂部去聲。

一四、杕　杜

這是失去兄弟親情者自傷的詩。

原詩

有杕之杜，❶
其葉湑湑。❷
獨行踽踽，❸
豈無他人？
不如我同父。
嗟行之人，❹
胡不比焉？❺
人無兄弟，
胡不佽焉？❻

有杕之杜，
其葉菁菁。❼

今譯

孤獨特立的赤棠樹，
長得茂盛葉扶疏。
我孤單踽踽獨自行，
豈無他人相伴從？
只是不如我同父生。
可歎路上的行人啊，
爲什麼不來親近呀？
人已失去了兄弟，
爲什麼不肯助一臂？

赤棠孤獨而特立，
葉子長得很茂密。

獨行睘睘。❽　　我孤單煢煢獨自行，
豈無他人？　　豈無他人相伴從？
不如我同姓。　　只是不如我同姓。
嗟行之人，　　可歎路上的行人啊，
胡不比焉？　　為什麼不來親近呀？
人無兄弟，　　人已失去了兄弟，
胡不佽焉？　　為什麼不肯助一臂？

【註釋】❶杕：音地，孤特。有杕，杕然。孤獨特立貌。杜：木名，即赤棠樹。❷湑：音胥，又讀上聲ㄒㄩˇ，朱傳：「湑湑，盛貌。」❸踽：音舉ㄐㄩˇ，踽踽：無所親之貌。❹行之人：行路之人。❺比：音必，親也。❻佽：音次，幫助。❼菁：音精，菁菁：茂盛貌。❽睘：音瓊，睘睘：無所依貌。一本作煢煢，義同。

【評解】
杕杜是唐風十二篇的第六篇。分兩章，章九句。除各章第五句為五字外，餘均四字句，全詩共七十四字。兩章疊詠，而章末四句且相同。章末相同之句，顧炎武稱之為章餘。即民歌衆人合唱之和聲部分。

詩序云：「杕杜，刺時也。君不能親其宗族，骨肉離散，獨居無兄弟，將爲沃所并爾。」詩序好附會史事，強合爲刺時之說。曲沃爲晉之同姓，而詩言「不如我同姓」，則序義自不能成立。故朱子集傳改爲：「此無兄弟者自傷其孤特，而求助於人之辭。」姚際恆通論則謂集傳亦謬。他說：「此詩之意，似不得于兄弟而終望兄弟比助之辭。言我獨行無偶，豈無他人可共行乎？然終不如我兄弟也。……『不如我同父』，明是有兄弟人口氣，乃曰『無兄弟者自傷其孤特』，並謬。」今從之。蓋此詩兩章，皆以「有杕之杜」二句起興，第三句至第五句述其事，而後四句則反復咏嘆之，爲民歌典型方式也。

牛運震詩志評曰：「至性語悲甚！厚甚！『嗟行之人』四語，反復之以明他人之不如同父也。朱傳以爲求助於人，失之。」

姚際恆通論評曰：「『行之人』卽上『他人』，以見他人莫如我兄弟也。卽棠棣『凡今之人，莫如兄弟』之意。『嗟行之人』以下意貫至末；兩『胡不』，反問之詞，猶云行人胡不比我佽我耳。『人無兄弟』一句，是夾入成章者，不重，亦不必泥。」

【古韻】

第一章：杜、湑、踽、父，魚部上聲；

比、佽，脂部去聲；

第二章：菁、睘、姓，耕部平聲；

比、佽，脂部去聲。

一五、有杕之杜

這是好與賢人爲友者自感孤獨，切盼有君子過從之詩。

原詩	今譯
有杕之杜，	孤獨特立的赤棠，
生于道左。	長在道路的左方。
彼君子兮，	那位仁人君子啊，
噬肯適我？❶	首肯枉駕到我家？

中心好之，❷　　我衷心仰慕喜愛他，
曷飲食之？❸　　何時可以飲食招待他？

有杕之杜，　　孤獨特立的赤棠，
生於道周。❹　　長在道路的右方。
彼君子兮，　　那位仁人君子啊，
逝肯來遊？❺　　首肯枉駕遊我家？
中心好之，　　我衷心仰慕喜愛他，
曷飲食之？　　何時可以飲食招待他？

【註釋】❶噬：音逝，韓詩即作逝。發語詞。適：往。噬肯適我，言肯來我家也。❷好：去聲，作動詞愛好講。❸曷：何時。❹道周：道右，釋文引韓詩說。❺逝：或作噬。

【評解】

有杕之杜是唐風十二篇的第一篇。分兩章，章六句，句四字。全詩共四十八字。其形式與第六篇杕杜同，但起興、述事、章餘均只兩句。朱傳以此詩有比意，改毛傳之興，兩章均爲比。姚際恆詩經通論仍標興。蓋興體原多比意也。

詩序：「有杕之杜，刺晉武公也。武公寡特，兼其宗族，而不求賢以自輔焉。」朱子謂：「此序全非詩意。」蓋詩之內容，自感孤獨，切盼有君子過從，正可解爲有求賢意也。故朱傳曰：「此人好賢而恐不足以致之，故言此杕然之杜，生於道左，其蔭不足以休息，如己之寡弱，不足恃賴，則彼君子者，亦安肯顧我而適我哉？然其中心好之，則不已也。但無自而得飲食之耳。」並云：「夫以好賢之心如此，則賢者安有不至，而何寡弱之足患哉？」

姚際恆通論曰：「集傳謂：『此人好賢而不足以致之』，是。賢者初不望人飲食，而好賢之人則惟思以飲食申其殷勤之意。緇衣『改衣授餐』亦然。此眞善體人情以爲言也。」

牛運震詩志評曰：「杜實少味，而杕杜寡蔭，託喻最切。『中心好之』二語畫出求賢若渴，汲汲如不及之神。曷字有欲言不盡之妙。」

【古　韻】

第一章：左、我，歌部上聲；

第二章：周、遊，幽部平聲。

一六、瞻彼洛矣

這是頌美周王有福祿而能保家衛國的詩。

原詩	今譯
瞻彼洛矣，❶	看那洛水水流長，
維水泱泱。❷	水流充沛又深廣。
君子至止，❸	君王已經到這裏，
福祿如茨。❹	福祿層積如茅茨。
韎韐有奭，❺	戎服蔽膝顏色紅，
以作六師。❻	統帥六軍好威風。
瞻彼洛矣，	看那洛水水流長，
維水泱泱。	水流充沛又深廣。

君子至止，　君王已經到這裏，
鞞琫有珌。❼　佩刀光耀好神氣。
君子萬年，　祝福君王壽萬年，
保其家室。　永保家室得平安。

瞻彼洛矣，　看那洛水水流長，
維水泱泱。　水流充沛又深廣。
君子至止，　君王已經到這裏，
福祿既同。❽　各種福祿都聚集。
君子萬年，　祝福君王壽萬年，
保其家邦。　永保家邦得平安。

【註釋】❶洛：水名。在洛陽者爲伊洛，在宗周者爲渭洛。毛傳指本篇之洛爲渭洛，朱傳則以此洛爲東都之伊洛。然毛傳釋洛爲：「洛，宗周漑浸水也。」是應以渭洛爲是。❷泱泱：猶洋洋，水深廣貌。❸君子：指周王。止：語詞。❹茨：音詞，蓋屋之茅茨，言福祿之多，層積如茅茨也。❺韎：音妹。韐：

音格，韎韐：茅蒐所染絳色之皮以爲蔽膝，兵事之服也。奭：音式，赤色。有奭：奭然。❻作：興。六師：六軍，天子六軍。❼鞞：音必，琫：音ㄅㄥˇ，釋名云：「刀室曰削（鞘），室口之飾曰琫，下末之飾曰琕。」（琕卽鞞）珌：音必，文飾貌。有珌：珌然。❽同：聚。

【評　解】

瞻彼洛矣是小雅甫田之什的第三篇，分三章，章六句，句四字，全詩共七十二字。

此詩各章頭兩句均爲「瞻彼洛矣，維水泱泱」敍出形勢的壯盛，以配合全詩的氣氛。

首章敍君王福祿衆多，身穿紅色蔽膝，統帥六軍，眞是威風八面，氣象萬千。所以牛運震評之曰：「蒼涼壯浪，慨然有河山之感。末二句寫得精神駿發，雄武在目。」

次章敍其佩刀的華麗，更增加君王的高貴。遂祝福他長壽萬年，以保家室。蓋天子以天下爲家，保家室卽保天下也。

末章敍衆多福祿集於一身，君王之福卽天下人民之福，故祝其長壽萬年以保家邦。保家邦卽保人民也。

朱子詩集傳云：「此天子會諸侯於東都，以講武事，而諸侯美天子之詩。」蓋朱子以「洛」卽「雒」也。蓋洛古多與雒通，如易繫辭「河出圖，洛出書。」，王肅本卽作雒；書召誥：「周公朝至于洛」卽指東都之雒；書洛誥：「予惟乙卯，朝至于洛師。」洛師卽指東都雒邑。後漢都此，改洛爲雒，魏復改爲洛。卽今洛陽也。因而或疑本篇亦爲有關宣王中興，會諸侯於東都時之作品。惟據段玉裁經韵樓集考正，西周時洛、雒有別，原不相混。此洛入於渭，在今陝西；而東都之雒入於河，在今河南。魏黃初元年詔，謂洛作雒乃漢因火德避諱，故改爲雒，不可信。故亦不能以本篇有「瞻彼洛矣」之句，而指其爲宣王會諸侯於東都之作。惟全詩對君王既頌美又期盼，仍得見一片中興氣象之顯露也。

【古韻】

第一章：矣、止，之部上聲；
茨、師，脂部平聲；

第二章：矣、止，之部上聲；
珌、室，脂部入聲；

第三章：矣、止，之部上聲；
同、邦，東部平聲。

一七、羔　羊

這是一篇贊美官吏燕居生活的詩。

原詩

羔羊之皮，❶
素絲五紽。❷
退食自公，❸
委蛇委蛇。❹

羔羊之革，❺
素絲五緎。❻
委蛇委蛇，
自公退食。

今譯

羔羊皮袍眞正好，
素絲五紽縫得牢。
下班回家去吃飯，
走起路來好悠閒。

羔羊皮袍眞正好，
素絲五緎縫得牢。
走起路來好悠閒，
下班回家去吃飯。

羔羊之縫，❼
素絲五總。❽
委蛇委蛇，
退食自公。

羔羊皮袍有條縫，
素絲五總相連攏。
走起路來好悠閒，
回家吃飯已下班。

【註釋】❶羔：小羊。以羔羊皮爲裘，乃大夫燕居之服。❷素：白色。兩皮之縫不易合，故織白絲爲絛，施之縫中。連結兩皮，並以爲飾。紽：音駝ㄊㄨㄛˊ，經義述聞云：「紽、緎、總，皆數也。五絲爲紽，四紽爲緎，四緎爲總。」❸公：公署，公衙。此句謂自署退値歸家而進食。猶今言下班。❹委蛇：韓詩作逶迤，行路紆曲之貌。狀其行路舒緩而從容，馬瑞辰說。蛇：音移一ˊ。❺革：皮。❻見❷。❼縫：音奉ㄈㄥˋ，謂兩皮相接處。❽見❷。

【評解】

羔羊是召南十四篇之第七篇，分三章，章四句，句四字，全詩共四十八字。是詩經的基本形式。

三章意思相同，只爲換韻而改字，成三重疊唱的形式。每章前兩句寫出大夫的身分；後兩句寫出大夫風度悠閒自得。維其「退食自公」或「自公退食」，始能享此悠閒。是心安理得，張弛中道，誠爲身爲公務員者的好楷模。

【古韻】

第一章：皮、紽、蛇、蛇，歌部平聲；

第二章：革、緎、食，之部入聲；

第三章：縫、總、公，東部平聲。

一八、殷其靁

這是一篇婦人想念征夫的詩。

原詩	今譯
殷其靁，❶	雷聲隆隆響，
在南山之陽。❷	在南山山之陽。
何斯違斯，❸	怎麼這人離此地，
莫敢或遑！❹	不敢稍微有休息！

振振君子，⑤
歸哉！歸哉！

信實的君子呀，
回來回來吧！

殷其靁，
在南山之側。
何斯違斯，
莫敢遑息！
振振君子，
歸哉！歸哉！

雷聲隆隆響，
在南山山之旁。
怎麼這人離此地，
不敢稍微有休息！
信實的君子呀，
回來回來吧！

殷其靁，
在南山之下。
何斯違斯，
莫或遑處！⑥

雷聲隆隆聲音大，
響在南山山腳下。
怎麼這人離此處，
竟沒時間能定居！

振振君子，　信實的君子呀，

歸哉！歸哉！　回來回來吧！

【註　釋】❶殷：雷聲。其：語詞。靁：即雷字。❷山南曰陽。❸違：去。上斯字謂此人，下斯字謂此地。❹遑：暇，空閒。❺振振：信厚貌。❻處：居。

【評　解】

殷其靁是召南十四篇的第八篇。分三章，章六句。每章首句三字，次句五字，餘均四字。全詩共七十二字。

朱傳云：「婦人以其君子從役在外，而思念之，故作此詩。」

我們看此婦人懷念其征夫，由於天氣的變化，雷聲隆隆，使她思念之情更爲殷切。而雷聲由山陽、山側，以至山下，是漸漸逼近。使在家的她，由思念而擔心，想到在外的征夫，萍踪浪跡，遇此天氣，情何以堪?切盼他快快歸來。然而她丈夫卻不敢稍有休息。正見出他的信實性格。婦之念夫，係屬私情；而夫之勤公，則屬公義。一詩之中，私情與公義兼備，而各得其正。

【古韻】

第一章：陽、遑，陽部平聲；

子、哉、哉，之部平聲；

第二章：側、息，之部入聲；

子、哉、哉，之部平聲；

第三章：下、處，魚部上聲；

子、哉、哉，之部平聲。

一九、旄丘

黎國君臣被狄人所逐，流亡到一方諸侯之伯的衞國來乞援，久寓於衞而不見動靜，黎國臣子，就熬不住而做詩吐露出他們的怨望之情來。

原詩	今譯
旄丘之葛兮，❶	斜坡上面有葛藤呀，

何誕之節兮，❷	枝枝節節蔓延生呀，
叔兮，伯兮，❸	叔叔伯伯喊不停呀，
何多日也！❹	爲何使我們長久等呀！
何其處也？❺	爲何安然無動靜呀？
必有與也。❻	必是約與國同行動呀。
何其久也？	爲何使我們長久等呀？
必有以也。❼	必定有原因有苦衷呀！
狐裘蒙戎，❽	狐皮袍子已穿壞，
匪車不東，❾	並非告急的車子沒東來。
叔兮伯兮，	喊叔喊伯都不理睬，
靡所與同。❿	是不和我們同心不關懷。

瑣兮尾兮，⑪　　我們國小勢微弱，
流離之子。⑫　　到處流離又顛簸。
叔兮伯兮，　　頻頻呼叫喊叔伯，
褎如充耳。⑬　　充耳不聞莫奈何。

【註釋】①旄：音毛，前高後下之丘曰旄丘。葛：蔓生植物。②誕：通覃，延長。之：猶其。節：葛之節。③叔、伯：呼衛諸臣。④此句謂：「何日之多，時之久，而未見衛來救耶？」⑤處：安處。謂衛之諸臣何其安處坐視而不來救耶？⑥與：猶以，原因。或釋爲與國，謂等待與國之共同行爲。⑦以：原因。⑧狐裘：狐皮袍。指黎國君臣之服裝。蒙戎：散亂破敗。⑨匪：非。此二句謂黎國君臣之服裝已破敗，但並非我黎國之車未東來相告也。姚際恆曰：「黎在衛西，故言非我君之車不東來于衛。或謂黎寓衛東，言非衛大夫之車不東來云云，甚迂，不可用。」⑩同：同心協力。謂衛國羣臣未有與我同心協力者。⑪瑣：細。尾：末。瑣尾言細小微末，指黎國君臣之地位，日見卑微，不爲衛國君臣所重視也。⑫流離：漂散。流離之子：謂流離之人，指黎國君臣而言。⑬褎：音右，盛服貌。褎或讀爲裒，音抔ㄆㄡˊ，聚也。有充滿義。褎如：形容充耳。充耳：塞耳。謂衛人塞耳不聞黎國君臣之流離困苦也。

【評解】

旄丘是邶風十九篇的第十二篇，分四章，章四句，除首章第一、二句爲五字外，餘均爲四字句，全詩共六十六字。

詩序云：「旄丘，責衞伯也。狄人追逐黎侯，黎侯寓于衞；衞不能修方伯連率之職，黎之臣子以責於衞也。」

黎國遭狄人之難，黎國君臣流亡於衞，向衞告急，希望衞國能援助他們驅逐狄人，恢復國土。但衞國君臣卻久無動靜，不予理睬，所以黎國臣子做此詩來吐露他們的不滿和怨責。

鄭玄詩譜列式微、旄丘二詩於衞宣公之世。朱熹詩集傳從之，而於詩序辨說中又云：「未詳是否。」或以此詩爲衞穆公之世，黎國爲赤狄所滅時之作。崔述讀風偶識也說：「式微序云：『黎侯寓於衞，其臣勸以歸也。』旄丘序云：『責衞伯也……』余按春秋宣公十五年傳文：（赤狄潞國之相）酆舒殺晉伯姬，晉侯將伐之。伯宗斥酆舒有五罪，而奪黎氏地居其一焉。其年，晉侯滅赤狄潞氏，立黎侯而還。則是黎之失國，在魯文宣之世，酆舒爲政之時，上距衞之渡河，已數十年，黎侯何由得寄於衞？衞亦安能復黎之國乎？……細玩詩辭，或果有鄰國之君，寓於衞；或別有所指，而傳者失之，均未可知。」而日人竹添進一郎著左氏會箋，仍主式微、旄丘爲衞宣公時作。他說：「宣公以魯桓二年卒，至魯宣十五年百有餘歲，卽此時雖爲狄所逐，黎侯復更復其國，至魯宣公之世，乃赤狄奪其地耳。據此，則彼黎侯乃此黎侯之先世，不得合爲一事。下傳云：立黎侯而還，則黎仍有國未滅也。春秋於黎國，前後存亡俱不載，亦不見有交接列國之事。獨見此年傳中，蓋黎國微弱，久爲狄困，無以自達于諸侯矣。黎國今（山西省）潞安州長治縣西三十里黎侯亭是也。」元劉瑾之言曰：「以此詩作於宣公之時固無可考，恐亦未必作於衛穆時。」我們對於式微篇，因黎侯旣被狄人所逐，已無國可歸，而詩中卻說「胡不歸？」其情節不符，可斷其非黎人之詩，故改採三家詩說。旄丘則取朱子態度，「姑從序說」而不定其時世。

首章以旄丘上的葛藤起興，表明時序之變。葛生於春夏之交，與三章「狐裘蒙戎」前後相應，有經春復歷冬，以證時日之久，故曰「何多日也！」不便直責衛君，而責其羣臣，是立言得法。「何多日也」已微露不滿的情緒了。

次章是退一步爲對方設想，其所以久久不來援助，必有原因，只好暫且忍耐等待了。

三章言從春天等到冬天，狐皮袍子已穿破了。雖一再驅車去告急，仍不見衛君有何行動，想必是根本不予理睬了。

四章不得不因失望而感到國小勢弱，流離顚沛之苦。至此才將原先忍住的怨情揭出。所以劉辰翁說：「一章『何多日也』，未有怨望之意也；二章『必有與也』『必有以也』有望於衞，未怨也。三章『靡所與同』，微怨也；四章『褎如充耳』不能不怨也。」

全詩寫黎人的心情，刻劃入微，且循序漸進，層次分明，結構完密，不失爲一首好詩。

姚際恒讚次章曰：「自問自答，望人情景如畫。」

牛運震總評此詩：「三『叔兮伯兮』，悚籲疾呼，當令衞人耳熱心動，抵過秦庭七日哭也。」又曰：「不驟不怨，語呑呑吐吐，卻怨到盡頭，所以爲深厚。」

【古　韻】

第一章：葛、節、日，脂部入聲；

第二章：處、與，魚部上聲；

　　久、以，之部上聲；

第三章：東、同，東部平聲；

第四章：子、耳，之部上聲。

二〇、泉　水

這是一篇敍述衞女出嫁他國，而思歸寧不得的詩。

原　詩	今　譯
毖彼泉水，[1]	泉水流得好通暢，
亦流于淇。[2]	通暢的泉水往淇河裏淌。
有懷于衞，[3]	懷念衞國我心傷，
靡日不思。[4]	沒有那天不想望。
孌彼諸姬，[5]	美麗的姬家姑娘們，
聊與之謀。	只有和你們來商量。
出宿于泲，[6]	要是出宿泲水邊，
飲餞于禰。[7]	就在禰旁餞行設酒筵。

女子有行，❽
遠父母兄弟。
問我諸姑，
遂及伯姊。

出宿于干，❾
飲餞于言。❿
載脂載舝，⓫
還車言邁。⓬
遄臻于衞，⓭
不瑕有害。⓮

我思肥泉，⓯
茲之永歎。⓰

女子嫁了出遠門，
遠離父母兄弟好傷心。
回去問候諸姑好，
還有大姊也問到。

要是取道干地去住宿，
就在言地餞行再上路。
車軸上油轄裝好，
車子就能快快跑。
快快跑呀到衞國，
事情妥當沒差錯。

我想念肥泉好地方，
想到就會長歎感心傷。

思須與漕，⑰　又想須地和漕邑，
我心悠悠。⑱　思緒悠悠更悲戚。
駕言出遊，⑲　駕着車子去遨遊，
以寫我憂。⑳　聊以排遣我煩憂。

【註釋】①毖：音必，泉流貌。②亦：語詞。淇：衛國水名。③懷：思念。④靡：無。⑤孌：音ㄌㄩㄢˊ，美好貌。姬：衛姬姓，與周同姓。諸姬：謂媵從之諸姪娣。⑥泲：音濟，水名。⑦餞：餞行，送行飲酒曰餞。禰：音你，水名，即大禰溝，在今山東菏澤縣西南。⑧有行：謂出嫁遠行。⑨干：地名，在今河北省清豐縣西南。朱右曾說。⑩言：地名，在清豐縣北。⑪載：則。脂：以油脂塗車軸。舝：音義同轄，車軸頭鍵，所以控制轂，使不脫落。此處作動詞用，謂將車舝加於車軸頭，不用時則脫下。⑫還：音旋，返也。言：語詞。邁：行。⑬遄：音船，速也。臻：音珍，至。⑭不瑕：不啊。以上三句謂駕車歸返於衛，很快就可到達，不會有何不妥。⑮肥泉：即泉源水，又曰陽河，在今河南淇縣東南，流入於衛河。見任遵時「詩經地理考」。⑯茲：此也。永歎：長歎。⑰須、漕：衛二邑名。須在今河南滑縣東南。漕亦作曹，即白馬縣，在滑縣東。胡承珙說。⑱悠悠：言思之長。⑲駕：駕車。言：以。或解作「而」。⑳寫：消除。

【評解】

泉水是邶風十九篇的第十四篇，分四章，章六句，句四字，全詩共九十六字。

詩序云：「泉水，衞女思歸也。嫁於諸侯，父母終，思歸寧而不得，故作是詩以自見也。」鄭玄曰：「國君夫人，父母在則歸寧，歿則使大夫寧於兄弟。」故雖思歸而不得也。

首章由泉水之能流向衞國的淇水，而人（她自己）卻不能回到衞國去，觸發無限傷懷，更增加她思鄉之情。於是和陪嫁來的姬姓姪娣們商量回衞的路途。

次章設想回衞經泲則在禰餞行。想到出嫁後遠離親人，如今應該回去請安問好，亦是人之常情。

三章又設想另一回衞的路途，如果取道於干，就在言地餞行。車輛準備妥當，塗脂裝轄，就會很快地到達衞國而不至發生任何事故。這樣做並沒有什麼不當之處。然而事實上她卻仍舊不得回去衞國。

於是第四章敍述她既不得回衞，只有對故國城邑，思緒綿綿，一再長歎。在無可奈何的情形下，唯有駕車出遊以排解心頭的煩憂了。

全詩所表現的是一種正常而中庸的感情，在平庸的感情中，更能令讀者體會到衞女思歸情緒的纏綿與心境的無奈。

【古韻】

第一章：淇、思、姬、謀，之部平聲；

第二章：泲、禰、弟、姊，脂部上聲；

第三章：干、言，元部平聲；

　　舝、邁、衞、害，祭部去聲；

第四章：泉、歎，元部平聲；

　　漕、悠、游、憂，幽部平聲。

二一、北風

這是一篇衞人爲逃避亂政，相偕出走的詩。

原詩	今譯
北風其涼！	（女聲獨唱：）「北風陣陣好寒冷！
雨雪其雱。❶	大雪紛紛落不停。」

惠而好我，❷　（衆聲合唱：）「凡我要好的朋友呀，
攜手同行！❸　快快一同避災凶！」
「其虛其邪！」❹　（女聲獨唱：）「是否走得太緩慢呀？」
「既亟只且！」❺　（衆聲合唱：）「已經急急把路趕啦！」

北風其喈，❻　（男聲獨唱：）「北風呼呼似發狂，
雨雪其霏。❼　大片雪花紛紛降。」
惠而好我，　（衆聲合唱：）「凡我要好的朋友呀，
攜手同歸！❽　快快同去好地方！」
「其虛其邪？」　（男聲獨唱：）「是否走得太緩慢呀？」
「既亟只且！」　（衆聲合唱：）「已經急急把路趕啦！」
莫赤匪狐，❾　（女聲獨唱：）「無處沒有赤色狐，
莫黑匪烏。❿　無人不似黑色烏。」

惠而好我，（衆聲合唱：）「凡我要好的朋友呀，

攜手同車！　　快快乘車同逃去！」

「其虛其邪？」（女聲獨唱：）「是否走得太緩慢呀？」

「既亟只且！」（衆聲合唱：）「已經急急把路趕啦！」

【註釋】❶雨：音玉，落。下同。雱：音旁，雪落盛多貌。❷惠：愛。好：音號，愛好。❸行：音杭，同行：謂一同離此災難之地。❹虛：寬虛之貌。邪：音徐，緩慢。言行路緩慢。❺亟：音義同急。且：音居，只且：語詞。言已快速矣。二句謂人民有不可一朝居之感，欲儘速離去也。❻喈：音皆，風疾聲。❼霏：音非，雪盛貌。❽歸：適彼土。❾莫赤匪狐：狐之毛黃赤色，故云。❿莫黑匪烏：烏鴉均黑色，故云。以上二句蓋諷當時衛國執政之人。

【評解】

北風是邶風十九篇之第十六篇，分三章，章六句，句四字，全詩共七十二字。

詩經中凡寫景之文字，都是為情而寫。所以所寫之景，都和詩中之情相配合。此詩在表達衛國當時政亂民困，百姓急於逃難的情形。所以一、二兩章都以北風肆虐，大雪紛飛起興，說明衛國政治之暴虐，如風雪之侵人。人民已不堪忍受而要相偕儘速逃亡。第一章還只

說「攜手同行」，但不一定是去同一地方，次章才說明是同去一地。而三章更說明，不但同去一地，且同車奔逃。詩文所表達的行動，在漸進的發展中可看出患難友情的可貴。每章末兩句的一問一答，更寫出衞國不能一朝居而急於逃離災難的焦急心境。而「莫赤匪狐」「莫黑匪烏」，一個「莫」字就把衞國當時大大小小的官員一起罵倒，一網打盡。字簡意深，比喻奇幻，堪稱絕妙之筆。

【古韻】

第一章：涼、雱、行，陽部平聲；
虛、邪、且，魚部平聲；
第二章：喈、霏、歸，微部平聲；
虛、邪、且，魚部平聲；
第三章：狐、烏、車、虛、邪、且，魚部平聲。

二二、中谷有蓷

婦人被丈夫遺棄，詩人就爲她作此詩以代敍她的哀傷之情。

原詩

中谷有蓷，❶
暵其乾矣。❷
有女仳離，❸
嘅其嘆矣！❹
嘅其嘆矣，
遇人之艱難矣！❺

中谷有蓷，
暵其脩矣。❻

今譯

谷中長滿益母草，
遇到天旱都乾掉啦。
有女被夫遺棄了，
唉聲嘆氣好煩惱啊！
唉聲嘆氣好煩惱啊，
生計艱難把我拋啦！

益母草長在深山谷，
遇到天旱都乾枯啦。

有女仳離，　有女被夫棄不顧，
條其歗矣！⑦　長聲哀嘆無人訴呀！
條其歗矣！　長聲哀嘆無人訴呀，
遇人之不淑矣！⑧　遇人不淑命太苦啊！

中谷有蓷，　益母草長在山谷裏，
暵其濕矣。⑨　遇到天旱成枯枝啦。
有女仳離，　有女和夫相仳離，
啜其泣矣！⑩　抽抽噎噎她哭泣呀！
啜其泣矣，　抽抽噎噎她哭泣呀，
何嗟及矣！⑪　嗟嘆追悔已莫及啦！

【註釋】①中谷：谷中，蓷：音推，益母草。②暵：音漢，乾燥之貌。③仳：音痞ㄆㄧˇ，別也。④嘅：音慨，嘆聲。⑤艱難：窮困。⑥脩：乾也。⑦條其：條然，長貌。歗：音嘯ㄒㄧㄠˋ，嘆之深。此句謂深長的嘆息。⑧淑：善。⑨濕：當讀爲曝，音泣，欲乾也。經義述聞有說。⑩啜：音輟ㄔㄨㄛˋ，哭泣時之抽噎。⑪何嗟及矣：猶云嗟何及矣，即嗟嘆追悔莫及也。

【評　解】

中谷有蓷是王風十篇的第五篇，分三章，章六句，除一、二兩章之末句爲六字外，餘均爲四字句，全詩共七十六字。

男女既然結爲夫婦，就應該甘苦與共，而這詩中的男子，卻因年景不好，生活艱困，妻子成了他的累贅，就把她遺棄了。於是引發詩人的同情，而寫出這篇代女哭訴的詩來。而這女子除了嗟嘆哭泣，自怨命苦之外，並沒有辱罵或怨恨對方，眞可說是一位厚道的婦人了。

王柏曰：「中谷有蓷，雖婦人爲夫所棄，想出於凶年不得已之情，而非有所怨惡也。是以有閔之之心，而無恨之之意。」

王靜芝曰：「此咏亂世流離，夫離家而婦無依之苦況也。按詩序云：『中谷有蓷，閔周也。夫婦日以衰薄，凶年饑饉，室家相棄爾。』朱傳以爲：『凶年饑饉，室家相棄，婦人覽物起興，而自述其悲歎之辭也。』詩序所謂閔周者，又犯必向大題目下筆之過，其爲不妥，固不待言。至朱傳所謂自述其悲歎之詞，亦不免失察。蓋詩中明言『有女仳離』，是詩人之詠他人，非詩人之自詠也。此詩明言遇人不淑，有女仳離，是詩人見夫走而婦無依，因同情之，乃有此詠也。屈萬里云：『此詠婦人被夫遺棄之詩。』是也。」

【古　韻】

第一章：乾、歎、歎、難，元部平聲；

第二章：脩、歗、歗、淑，幽部去聲；

第三章：濕、泣、泣、及，緝部入聲。

二三、丘中有麻

這是一篇男女愛悅而相約會的詩。

原詩	今譯
丘中有麻，	山坳裏邊種了麻，
彼留子嗟。❶	那留家的子嗟該來啦。
彼留子嗟，	那留家子嗟怎麼來，

將其來施施。❷　　從從容容走過來。

丘中有麥，　　山坳裏邊種了麥，
彼留子國。❸　　那留家的子國來看我。
彼留子國，　　來看我呀做什麼，
將其來食。❹　　和我共食同享樂。

丘中有李，　　山坳的李樹眞茂盛，
彼留之子。❺　　那留家的人兒情意濃。
彼留之子，　　情意濃呀情意濃，
貽我佩玖。❻　　送我佩玖來定情。

【註釋】❶留子嗟：留姓字子嗟。❷將：音鏘，語詞。其：希冀之詞。下同。施施：徐行貌。❸子國：亦留氏子之字。❹來食：來就食於我。❺彼留之子：彼留姓之人。❻貽：贈。玖：黑色玉。

【評　解】

丘中有麻是王風十篇的最後一篇，分三章，章四句，除首章末句爲五字外，餘均爲四字句，全詩共四十九字。

鄘風的干旄是刻劃一位貴族男子乘車去會晤情人時的心理；而此篇卻是寫一位平民女子在期盼她的男友前來和她共餐，並將送她佩玉以定情的歡悅心情。雖是一貴族，一平民；一男士，一女子，然其在戀愛中的心情卻是一樣的。

這篇丘中有麻，細讀之下，更能使我們體會到這位女子正啜飲着愛情的蜜汁，浸潤在對未來幸福的憧憬中。故詩中來食、貽佩，均想像之辭，全詩三章，都寫她樂觀期盼的心情而已。

首章言子嗟，次章言子國，似留氏兄弟同追此女，所以她說不出最後贈佩者是兄還是弟啊！

【古　韻】

第一章：麻、嗟、嗟、施，歌部平聲；

第二章：麥、國、國、食，之部入聲；

第三章：李、子、子、玖，之部上聲。

二四、清人

鄭文公派高克駐軍河上，無所事事，只任意逍遙玩樂，軍心散漫，鄭人見之，因作詩以刺之。

原詩	今譯
清人在彭，❶	駐防的清人在彭邑，
駟介旁旁。❷	武裝的四馬好神氣。
二矛重英，❸	二矛兩層有纓飾，
河上乎翱翔。❹	河上遊玩好愜意。
清人在消，❺	駐防的清人在消城，
駟介麃麃。❻	四馬披甲好武勇。

二矛重喬，❼　　二矛鳥羽飾兩層，
河上乎逍遙。❽　　河上逍遙樂融融。

清人在軸，❾　　清人在軸樂陶陶，
駟介陶陶。❿　　武裝的馬兒任奔跑。
左旋右抽，⓫　　左揮旗子右抽刀，
中軍作好。⓬　　軍中作樂好熱鬧。

【註釋】❶清：邑名，在今河南中牟縣西。清人：清邑之人，即高克所帥之衆。彭：亦鄭邑名，後入衞爲彌子瑕采邑。其地約當延津、滑二縣境，臨黃河。朱右曾說。❷駟介：四馬皆被甲。旁旁：馬強壯有力貌。❸英：纓飾。車上插兩矛，矛上各有兩層纓飾，故曰二矛重英。❹河：黃河。翱翔：遊玩。❺消：亦臨黃河之地名。❻麃：音標，麃麃：勇武貌。❼喬：鷮之省體，野鷄之一種。此言以鷮羽爲矛纓。❽逍遙：閒遊之貌。❾軸：亦臨黃河之地名。❿陶陶：和樂貌。⓫左旋：左手執旗指麾以周旋，以爲其軍進退之節。抽：拔兵刃以習擊刺。⓬中軍：軍中。作好：作樂、好音號。

【評解】

清人是鄭風廿一篇的第五篇，分三章，章四句，一、二兩章末句五字，餘均爲四字，全詩共五十字。

狄人攻破衞國，衞在河北，鄭在河南。鄭文公恐其渡河侵鄭，故派其大臣高克將兵於黃河岸上以禦之。實則因鄭文公厭惡高克，藉此使之遠離，故雖日久而不調回。高克與士兵整年無所事事，只知玩樂遊戲。詩人就唱出這支歌諷刺鄭文公。後來這支閒蕩的軍隊終於潰散，高克就逃到陳國去了。事見春秋閔公二年左傳，經曰：「冬十二月，狄入衞，鄭棄其師。」傳云：「鄭人惡高克，使帥師次于河上，久而弗召，師潰而歸，高克奔陳。鄭人爲之賦清人。」詩序云：「清人，刺文公也。高克好利而不顧其君，文公惡而遠之。不能，使高克將兵而禦狄于竟，陳其師旅，翺翔河上，久而不召，衆散而歸。高克奔陳。公子素惡高克進之不以禮，文公退之不以道，危國亡師之本也。故作是詩。」即本左傳，爲三百篇中最可靠的詩序。

孔疏據序文而以此詩爲公子素之作。但序文「奔陳」以下至作是詩之語，又不知何所據。陳奐詩毛氏傳疏，以爲漢書古今人表所列之公孫素，與鄭文公、高克列上下，公子素，當卽公孫素。

詩文表面寫高克軍隊的懶散悠閒，把禦敵的重任當作兒戲，而在詩文背後，卻反映出鄭文公的心胸狹隘，頭腦昏憒。身爲國君而用此種方法對付厭惡的大臣，眞是君威盡失。如果高克率兵反戈相向，豈非等於鄭君的縱虎歸山，自惹災難？是知高克也是一無能之輩也。

【古　韻】

第一章：彭、旁、英、翔，陽部平聲；

第二章：消、麃、喬、遙，宵部平聲；

第三章：軸、陶、抽、好，幽部平聲。

二五、遵大路

這是男女兩相愛悅，而後又失和，一方拂袖而去，另一方則悔而留之的詩。

原　詩	今　譯
遵大路兮，❶	順着大路走呀，

摻執子之袪兮。❷　拉住你衣袖呀。
無我惡兮，❸　不要討厭我嘛，
不寁故也？❹　不續舊歡樂啦？

遵大路兮，　順着大路跑呀，
摻執子之手兮。　把你手抓牢呀。
無我魗兮，❺　不要討厭我嘛，
不寁好也？❻　不續舊歡好啦？

【註　釋】❶遵：循。❷摻：音閃，持也。袪：音去，或讀平聲音區，衣袖。❸惡：音物，厭惡。❹寁：音斬，又音接，接續。俞樾說。故：故舊。❺魗：同醜，厭惡。❻好：歡好。

【評　解】

遵大路是鄭風廿一篇的第七篇，分兩章，每章第二句爲六字，餘均爲四字句，全詩共三十六字。

詩序云：「遵大路，思君子也。莊公失道，君子去之，國人思望焉。」毫無所據，詩序之好牽強附會，由此可見。朱傳則謂：「淫婦爲人所棄，故於其去也，擥其袪而留之。」而認爲是男女相悅之辭。此解雖近乎詩意，然謂之「淫婦」，是朱子受「鄭聲淫」之文影響所構成之錯誤觀念，是仍不完全切合詩意也。

我們由詩文體會，是寫男女兩人本來很要好，但不知何故而失和，男方就拂袖離她而去，而女的擔心他一去不再回頭，所以就一路追上去，先是拉住他的衣袖以挽留，而男方仍不理睬，且要加速離去；而女的則更擔心着急，於是抓住他的手，刻意挽留，以至於發急到哀求的地步。戀愛的路上本來是好事多磨，男女雙方常會有嘔氣的時候。但像這篇詩中，兩人那末大膽地在大街上拉拉扯扯，卽使時在今日，也是少有的現象。而這也正表現了鄭國女子的大膽潑辣作風。然而這樣是否就能挽回對方的心意呢？讓讀者自己去找答案吧！

【古　韻】

第一章：路、袪、惡、故，魚部去聲；

第二章：手、䰩、好，幽部上聲。

二六、山有扶蘇

女子沒見到所愛的人，卻遇到惡少來搗亂。

原詩

山有扶蘇，[1]
隰有荷華。[2]
不見子都，[3]
乃見狂且！[4]

山有橋松，[5]
隰有游龍。[6]
不見子充，[7]
乃見狡童！[8]

今譯

山上的扶蘇長不高，
水裏的荷花開得好。
不見子都來會面，
卻見狂夫來搗亂！

山上的松樹長得高，
濕地的水葒枝葉茂。
不見子充俊俏郎，
卻見狡童耍花樣！

【註釋】❶扶蘇：木名，即扶胥，一種小樹。❷隰：音息，低濕之地。荷華：即荷花。❸子都：美男子之稱，此指女子所愛之人。❹且：音居，當為伹之省假，說文：「伹，拙也。」狂且：狂而且拙之人。❺橋：一作喬，高也。❻游：枝葉放縱。龍：植物名，即今之水葒。❼充：美。子充：猶子都。❽狡童：狡獪之童。古時詈人率用豎子之語，豎子，猶小童也。今罵人往往曰「小子」，猶有古意。屈萬里說。

【評解】

山有扶蘇是鄭風廿一篇的第十篇，分二章，章四句，句四字，全詩共三十二字。

兩章首句都敘述女子和她男友約會的地點：山水花樹，風光明媚，正是一對玉人談情說愛的好處所，然而卻不見她心目中的俊俏郎來和她相會，見到的是惹她討厭的惡小子，不必明言她的傷心和失望，而她那傷心失望之情，讀者自然體會得到了。

【古韻】

第一章：蘇、華、都、且，魚部平聲；

第二章：松、龍、充、童，東部平聲。

二七、著

這是詩人描摹新娘在婚禮進行時偷看新郎的歌謠。

原詩

俟我於著乎而，❶
充耳以素乎而，❷
尚之以瓊華乎而。❸

俟我於庭乎而，
充耳以青乎而，❹
尚之以瓊瑩乎而。❺

俟我於堂乎而，

今譯

等我等在門屏間呀咳，
充耳掛以白絲線呀咳，
配上美玉更好看呀咳。

等我等在庭院中呀咳，
充耳的絲繩顏色青呀咳，
配上美玉更晶瑩呀咳。

等我等在廳堂上呀咳，

充耳以黃乎而，⑥　　充耳的絲繩顏色黃呀咳，
尚之以瓊英乎而。⑦　　配上美玉更鮮亮呀咳。

【註釋】①俟：等待。著：大門與屏風之間。乎而：語詞。②充耳：瑱也。用絲繩懸於耳際之雕花玉石，有時作塞耳之用，故曰充耳。充：塞也。素：白色，謂懸瑱之絲繩（謂之紞，音膽）是白色。③尚：加，謂加於其上。瓊華：美玉。④青：謂青色紞也。⑤瓊瑩：亦美玉。⑥黃：黃色紞。⑦瓊英：亦美玉。

【評解】

著是齊風十一篇的第三篇，分三章，章三句，每章末句爲七字，餘均爲六字句，全詩共五十七字。

新郎盛裝迎娶新娘至男家，婚禮進行時，新郎在前導引，等待新娘於著，於庭，於堂，緩慢前進，而新娘卻迫不及待地由背後窺視新郎，而所看到的，只是掛在新郎兩耳的瑱及紞而已。這當然是由於古代許多婚姻，由媒撮合，雙方在婚前各不相識，所以在婚禮進行中，跟在後面的新娘，急於想看到新郎眞面目的正常心理。詩人描寫這種心理，在詩中每句用「乎而」作爲語助詞，表達了新嫁娘的喜悅心境，而也構成了這篇詩的特殊風格。至於「以素」「以青」「以黃」及「瓊華」「瓊瑩」「瓊英」只是爲三章的變化趁韻而已，並非新郎

於婚禮中屢次換裝扮也。

【古韻】

第一章：著、素、華，魚部去聲；

第二章：庭、青、瑩，耕部平聲；

第三章：堂、黃、英，陽部平聲。

二八、東方之日

男女相好，男子自誇女郎朝夕前來相會的情詩。

原詩	今譯
東方之日兮，	東方升起朝陽啦，
彼姝者子，㊀	那個美麗姑娘呀，
在我室兮。	已經進入我內房啦。
在我室兮，	已經進入我內房啦，

履我卽兮。❷　　跟我跟到身旁啦。

東方之月兮，　　月亮東方高掛起啦，
彼姝者子，　　那個姑娘眞美麗呀，
在我闥兮。❸　　已經來到我房門裏啦。
在我闥兮，　　已經來到我房門裏啦，
履我發兮。❹　　緊緊跟着好親密呀。

【註釋】❶姝：音樞，美貌。❷履：踏。卽：就，謂踩踏我之脚跡以相就也。❸闥：音踏，內門，內室之小門。❹發：行跡。

【評解】

東方之日是齊風十一篇的第四篇，分二章，章五句，每章除第一句爲五字外，餘均四字句，全詩共四十二字。

東方之日，又東方之月，可見這位女子不分早晚地往男友處跑，而且跑到他的內室去，他們已經是非常要好的一對情侶了。難怪這個男子喜不自禁地唱出這支得意洋洋的歌兒來呢！

【古韻】

第一章：日、室、室、卽，脂部入聲；

第二章：月、闥、闥、發，祭部入聲。

二九、甫田

這是勸慰離人不須徒勞多思的詩。

原詩	今譯
無田甫田，❶	不要耕種過大田地，
維莠驕驕。❷	野草高高不易清理。
無思遠人，	不要思念遠方離人，
勞心忉忉。❸	內心煩惱徒勞傷神。

無田甫田，　不要耕種過大田地，
維莠桀桀。❹　野草高高妨苗長起。
無思遠人，　離人遠去不要思念，
勞心怛怛。❺　徒勞傷神內心憂煩。

婉兮孌兮，❻　從前他俊美又年少呀，
總角丱兮。❼　兩隻髮辮往上翹呀。
未幾見兮，　不久就要相見面啦，
突而弁兮。❽　他竟突然已成年啦。

【註釋】❶上「田」字音店，耕治也。甫：大。❷莠：音有，妨害禾苗生長之野草，即狗尾草。驕驕：高貌。❸忉：音刀，忉忉：憂勞。❹桀桀：高長貌。❺怛：音ㄉㄜˋ，怛怛：猶忉忉。❻孌：音ㄌㄩㄢˊ，婉孌：少好貌。❼總角：即結髮。謂結兩辮上聳如兩角之狀。古時男未冠、女未笄時，其髮如此。丱：音貫，總角貌。❽突而：突然。弁：音變，冠也。古時男子二十而冠，此謂已成年也。

【評解】

甫田是齊風十一篇的第七篇，分三章，章四句，句四字，全詩共四十八字。

這是一篇勸慰別人不要思念遠方離人的詩，因爲那是徒勞無益的，但對於久別重逢者的心理描繪卻很深入。當年離人遠去時，還是總角的少年，經過若干年後，再見面時却發現他似乎突然之間變成大人了。這是因爲在分別的這些年間，腦海裏老有遠人當年離去時的影子。所以當再見面時，就感到驚訝，認爲他的改變似乎是突然之間的事情。眞是有「相見如夢寐」之感了。這與杜甫的「贈衞八處士」中「昔別君未婚，兒女忽成行」，有異曲同工之妙，一「突」一「忽」刻劃出久別重逢者，剛一見面時的心理狀態，可謂入木三分，是爲妙語。

【古韻】

第一章：田、人，眞部平聲；
驕、忉，宵部平聲；
第二章：田、人，眞部平聲；
桀、怛，祭部入聲；

第三章：婉、孌、丱、見、弁，元部去聲。

三〇、園有桃

這是賢者憂心國事的詩。

原詩

園有桃，
其實之殽。❶
心之憂矣，
我歌且謠。❷
不知我者，
謂我士也驕：❸
「彼人是哉！❹
子曰何其？」❺

今譯

園子裏邊有桃樹，
結的果子當食物。
我的心裏好煩惱，
旣唱歌來又哼謠。
不知我的人兒呀，
說我這人太驕傲：
「人家做的都對嘛，
何必你來發牢騷？」

心之憂矣，　內心憂煩好苦惱，
其誰知之？　又有誰人能知道？
其誰知之？　又有誰人能知道？
蓋亦勿思？❻　何不用心去思考？

園有棘，❼　園子裏邊有棗樹，
其實之食。　結的棗子當食物。
心之憂矣，　我的心裏好煩憂，
聊以行國。❽　聊且城裏到處走。
不知我者，　不知我的人兒呀，
謂我士也罔極：❾　說我這人猜不透：
「彼人是哉！　「人家做的都對嘛！
子曰何其？」　何必要你瞎發愁？」
心之憂矣，　內心憂煩好苦惱，

其誰知之？　　又有誰人能知道？

其誰知之？　　又有誰人能知道？

蓋亦勿思？　　何不用心去思考？

【註　釋】❶之：是。殽：本又作肴，食也。❷曲合樂（配合樂器而唱）曰歌，徒歌（不配合樂器而唱）曰謠。❸驕：驕縱。❹彼人：那人，指時君或執政者。是：對。❺子：你。其：音基，語詞。❻蓋：音何，同曷，何也。亦：語詞。❼棘：棗樹。❽聊：且。行國：行於國中。古於都城亦謂之國。❾罔極：謂驕縱無所至極。

【評　解】

園有桃是魏風七篇的第三篇，分兩章，章十二句，每章首句三字，第一章第六句五字，第二章第六句六字，其餘各句均四字，全詩共九十七字。

魏國國小土瘠，又與秦晉等大國相鄰，致日以侵削。而在上者懵然不知，一味刻嗇剝削人民，且自以爲是。詩人洞燭機先，擔憂國家的命運，故發而爲詩，希望當國者能矯正其失而歸於治國之正道。桃與棗雖是食物之賤者，但食之亦可以飽。國雖弱而民不多，但好自爲之亦可有望。然而詩人的呼號太微弱了，有誰能聽他那聲嘶力竭的吶喊呢？

【古韻】

第一章：桃、殽、謠、驕，宵部平聲；

哉、其、矣、之、之、思，之部平聲；

第二章：棘、食、國、極，之部入聲；

哉、其、矣、之、之、思，之部平聲。

三一、羔裘

這是寫一女子不忘舊情人的詩。

原詩	今譯
羔裘豹袪，❶	豹皮袖子羊皮袍，
自我人居居。❷	我人穿着身分高。
豈無他人？	豈無他人可交往？
維子之故。	維你是我舊相好。

羔裘豹褎，❸
自我人究究。❹
豈無他人？
維子之好。❺

羔裘豹袖好華麗，
我人穿着好神氣。
豈無他人可交往？
維你是我最歡喜。

【註　釋】❶祛：音區，衣袖。羔羊皮爲裘，豹皮爲袖，大夫之服。❷居居：衣服盛貌。自我人居居：謂其居居然華盛之裘，出自我人也。❸褎：音義同袖。❹究究：猶居居。❺好：音號，愛好。

【評　解】

這是詩經以羔裘名篇三者中之第二篇。（另二篇分別在鄭風及檜風）而是唐風十二篇的第七篇，分兩章，章四句，每章第二句五字，餘均四字，全詩共三十四字。

此詩自來不得確解，如按詩序：「羔裘，刺時也。晉人刺其在位不恤其民也。」然既怨其在位者，則又何言「維子之好」？朱傳則謂：「此詩不知所謂，不敢強解。」屈萬里詩經釋義云：「此蓋愛美其在位者之詩。」已較詩序爲長。然詩中有「我人」有「維子之故」「維子之好」，都表達一種親密的感情。如鄭風狡童是寫一對戀人嘔氣的詩，其中每章都有「維子之故」；而此篇非但有「維子之故」且有「維子之好」，則較「維子之故」感情更深一層。所以細味詩意，應是寫男女二人，原本要好，後則男子發達，不理舊情人，而女子卻仍念舊不忘，遂作此詩以抒懷。如此解釋，全詩順暢。

【古韻】

第一章：袪、居、故，魚部平聲；

第二章：褎、究、好，幽部去聲。

三二、無衣

這是敍述晉武公始併晉國，他的大夫爲他請命於天子之使的詩。

原詩	今譯
豈曰無衣七兮？❶	難道沒有侯服七章呀？
不如子之衣，❷	只是不如天子所賞，
安且吉兮！❸	天子所賞的才安適吉祥呀！

豈曰無衣六兮？❹　難道沒有卿服六式呀？
不如子之衣，　只是不如天子所賜，
安且燠兮！❺　天子所賜的才安適暖體呀！

【註　釋】❶七：侯伯之禮七命，其國家宮室車旗衣服禮儀，皆以七爲節。❷子：指天子之使。子之衣：指天子之命服。❸謂服天子之命服，則眞成爲諸侯，故曰安且吉也。❹六：天子之卿六命，車騎衣服以六爲節。❺燠：音玉，暖也。

【評　解】

無衣是唐風十二篇之第九篇，分兩章，章三句，全詩共三十字，而每章第一句六字，第二句五字，第三句四字，構成此詩句法的特殊風格。

左傳桓公二年：「惠之二十四年（魯惠公二十四年）晉始亂，故封桓叔于曲沃。」武公係桓叔之孫，併晉，以寶器賂周釐王，王以爲晉侯。武公雖併晉而心不自安，以未得天子之命服也。諸侯不命於天子，則不成爲國君，故請乎天子之使。（事詳史記晉世家。）

首章謂晉侯雖已有七章之侯服，但係原已所有而非天子之命，有天子之命，始爲名正言順之諸侯。蓋武公係弒君篡國，自知罪重，不容於天地之間。故賂王請命，有天子之命，始能「安且吉」也。

次章降而求其次，自謙不敢必當侯伯之禮，如求得六命之服亦足矣。故退而請六命之服。總之，在得天子之命服以自重耳。

【古韻】

第一章：七、吉，脂部入聲；

第二章：六、燠，幽部入聲。

三三、防有鵲巢

男女兩情相悅，一方覺察到對方態度有些不對，是有人在造謠挑撥。因而憂心忉忉，非常煩惱，就唱支歌兒來發洩一下。

原詩	今譯
防有鵲巢？❶	堤防上邊會有喜鵲巢？
邛有旨苕？❷	高丘上面會有甜苕草？

誰侜予美？❸　是誰挑撥我美人兒？

心焉忉忉！❹　教人心裏好煩惱！

中唐有甓？❺　庭院路中會有砌階甎？

邛有旨鷊？❻　高丘上面會有甜鷊草？

誰侜予美？　是誰挑撥我美人兒？

心焉惕惕！❼　教人心裏好懊惱！

【註　釋】❶防：堤防。鵲巢於樹，此謂巢於堤岸之上，令人懷疑。❷邛：音窮，高丘。旨：味甜美。苕：音條，草名。生於低濕之地，莖細葉青，可生食。❸侜：音舟，誑。此處造謠挑撥意。予美：予所美之人。❹忉：音刀，忉忉：憂勞貌。❺中：中庭。唐：中庭通路。甓：音闢，甎。馬瑞辰考証，以爲甓者乃砌階之甎。平地無階，則無甓。此句謂中庭之通路爲平地，而言有甓，是不可信之事也。❻鷊：音益，綬草，雜色如綬之小草。❼惕：音替，惕惕：憂懼貌。

【評　解】

防有鵲巢是陳風十篇的第七篇，分兩章，章四句，句四字，全詩共三十二字。

詩序云：「防有鵲巢，憂讒賊也。宣公多信讒，君子憂懼焉。」但觀全篇詩文，僅有憂懼閒言之意，而無君臣之義的跡象。故朱熹詩集傳改定爲：「此男女之有私，而憂或間言之之辭。」但王鴻緒等所編宗朱的詩經傳說彙纂，於此詩加上案語說：「鄭康成曰：『所美，謂宣公也。』程子曰：『予美，心所賢者。』一言下之誣君以讒人，一言奸之誣善以害人，皆作詩者憂患之意。朱子曰：『予美，指所與私者。』而定此詩爲男女有私，憂或間之之詞。然不指其所謂予美者爲男乎？爲女乎？夫風詩之託興甚遠，簡兮之彼美爲盛王，葛生之予美爲君子，詞可作男女夫婦讀，意可作君親朋友觀，卽不泥。」所以我們解這篇從詩文本身看，是男女相悅，而憂旁人來造謠挑撥的詩。但也可進而作託興於男女夫婦之情，通達於君臣主從之義的寓言詩來讀。且美人一辭，多次出現於詩經各篇，爲後代詩歌中被喻爲君王，爲君子，爲賢者等之先聲，而此篇亦可視爲其濫觴也。

【古韻】

第一章：巢、苕、忉，宵部平聲；

第二章：甓、鷊、惕，佳（支）部入聲。

三四、素冠

這是婦人思念其君子的詩。

原詩	今譯
庶見素冠兮，❶	好想見到他素冠呀，
棘人欒欒兮，❷	想得我憔悴心憂煩呀，
勞心慱慱兮！❸	勞心憂煩好可憐呀！
庶見素衣兮，❹	好想見到他素衣呀，
我心傷悲兮，	想得我憂傷又悲慼呀，
聊與子同歸兮！❺	願和你同歸在一起呀！
庶見素韠兮，❻	好想見到他素韠呀，

我心蘊結兮，⑦　我心蘊結害相思呀，

聊與子如一兮！⑧　願和你兩個結爲一呀！

【註釋】❶庶：庶幾，希冀之詞。素冠：古男子冠禮用素冠，爲古之常服。此句謂希望見到彼男子也。與下二章之素衣，素韠，均代表該男子。❷棘：與瘠通，瘦也。棘人：婦人自謂。二、三兩章之第二句亦皆婦人自謂。欒：音鸞ㄌㄨㄢˊ，欒欒：瘦貌。❸慱：音團，慱慱：憂貌。❹素衣：古男子之服。❺聊：且。同歸：謂歸於其家。❻韠：音畢，蔽膝，亦男子所服。❼蘊結：有事蘊結於心中不能解也。桂氏札樸(卷一)：「檜風我心蘊結，小雅我心菀結，皆謂鬱結也。集韻慍怨竝音鬱，心所鬱積也。」(屈萬里詩經詮釋)❽如一：如一人，謂其志同也。

【評　解】

素冠是檜風四篇的第二篇，分三章，章三句，一、二兩章末句爲六字，餘均爲五字句，全詩共四十七字。

此詩各章以男子的服裝素冠、素衣、素韠代表男子，詩中雖未明言二人之關係，而由詩文體會，這位婦人對該男子非常愛戀，因而思念情深，以致內心鬱結，形容憔悴。其眞情可感，其癡情可憐！

此詩舊說謂刺不能三年之喪者，近人多駁之，茲舉屈萬里、王靜芝二氏爲代表，照錄其說如下：

屈萬里曰：

舊謂此詩爲刺不能三年之喪者，以有素冠素衣之語也。按：古人喪服，以縷之粗細，定其輕重，非必尚白。古冠禮用素冠，士冠禮始冠鄭註云：「白布冠，今之喪冠是也。」曰今之喪冠，明古者不必如是。鄭風出其東門言「縞衣綦巾」，是女子平時亦衣白衣。曲禮云：「父母在，衣冠不純素。」始以純素爲嫌。曲禮蓋戰國晚年或秦漢間人所作，所言未必爲古俗也。翟灝通俗編有說詳之。（詩經釋義）

王靜芝曰：

按詩序曰：「素冠，刺不能三年也。」朱傳從之。蓋三年之喪，爲孔子之主張，後世儒者，遇此大題目，多莫敢議論。惟三年之喪卽使應守，而此詩中所言，固與三年之喪無關也。詩序之所以說此詩爲刺不能三年者，以有素冠、素衣、素韠數語而已。然素冠素衣素韠之文，從未於喪禮中見之。姚際恆考之綦詳。然則據素冠等語以爲指三年之喪，明爲誤矣。因舊說以此詩爲刺三年之喪，而通俗乃以棘人爲居父母喪者之稱。流傳既久，已不可更易。

然此詩非指三年之喪而言，則可確定。姚際恆曰：「此詩本不知指何人，但以『勞心』『傷悲』之詞，『同歸』『如一』之語，或如諸篇，以爲思君子可；以爲婦人思男亦可。」愚意以爲：一詩以指二事，絕非詩人本旨。取其一可矣。審度全篇詩句，若「同歸」「如一」諸語，固是婦人思其君子之詩。當屬抒情之作，無何奧義可尋也。（詩經通釋）

【古韻】

第一章：冠、欒、慱，元部平聲；

第二章：衣、悲、歸，微部平聲；

第三章：韠、結、一，脂部入聲。

三五、鳲鳩

這是曹人贊美其君的詩。

原詩	今譯
鳲鳩在桑，①	布穀鳥兒在桑林，

其子七兮。　　七隻小鳥同樣親呀。
淑人君子，　　君子爲人心善良，
其儀一兮。❷　　儀態內外都一樣呀。
其儀一兮，　　儀態內外都一樣呀，
心如結兮！❸　　內心專一不亂想呀！

鳲鳩在桑，　　布穀鳥兒巢在桑，
其子在梅。❹　　小鳥落在梅樹上。
淑人君子，　　心地善良好君子，
其帶伊絲。❺　　大帶是用素絲織。
其帶伊絲，　　大帶是用素絲織，
其弁伊騏。❻　　皮帽是用玉裝飾。

鳲鳩在桑，　　布穀鳥在桑林中，

其子在棘。❼　小鳥往來棘樹叢。
淑人君子，　善良君子高品格，
其儀不忒。❽　儀行端莊無過錯。
其儀不忒，　儀行端莊無過錯，
正是四國。❾　眞是天下好楷模。

鳲鳩在桑，　布穀鳥兒巢在桑，
其子在榛。❿　小鳥飛到榛樹上。
淑人君子，　善良君子品行端，
正是國人。　眞是國人好典範。
正是國人，　眞是國人好典範，
胡不萬年！⓫　能不長壽壽萬年！

【註釋】❶鳲鳩：布穀鳥。❷儀：儀度，猶言態度。一：專一。❸如結：言其心情如物之固結而不散。❹此句謂其子能飛落於梅樹之上矣。❺伊：是。下同。此句謂其大帶係用素絲做成。❻弁：音便，皮冠。騏：當作璂，以玉爲之以飾弁者。⑦棘：酸棗樹，小棗叢生者。⑧忒：音特，差錯。⑨四國：四方之國，猶言天下。正是四國：謂四國之人，以之爲準則。⑩榛：音珍，木名。⑪胡：何。此句謂何以不長壽萬年乎？

【評　解】

鳲鳩是曹風四篇之第三篇，分四章，章六句，句四字，全詩共九十六字。

詩中以鳲鳩有七子而能飼之均平如一，以與君子能理萬物，亦因其心專一之故。且此君子既有端莊之外表，亦有善良之內在，足爲國人之楷模。因而祝福他能長壽萬年，以爲人民之表率。雖是贊美其君，但無阿諛之詞，於平淡樸實的文字中，表達了曹人對其君上敬愛的眞誠之情。

【古　韻】

第一章：七、一、一、結，脂部入聲；

第二章：梅、絲、絲、騏，之部平聲；

第三章：棘、忒、忒、國，之部入聲；

第四章：榛、人、人、年，眞部平聲。

三六、九　罭

這是東土人士惜別周公的詩。

原詩	今譯
九罭之魚，❶	佈下密網來捉魚，
鱒魴。❷	鱒魴美魚都捉住。
我覯之子，❸	我今見到這個人，
袞衣繡裳。❹	袞衣綉裳好精神。
鴻飛遵渚，❺	鴻雁高飛順小渚，
公歸無所。❻	我公歸去不肯住。
於女信處！❼	啊！願你再多留一宿！

鴻飛遵陸，❽　　平陸上空飛鴻雁，
公歸不復。❾　　我公歸去不復返。
於女信宿！❿　　啊！多住一宿我切盼！

是以有袞衣兮！⓫　　身穿袞衣耀東方呀！
無以我公歸兮！⓬　　無使我公歸故鄉呀！
無使我心悲兮！　　無使我們心悲傷呀！

【註　釋】❶罭：音域，九罭：密網。❷鱒：音存上聲ㄘㄨㄣˇ，鱗細眼赤之魚。魴：鯿魚。鱒魴皆魚之美者。❸覯：看見。之子：這人，指周公。❹袞：音滾，袞衣：畫有卷龍之衣，王和公侯所穿。繡裳：綉有花紋之裙。❺鴻：雁。遵：循。渚：音主，小洲。❻所：處，止也。無所：猶言不止，謂不留止於東也。❼於：音烏，歎詞。下同。女：汝。下同。信：再宿曰信。❽陸：高平之地。❾復：返。❿宿：猶處。⓫是：此也，指東國。言此東國竟亦有服袞衣之人也。有「與有榮焉」之感。⓬謂勿使我公歸也。蓋希冀之辭，卽上兩章望其多住一宿之意。

【評　解】

九罭是豳風七篇之第六篇，分四章，首章四句，餘均三句。第一章第二句二字，第四章每句六字，餘均爲四字句，全詩共五十六字。

首章以密網能捉美魚，以與東土小國卻留不住袞衣綉裳的周公，有無限惋惜之情。二、三兩章更表達了東土人士對周公的惜別之意：以鴻雁喻周公，鴻雁高飛有一定的路向，周公歸去也自有其道理。但想到周公此去不再回返，更覺相聚時間的可貴。於是只有希望他能多住一宿，也好讓東土之人多一日表達他們對周公的愛戴，多一日仰慕他的風采。孰料「臨別始知情義深」，像這樣一位使我們東方感到無上光榮的人士，實在捨不得讓他歸去。所以在第四章就喊出了他們的呼號：「不要讓周公回去呀！不要使我們傷心吧！」而周公之得人心，周公之偉大，也就不言而喻了。

【古　韻】

第一章：魴、裳，陽部平聲；

第二章：渚、所、處，魚部上聲；

第三章：陸、復、宿，幽部入聲；

第四章：衣、歸、悲，微部平聲。

三七、菁菁者莪

這是人君喜見賢者的詩。

原詩

菁菁者莪，❶
在彼中阿。❷
既見君子，❸
樂且有儀。❹

菁菁者莪，
在彼中沚。❺
既見君子，

今譯

茂盛的莪菜長得好，
在那大山山之坳。
今天見到諸君子，
我既快樂且有禮。

莪菜長得很茂盛，
在那水中渚上生。
既已見到諸君子，

我心則喜。　　我的心裏好歡喜。

菁菁者莪，　　莪菜莪菜好茂盛，
在彼中陵。❻　　長在那大山山陵中。
既見君子，　　既已見到諸君子，
錫我百朋。❼　　勝過賜我百朋幣。

汎汎楊舟，❽　　漂漂盪盪楊木舟，
載沉載浮。❾　　一會兒下沉一會兒浮。
既見君子，　　如今見到君子面，
我心則休。❿　　我的心裏才喜歡。

【註釋】❶菁：音精。菁菁：茂盛貌。莪：音鵝ㄜˊ，蘿蒿。❷阿：山曲處。中阿：阿中。❸君子：指賢者。❹儀：禮儀。❺沚：音止，小渚，水中可止息之地。中沚：沚中。❻陵：丘阜。中陵：陵中。❼錫：賜。朋：古者以貝爲貨幣，五貝爲一串，兩串爲一朋。此謂見到賢者，如得百朋之喜也。❽汎汎：漂湓不定貌。楊舟：楊木爲舟。⑨載：則。⑩休：喜。

【評　解】

菁菁者莪是小雅南有嘉魚之什的第六篇。分四章，章四句，句四字。全詩共六十四字。

前三章均以莪菜長得茂盛，興起君子之美盛。

首章言見到賢者喜樂而有禮儀。因見賢而樂，禮或不足，雖有愛心而敬心不夠，故云樂且有儀，是愛敬兼具也。

但喜樂而有禮儀是屬外貌，故次章特敘「我心則喜」。是其喜樂乃由中達於外者。

三章更以勝得百朋以喻見到君子歡喜之情。

四章先敘「泛泛楊舟，載沉載浮」以形容未見君子時內心之忐忑不安；接敘既見到之後，內心則萬分高興。

全詩充溢着那種見到君子，喜不自勝的情懷，人君之好賢，亦不言而喻矣。

【古　韻】

第一章：莪、阿、儀，歌部平聲；

第二章：沚、子、喜，之部上聲；

第三章：陵、朋，蒸部平聲；
第四章：舟、浮、休，幽部平聲。

三八、庭燎

這是贊美君王早朝勤政的詩。

原詩

「夜如何其？」❶
「夜未央。❷
庭燎之光。❸
君子至止，❹
鸞聲將將。」❺
「夜如何其？」

今譯

「夜怎樣了？」
「夜未半。
大燭照耀光燦爛。
諸侯前來了，
叮噹鈴聲已聽見。」
「夜怎樣了？」

「夜未艾。❻
庭燎晣晣。❼
君子至止，
鸞聲噦噦。」❽

「夜尚早。
大燭燭光在照耀。
諸侯來到了，
叮噹鈴聲好熱鬧。」

「夜如何其？」

「夜怎樣了？」

「夜鄉晨。❾
庭燎有煇。❿
君子至止，
言觀其旂。」⓫

「夜近曉。
大燭仍舊在燃燒。
諸侯全來了，
看到旗幟隨風飄。」

【註釋】❶其：音基，語詞。❷廣雅：「央：已也，盡也。」未央猶言未盡，時間尚早也。❸毛傳：「庭燎：大燭也。」馬瑞辰云：「古燭只用樵薪，或以麻稭爲之。」❹毛傳：「君子：諸侯也。」止：語詞。❺鸞：鈴之繫在鑣者。將：音鏘ㄑㄧㄤ，將將：鸞鈴響聲。❻艾：音亦，未艾同未央。❼晣：音至，晣晣：明貌。❽噦：音惠，噦噦：響聲。❾鄉：音義同向。❿煇：光亮貌。有煇：煇然。⓫言：語詞。旂：音其，繪有交龍之旗。

【評　解】

庭燎是小雅鴻鴈之什的第二篇，分三章，章五句，每章除第二句爲三字外，餘均四字句，全詩共五十七字。

詩之每章首句都以「夜如何其」的問話，表達君王時刻關心視朝之事，唯恐有所延誤，是詩人設想天子早起等候早朝時的一番問答，以顯示君王勤政之情。一方面也隨着時光的流轉，寫出諸侯來到等候上朝的情形：由遠而近，先是聽到鸞鈴之聲，終至天將破曉，始看到旌旂的儀仗。天子對國事之勤，諸侯對君王之忠，在這詩裏都表達出來了。以描寫代替贊美，這是文學的技巧。而且由於每章第二句是三字，全詩讀起來頓挫有節，參差有致，堪稱一篇韻味雋永的好詩。

【古　韻】

第一章：央、光、將，陽部平聲；

第二章：艾、晣、噦，祭部去聲；

第三章：晨、輝、旂，文部平聲。

三九、沔　水

這是一篇憂亂傷讒的詩。

原詩

沔彼流水，❶
朝宗于海。❷
鴥彼飛隼，❸
載飛載止。❹
嗟我兄弟，
邦人諸友，
莫肯念亂，❺
誰無父母？

今譯

水流滾滾水流長，
水流都往大海裏淌。
看那疾飛的老鷹，
一會兒飛起一會兒停。
歎我兄長和小弟，
國人朋友和親戚，
無人肯念離亂苦，
誰無父母想團聚？

沔彼流水，　水流滾滾水流長，
其流湯湯。⑥　嘩啦嘩啦不停地淌。
鴥彼飛隼，　看那疾飛的老鷹，
載飛載揚。　飛着飛着往上沖。
念彼不蹟，⑦　想想那些無道人，
載起載行。⑧　爲所欲爲眞可恨。
心之憂矣，　我的心裏好憂傷，
不可弭忘。⑨　無時或止無時忘。

鴥彼飛隼，　看那疾飛的老鷹，
率彼中陵。⑩　沿着山陵飛不停。
民之訛言，⑪　人們隨便亂講話，
寧莫之懲？⑫　難道無人懲戒他？
我友敬矣，⑬　我友只要能愼戒，

誇言其興？⑭　　謠言怎會興起來？

【註 釋】①沔：音免，水滿貌。②朝：歸。宗：向。言小水必就大海，此自然之理也。又，諸侯春見天子曰朝，夏見曰宗；借以喻水，言小就大也。③鴥：音玉，疾飛貌。隼：音準，鷹屬猛禽。④載：則。⑤念：憂念也。⑥湯：音傷。湯湯：水流盛貌。⑦不蹟：不循道而行之人，謂製造禍亂者。⑧載起載行：則起則行，謂爲所欲爲也。行：音杭。⑨弭：音米，止也。不可弭忘，欲忘而不能也。⑩率：循。中陵：陵中。⑪訛：音鵝ㄜ′，僞也。訛言：卽今語謠言。⑫寧：乃。懲：止。或釋爲戒。言聞訛言猶不懲戒己之過惡也。亦通。⑬敬：通儆，戒愼。⑭此爲疑問語氣，謂誇言其能興乎？

【評 解】

沔水是小雅鴻鴈之什的第三篇，分三章，一、二兩章章八句，末章六句，每句均四字，全詩共八十八字。

首章以衆水之流注於海，有其一定的歸向。鷹隼或飛或止，也能隨意自如。以與人當亂離時代，卻居無定所，不能與家人團聚。最可歎的是兄弟親戚、國人朋友，都不能顧念到亂離之苦而互相體恤幫助，因而詩人也就更爲傷痛了。

次章仍以流水飛隼起興。想到亂離之所以形成，都是由於那些不守正道，任意妄爲的人有以致之。這種人爲的災難，一日不消除，則有一日之憂傷而不能忘懷。

三章寫亂離時代，人心特別險惡，因而謠言紛諑，互相陷害。只有奉勸我友戒愼恐懼，庶幾沒有謠言之興起也。此章似有闕文。因前兩章均八句，頭兩句均寫流水。而此章卻只六句，無流水之興句。唯不知何時闕失，亦不知所闕之文字如何耳。

全詩表達了無限的憂患意識。

【古韻】

第一章：水、隼、弟，脂部上聲；

海、止、友、母，之部上聲；

第二章：水、隼，脂部上聲；

湯、揚、行、忘，陽部平聲；

第三章：陵、懲、興，蒸部平聲。

三九、沔水

四〇、祈　父

這是軍士怨於久役而不得安居養親的詩。

原詩	今譯
祈父！❶	叫聲司馬你細聽，
予，❷	我呀，
王之爪牙。❸	是王的衞士在京城。
胡轉予于恤？❹	爲何調我到這兒受苦痛？
靡所止居？❺	住的地方都不定？
祈父！	叫聲司馬你聽好，
予，	我呀，
王之爪士。❻	做王的衞士多榮耀。

胡轉予于恤？　為何調我到這兒受苦勞？

靡所厎止？❼　沒個地方可歇腳？

祈父！　大聲喊叫司馬公，

亶不聰，❽　你卻不肯眞正聽。

胡轉予于恤？　爲何調我到這兒受病痛？

有母之尸饔？❾　有母不得親侍奉？

【註釋】❶祈：古通圻，音其ㄑㄧˊ，邊境。父：音甫，古時對男子之尊稱。圻父：官名，卽司馬，掌封圻之兵甲，故以爲號。❷予：軍士自謂。❸爪牙：禽獸所用以自衞之武器。王之爪牙，卽王之衞士。❹恤：憂。❺靡：無。止居：安居。❻爪士：爪牙之士，猶言虎士。馬瑞辰說。❼厎：音止，定也。❽亶：音旦ㄉㄢˋ，誠然，實在的。不聰：不聞。❾尸：主也。饔：音雍ㄩㄥ，熟食。謂不得親自奉養，而使母反主勞苦之事也。

【評解】

祈父是小雅鴻鴈之什的第五篇，分三章，首次兩章章五句，末章四句。前兩章第一句二字，第二句一字，第三第五句各四字，第四句五字。末章第一句二字，第二句三字，第三、第四句各五字，全詩共四十七字。

這是一篇各章句法字數很不整齊的詩，讀起來有一種低沉氣咽的苦調，正表達了久役在外之軍士的幽怨情緒。

前兩章怨祈父不該把他由王之衞士調來邊疆服役。末章怨祈父之裝聾作啞，不理他的怨訴，把他久留於外，使他不得侍養老母以盡孝心。不斥王之用人不當而責司馬，是詩人之忠厚處；先公而後私，是詩人措辭之得當處。

【古韻】

第一章：父、牙、居，魚部平聲；

第二章：士、止，之部上聲；

第三章：聰、饔，東部平聲。

四一、小宛

這是詩人生於亂世，懷念父母，告戒兄弟謹愼以免禍的詩。

原詩

宛彼鳴鳩，❶
翰飛戾天。❷
我心憂傷，
念昔先人，
明發不寐，❸
有懷二人。❹
人之齊聖，❺
飲酒溫克。❻

今譯

看那小小斑鳩鳥，
振翅飛到青天高。
我的內心好傷感，
傷感懷念我祖先。
直到天亮不成寐，
就因想念父母親。
人有才智就聰明，
雖然酒醉也溫恭。

彼昏不知，⑦
壹醉日富。⑧
各敬爾儀，⑨
天命不又。⑩

中原有菽，⑪
庶民采之；⑫
螟蛉有子，⑬
蜾蠃負之。⑭
教誨爾子，
式穀似之。⑮

題彼脊令，⑯
載飛載鳴。

那些昏憒愚昧人，
一旦喝醉就驕矜。
各自敬慎你威儀，
天命不會幫助你。

原野田間有大豆，
庶民都可來採收。
桑蟲產下幼蟲兒，
土蜂帶去養得像自己。
教誨你的小孩子，
使他善良也似你。

看那脊令如兄弟，
邊飛邊鳴救人急。

我日斯邁，[17]　　我既天天趕行程，
而月斯征。[18]　　天天月月都不停。
夙興夜寐，　　早起晚眠很勤奮，
無忝爾所生。[19]　　庶不貽羞父母親。

交交桑扈，[20]　　桑扈鳥兒叫唧唧，
率場啄粟。[21]　　沿着穀場啄米吃。
哀我塡寡，[22]　　哀我既病又困窮，
宜岸宜獄。[23]　　且受災難被訴訟。
握粟出卜，[24]　　握一把米卜凶吉，
自何能穀？[25]　　如何能得好卦辭？

溫溫恭人，[26]　　人要溫和又謙讓，
如集于木。[27]　　時時就像在樹上。

惴惴小心，㉘　　戒愼恐懼提防嚴，
如臨于谷。　　就像站在山谷邊。
戰戰兢兢，　　時時戰戰又兢兢，
如履薄冰。㉙　　如同兩腳踏薄冰。

【註釋】❶宛：小貌。鳴鳩：斑鳩。❷翰：羽。戾：至。❸朱傳：「明發，謂將旦而光明開發也。」❹朱傳：「二人，父母也。」❺經義述聞云：「齊聖，聰明睿智之稱。」❻溫：和柔。克：能。此句謂聰明睿智之人，雖飲酒至醉，猶能溫恭自持，勝其酒力，無失其態也。❼昏：昏憒，謂彼昏憒不智之人。❽壹醉：一經飲醉。日富：日益盈滿。盈滿卽驕傲之意。此以醉喻不智之人稍有得意卽忘形也。❾敬：謹。儀：威儀。❿又：古右字，與佑通，助也。⓫中原：原中，原野，田原之中。菽：大豆。⓬庶民：衆民。⓭螟：音名。蛉：音零。螟蛉：桑蟲，桑上小青蟲。⓮蜾：音果。蠃：音裸ㄌㄨㄛˇ。蜾蠃：土蜂。正義云：「蜾蠃，土蜂也，似蜂而小腰。取桑蟲負之於木空中，七日，而化爲其子。」實則蜂以螟蛉飼其幼蜂。古人但見幼蜂出穴，誤爲此說。⓯式：語詞。穀：善。以上四句謂螟蛉之子，本不似蜾蠃，而教化之使似也。以喻不似者，可以教化而使之似。以興後二句教子似父之義。⓰題：視也。脊令：鳥名，飛則鳴，行則搖，爲急難相救之鳥，故用以喻兄弟相助之義。今寫作鶺鴒。⓱邁：行。⓲征：行。二句謂日邁月征，僕僕道路，無休息之時。⓳忝：音殄ㄊㄧㄢˇ，辱也。所生：謂父母。以上二句謂若能夙興夜寐，雖生此亂世，亦可有所成就，不致遭禍，則無辱父母也。⑳交交：通咬咬，形容鳥聲。桑扈：鳥名，竊脂也。俗稱之青觜，瓦灰色。據鄭箋：竊脂肉食。㉑率：循。㉒朱傳：「塡與瘨同，病也。」寡：寡財，謂貧窮。此句謂可憐我既病且貧。㉓宜：二宜字皆且字形近之譌。岸：鄉亭（地方）之獄。獄：朝廷之獄。且岸且獄：謂多受訟獄之累。㉔握一把米出去求人占卜。（以粟爲卜資以酬謝卜人。）㉕自：從。穀：善。此句謂從何處能得吉兆耶？（因我貧苦無依，無由得吉兆也。）㉖溫溫：和柔貌。恭人：和恭之人。㉗集：鳥落樹上曰集。此謂如人在樹上，惟恐墜下。言小心也。㉘惴：音墜ㄓㄨㄟ，惴惴：憂懼貌。㉙此數句謂詩人深自警戒，以期免於禍也。

【評解】

小宛是小雅節南山之什的第六篇，分六章，章六句。除第四章末句爲五字外，餘均爲四字句。全詩共一百四十五字。

首章言斑鳩尚能高飛至天，而人處亂世，卻無所施爲，自覺愧對祖先父母，以至憂傷不寐。

次章言人之善惡，操之於己，故應敬愼威儀，以求自助。既以勉人，又以自勉。

三章謂原野的大豆，唯採者始能擁有。如土蜂能將螟蛉之子化爲己子，人亦可教其子，使之向善，事在人爲而已。

四章以脊令鳥之飛則鳴，行則搖，時時都在勞碌勤奮，呼應互助，以勉兄弟亦應勤奮互助。所以我兄弟應日夜奔波勞碌，以無忝於父母也。連用爾我字，以見關係之親密，的是勸戒兄弟的語氣。

五章以桑扈之無肉而食粟，以喩生活之艱困。所以下文敍其旣病又窮，且遭訴訟之災。雖去求人占卜，但正處霉運，又如何能有吉兆耶？

六章謂爲人無論何時，均應小心謹愼，庶幾可免災難。旣勸兄弟，亦以自惕。

元人許謙評此詩曰：「此詩遇亂而戒兄弟修德以免禍。修德，當法其親；免禍，則謹其德。前四章修德之事；後二章免禍之意。」

方玉潤曰：「小序謂大夫刺幽王。朱子駁之云：『此詩之詞，最爲明白而意極懇至。說者必欲爲刺王之言，故其說穿鑿破碎，無理尤甚。』因改爲大夫遭時之亂，而兄弟相戒以免禍之詩。今細玩詩詞：首章欲承先志，次章慨世多嗜酒失儀。三敎子，四勗弟，五、六則卜善自警，無非座右銘言。固無所謂刺王意，亦何嘗有遭亂詞！岸獄薄冰等字，不過君子懷刑，不能不常作是想。雖處盛世，此心亦終不能無也。」

然細味詩文，頗具憂患意識。雖未明言遭亂，而惴惴恐懼之情，惟於亂世特甚也。

【古韻】

第一章：天、人、人，眞部平聲；
第二章：克、富、又，之部去聲；
第三章：采、負、似，之部上聲；
第四章：令、鳴、征、生，耕部平聲；
邁、寐，祭部去聲；
第五章：扈、寡，魚部上聲；
粟、獄、卜、穀，侯部入聲；
第六章：木、谷，侯部入聲；
兢、冰，蒸部平聲。

四二、巧言

這是一篇諷刺讒人的詩。

原詩	今譯
悠悠昊天，❶	浩然廣大的老天，
曰父母且。❷	把你當成父母喊。
無罪無辜，	人們無罪無過錯，
亂如此幠。❸	遭受禍亂如此多。
昊天已威，❹	老天已在施威怒，
予愼無罪。❺	我眞無罪又無辜。
昊天大幠，❻	老天正在發大威，
予愼無辜。❼	我卻實在沒有罪。
亂之初生，	禍亂最初會發生，
僭始旣涵；❽	由於讒言能得逞。
亂之又生，	禍亂一遍又一遍，

奕奕寢廟，㉑　寢廟神氣大又高，
君子作之。　是爲君子所建造。
秩秩大猷，㉒　明智計謀很遠大，
聖人莫之。㉓　是爲聖人所謀劃。
他人有心，　別人有啥心中事，
予忖度之。㉔　我能猜測而得知。
躍躍毚兔，㉕　狡兔跳躍快快逃，
遇犬獲之。㉖　碰到獵犬就捉牢。

荏染柔木，㉗　柔軟之木非美材，
君子樹之。㉘　君子卻要把它栽。
往來行言，㉙　路上行人散流言，
心焉數之。㉚　必須用心去分辨。
蛇蛇碩言，㉛　大言欺世放厥辭，

出自口矣。　　出自他那兩嘴皮。
巧言如簧，32　　佞巧之言如鼓簧，
顏之厚矣。　　厚顏無恥耍花樣。
彼何人斯？33　　他那是個什麼人？
居河之麋。34　　住在河水水之濱。
無拳無勇，35　　雖然無力也無勇，
職爲亂階。36　　專門製造禍亂生。
既微且尰，37　　腿已潰爛腳也腫，
爾勇伊何！38　　你的勇氣有何用！
爲猶將多，39　　欺詐詭計還很多，
爾居徒幾何？40　　你的黨徒有幾個？

【註釋】❶悠悠：遠大貌。昊：音浩，亦浩大義。❷曰：語詞。且：音居，語詞。二句蓋呼天呼父母之意。❸幠：音呼，大也。❹已威：已施威怒。❺慎：眞，誠。❻大：音太，大也。此句承上文言，謂昊天之威怒太大也。❼慎：眞，誠。❽僭：譖之假借，譖：音ㄗㄣˋ，讒言。涵：容。謂讒言開始被容納。❾君子：指王。下同。以上二句謂：亂之又生，由於君子之信讒。❿庶：庶幾。遄：音船，速。沮：音居，止。⓫朱傳：「祉，猶喜也。」（屈萬里詩經詮釋云：「朱傳本潛夫論衰制篇爲說。」）上文之怒謂怒讒人，此謂喜善人也。⓬已：止。⓭屢盟：既盟而背，是以屢盟。⓮用：以。長：音掌，增多。⓯盜：指讒人。⓰暴：猛烈。⓱孔甘：甚美。⓲餤：音談，進食。謂信讒如進食。⓳匪：彼，指讒人。屈萬里詩經詮釋云：「甲骨文止、足同字，止恭猶足恭，言過恭也。」⓴邛：音窮，病也。言孔甘之讒言，造成王不明之病，以致國亂。㉑奕奕：大貌。寢廟：宗廟前曰廟，後曰寢。廟是接神之處，尊，故在前；寢則爲衣冠所藏之處。㉒秩秩：明智貌。猷：謀。㉓莫：謨之假借，謀也。㉔忖：音ㄘㄨㄣˇ，度：音惰，忖度：猶今言揣度。㉕躍：音替，躍躍：同趯趯，跳躍。毚：音纒，毚兔：狡兔。㉖狡兔遇犬必被捕獲，以喻忖度他人之心必中也。㉗荏：音忍，荏染：柔貌。柔木：柔軟之木。㉘樹：種植。二語喻進用小人。㉙行言：流言。俞樾說。㉚數：辨也。㉛蛇：音移。蛇蛇：馬瑞辰云：「大言欺世之貌。」碩：大。㉜簧：笙中金葉以發聲者。㉝彼：謂讒人。㉞麋、湄，古音近義通，水草之交，卽河邊也。㉟拳：力也。㊱職：主，猶言實也。亂階：禍亂之階梯。㊲微：脚脛生瘡。尰：音腫ㄓㄨㄥˇ，足腫。㊳伊：是。㊴馬瑞辰云：「廣雅：『猶，欺也。』爲猶將多，言其欺詐且多也。」將：方也，且也。㊵居：語詞。此句謂爾徒輩幾何也。（意謂爾徒輩未有幾何，除之不難也。）

【評解】

巧言是小雅節南山之什的第八篇，分六章，章八句，除末句為五字外，餘均為四字句。全詩共一百九十三字。

首章敍詩人被讒之甚，唯有呼天呼父母以訴之，一再申述「予愼無罪」「予愼無辜」，然而無辜受禍，怨忿之情，溢於言表。

二、三兩章總述禍亂之生，由於君子之信讒，不知明察所致。

四章謂寢廟奕奕，是君子所作；明智大計，是聖人所謀。此為人所易知之事，正如他人有心，予可忖度之。野兎雖狡猾，而獵犬也能捕獲之。以喩讒人之言，遇明智之士，自能辨之也。

五章敍柔木不堅硬，非美材，而君子竟種植之。以喩小人竟為君子所用。路人流言，自可辨其眞偽。而讒人卻能鼓其如簧之舌，厚顏無恥，大言不慚，迷惑君子使不能辨其眞偽。是讒人誠可怕也。

六章更揭露小人之卑鄙無德，專事讒害善人，製造禍亂。最後以質問口氣曰：「你的黨徒能有多少？」意謂再多亦不難消滅也。

【古韻】

第一章：且、辜、幠、幠、辜，魚部平聲；

威、罪，微部平聲；

第二章：涵、讒，談部平聲；

怒、沮，魚部上聲；

祉、已，之部上聲；

第三章：盟、長，陽部平聲；

盜、暴，宵部去聲；

甘、餤、談部平聲；

共、邛，東部平聲；

第四章：作、莫、度、獲，魚部入聲；

第五章：樹、數、口、厚，侯部上聲；

第六章：麋、階、伊、幾，脂部平聲；

勇、尰，東部上聲。

四三、小明

在外行役者久不得歸，遂作此詩以吐苦水；並對在上者提出勸告。

原詩

明明上天，
照臨下土。❶
我征徂西，❷
至於艽野。❸
二月初吉，❹
載離寒暑。❺
心之憂矣，
其毒大苦。❻
念彼共人，❼

今譯

明明在上的老天爺，
普照下界無厚薄。
我往西方去服役，
到達艽野邊遠地。
已是二月初吉時，
經歷了嚴寒和夏季。
我的心中好憂苦，
心中憂苦似藥毒。
那溫恭之人我想念，

涕零如雨。	涕淚如雨流不完。
豈不懷歸？	那裏不想回家去，
畏此罪罟。⑧	只怕犯罪被逮捕。
昔我往矣，	從前我離家出遠門，
日月方除。⑨	舊年剛過正新春。
曷云其還？⑩	什麼時候能回家？
歲聿云莫。⑪	已經到了年底下。
念我獨兮，	想到我孤孤單單好可憐，
我事孔庶。⑫	事情太多做不完。
心之憂矣，	我的心裏好憂煩，
憚我不暇。⑬	忙忙碌碌沒空閒。
念彼共人，	無時不想那溫恭人，
睠睠懷顧。⑭	想念之情情意深。

豈不懷歸？
畏此譴怒。[15]

昔我往矣，
日月方奧。[16]
曷云其還？
政事愈蹙。[17]
歲聿云莫，
采蕭穫菽。[18]
心之憂矣，
自詒伊戚。[19]
念彼共人，
興言出宿。[20]
豈不懷歸？

那裏不想快回家？
只怕犯罪受責罰。

當初我離家去服役，
正是氣候剛暖時。
什麼時候能回去？
事情越來越急促。
已經到了年底下，
採蕭割豆收莊稼。
我的心裏好憂苦，
自尋煩惱悔當初。
想念恭人不成寐，
只好起身外面睡。
那裏不想快回家？

畏此反覆。㉑　反覆無常我害怕。
嗟爾君子！㉒　啊哈你們諸君子！
無恆安處。㉓　可別長久處安逸。
靖共爾位，㉔　勤謹盡忠你職守，
正直是與。㉕　正直之人多交友。
神之聽之，㉖　愼交好友聽忠告，
式穀以女。㉗　你就有福又有祿。

嗟爾君子，　奉勸你們衆大官，
無恆安息。　可別長久處安閒。
靖共爾位，　勤謹盡忠你職守，
好是正直。㉘　深交正人爲好友。
神之聽之，　愼交好友聽忠告，

介爾景福。㉙　才會求得你大福。

【註釋】①下土：下界。②征：行。徂：音ㄘㄨˊ，往。此云往西，蓋參預伐玁狁之事者。（見屈萬里詩經詮釋）③艽：音求，毛傳：「艽野，荒遠之地也。」按艽、鬼二字古通用。朱子謂艽是地名。艽野：疑即鬼方之野。此時鬼方雖已名玁狁，然舊稱或未盡泯也。宋翔鳳已謂艽野即鬼方。（屈萬里詩經詮釋）④初吉：月之一至八日爲初吉。見王靜安生霸死霸考，或謂朔日。二月初吉即二月初一。⑤載：則。離：罹，遭受。謂至今已遭寒而逾暑矣。⑥大：音太。此句謂心中之苦如藥毒也。⑦共：同恭。共人即溫恭之人，蓋行役者謂其妻。⑧罟：音古，網。如逃歸則獲罪，故云。⑨方：甫。方除謂剛過年。⑩曷：何時。云：語詞。⑪聿：音玉，聿、云皆語詞。莫：同暮。⑫孔：甚。庶：衆多。⑬憚：音躲ㄉㄨㄛˇ，勞。謂勞我使不得暇。⑭睠：音眷ㄐㄩㄢˋ，睠睠：反顧貌。⑮譴怒：罪責。⑯奧：音玉，煖。⑰蹙：急。⑱蕭：蒿屬，採之所以爲薪。菽：豆。採蕭穫菽皆多之事。夏曆之季秋即周曆之多。言此以明歲將暮也。⑲詒：音義同遺，留下。伊：是也，此也。戚：憂苦。⑳興：起來。言：語詞。出宿：因念其妻，不能安寢，而出宿於外。㉑反覆：謂成期之屢變。暗指在上者之反覆無常。㉒君子：指執政者。㉓無恆安處：謂勿常居逸樂，而不勤勞公務也。㉔靖：治，謂勤於事。共：恭。此句謂勤謹於爾之職事。㉕與：交往。㉖神：愼。聽：從。此句今譯忠告之「告」，音固。下同。㉗式：語詞。穀：善。以：及。女：同汝。言福祿及於汝也。㉘好：音號，較「與」又深一層。好是正直：愛此正直之人。㉙介：音匄ㄍㄞˋ，求。景：大。

【評　解】

小明是小雅谷風之什的第七篇，分五章，前三章章十二句，後兩章章六句。均爲四字句，全詩共一百九十二字。

屈萬里詩經詮釋：「朱傳：『大夫以二月西征，至於歲莫而不得歸，故呼天而訴之。』按：朱說是；惟是否大夫所作，則難定。以采薇及六月等詩證之，此當亦宣王時之作品也。」即此篇「昔我往矣」等句，亦與采薇、出車兩詩相似。惟此篇無「今我來思」之句，蓋采薇、出車，凱旋之作，此則未歸時之詩。詩亦不出一人，而其事或同爲伐玁狁之役。

首章先以上天能普照大地，反喩詩人所受待遇之不平，並有呼天而訴之的意思。次敍行役在外，時日甚久，內心憂苦而思念家人。但因怕犯罪而不敢回家。

次章意思與首章大致相同。

三章更因久役在外，生活艱困而後悔當初不該任此遠征之事。且因對家人思念太深而不能成眠，只好到外面露宿，庶幾可藉清新之空氣以稍舒煩憂之心情。雖然非常想家，但對在上者那種反覆無常的作風，令人難以猜測其心意而害怕。

四、五兩章均是對在上者的奉勸之詞。由此二章可知在上者長處安逸，更覺詩人「憚我不暇」之不公平。然仍勸在上者多交益友，以求福祿，可謂忠厚之至。

牛運震評之曰：「前三章縷述征役憂思之苦；末二章遙誡同官，歸于忠愛。三念彼共人，兩嗟爾君子。章法鉤聯，意思貫串，乃有鎔鑄一片處。」

【古　韻】

第一章：土、野、暑、苦、雨、罟，魚部上聲；

第二章：除、莫、庶、暇、顧、怒，魚部去聲；

第三章：奧、蹙、菽、戚、宿、覆，幽部入聲；

第四章：處、與、女，魚部上聲；

第五章：息、直、福，之部入聲。

四四、鼓　鐘

這是在淮水之畔，奏樂追悼南國某君的詩。

原詩

鼓鐘將將，❶
淮水湯湯。❷
憂心且傷。
淑人君子，❸
懷允不忘。❹

鼓鐘喈喈，❺
淮水湝湝。❻
憂心且悲。
淑人君子，
其德不回。❼

今譯

敲着大鐘鏘鏘響，
淮水奔流浩蕩蕩。
內心憂戚又悲傷。
這樣善良好君子，
眞是懷念永不忘。

敲着大鐘響喈喈，
淮水奔流聲嗚咽。
內心憂傷又悲切。
這樣善良好君子，
品德端正不歪邪。

鼓鐘伐鼛，❽　敲鐘打鼓哀樂奏，
淮有三洲。❾　淮水水畔有三洲。
憂心且妯。❿　內心憂傷又悲愁。
淑人君子，　這樣善良好君子，
其德不猶。⓫　大德傳世永不朽。

鼓鐘欽欽，⓬　敲擊大鐘聲欽欽，
鼓瑟鼓琴，　既鼓瑟來又彈琴，
笙磬同音。　笙磬同奏聲調勻。
以雅以南，⓭　伴着正聲和南樂，
以籥不僭。⓮　籥舞節拍也配合。

【註釋】❶鼓：此處應作動詞敲擊義。下同。鼓鐘：為諸侯以上之樂。將：音義同鏘ㄑㄧㄤ，將將：鐘聲。❷湯：音傷。湯湯：大水貌。屈萬里云：「疑某君葬於淮水之上，故初言鼓鐘，繼言淮水。」（詩經詮釋）❸淑：善。淑人君子：指被追悼之死者。❹懷：持守，思念。允：信，誠然。不忘：猶不已。❺

喈：音皆，喈喈：和聲也。❻湝：音皆，湝湝：水流聲。❼回：邪。言君子之德，正而不邪。❽伐：擊。鼛：音高，大鼓。❾三洲：淮上之地。❿妯：音抽，悼也。毛傳：「妯，動也。」謂激動。亦通。⓫猶：已，不猶即不已，謂其德永存。⓬欽欽：亦鐘聲。⓭雅：中原之正聲。南：南國之樂。言奏正聲及南國之樂。又，雅：樂器名，詳見周禮春官笙師先鄭注。禮記文王世子有「胥鼓南」之語，知南亦樂器之可鼓者。甲骨文㱿字（㱿），正象鼓南之形。（見屈萬里詩經詮釋）⓮籥：音越，樂器，以竹爲之，似笛，六孔。以籥謂持籥吹奏之文舞。僭：音欽ㄑㄧㄣ，亂也。不僭：不亂。

【評　解】

鼓鐘是小雅谷風之什的第八篇，分四章，章五句，句四字。全詩共八十字。

詩序云：「鼓鐘，刺幽王也。」然按之史實，幽王無至淮之事。故本之詩文，釋爲追悼南國某君之詩最爲合宜。

每章都以奏樂起興，在奔流嗚咽的淮水之畔，一片悲悽哀樂聲中，追悼這位有德之君子。令人倍增悲傷懷念之情。詩中三呼淑人君子，稱頌備至，正因如此，始能爲人永懷不忘也。

【古　韻】

第一章：將、湯、傷、忘，陽部平聲；
第二章：悲、回，微部平聲；
第三章：鼛、洲、妯、猶，幽部平聲；
第四章：欽、琴、音、南、僭，侵部平聲。

四五、信南山

這也是一篇歌咏祭祀的詩。

原詩	今譯
信彼南山，❶	南山蜿蜒又高大，
維禹甸之。❷	禹王曾經治理它。
畇畇原隰，❸	高低各處都墾殖，
曾孫田之。❹	方便後人來種植。
我疆我理，❺	疆界劃分溝渠理，

南東其畝。⑥

上天同雲，⑦
雨雪雰雰。⑧
益之以霢霂，⑨
既優既渥，⑩
既霑既足，⑪
生我百穀。

疆埸翼翼，⑫
黍稷彧彧。⑬
曾孫之穡，⑭
以爲酒食。
畀我尸賓，⑮

或南或東順地勢。

上天遍佈是烏雲，
就會大雪落紛紛。
再加小雨遍地澆，
土壤滋潤很肥饒。
雨水均匀又充足，
自然就會生百穀。

田間阡陌很齊整，
黍稷長得很茂盛。
曾孫耕種收穫豐，
治辦酒食供祖宗。
尸祝賓客都分遍，

壽考萬年。　賜我壽考壽萬年。

中田有廬，⑯　田中有間茅草廬，
疆場有瓜。⑰　田畔種瓜已成熟。
是剝是菹，⑱　把它剝來把它醃，
獻之皇祖。⑲　醃好獻上供祖先。
曾孫壽考，　曾孫壽考蒙保護，
受天之祜。⑳　接受上天賜福祿。

祭以清酒，㉑　先用清酒來祭告，
從以騂牡，㉒　再將赤牲迎接到，
享于祖考。㉓　清酒赤牲獻祖考。
執其鸞刀，㉔　主祭拿着鸞鈴刀，
以啓其毛，㉕　親自劃開牲皮毛，

四五、信南山

取其血膋。㉖　取牠血液和脂膏。
是烝是享，㉗　祭品進奉又獻上，
苾苾芬芬，㉘　獻上祭品味芬芳，
祀事孔明。㉙　典禮完備又周詳。
先祖是皇。㉚　先祖神靈來歆饗。
報以介福，㉛　回報子孫以大福，
萬壽無疆。　使你萬壽壽無疆。

【註釋】❶信：古與伸通用，長也。馬瑞辰說。❷甸：音店，治理。❸畇：音勻，畇畇：形容開墾之田地平坦整齊。原：高平之地。隰：音息，低濕之地。❹朱傳：「曾孫，主祭者之稱。」田：耕種。❺朱傳：「疆者，定其大界也；理者，定其溝塗也。」❻畝：壟。或南（北）其壟，或東（西）其壟。❼同雲：全為雲所遮，將雪之候也。❽雨：音玉，落。雰：音紛。雰雰猶紛紛。❾益：加。霢霂：音脈木，小雨。❿優：充足。渥：潤濕。⓫霑：音占，浸潤。霑足：即雨水浸潤透了。⓬埸：音亦，疆埸：田界。翼翼：整飭貌。⓭彧：音域ㄩˋ，彧彧：茂盛貌。⓮穡：所收之穀。⓯畀：音必，給予。此句謂以酒食祭祀祖先，並招待助祭之賓客。尸：代表祖先以接受祭祀之人。⑯中田：田中。廬：房舍。秋冬去，春夏居。⑰疆埸有瓜：於田畔上種瓜以盡地利。⑱菹：音居，醃漬。卽醃菜，或謂之泡菜。⑲皇祖：大祖，高祖以上皆稱皇祖。⑳祜：音戶，福也。㉑清酒：清潔之酒，以爲祭祀之用。㉒從：跟從。騂：音星，赤色。牡：雄牲。㉓享：獻祭。㉔鸞刀：刀之有鈴者。㉕啓：撥開。㉖膋：音聊，脂膏。言取血及脂膏。㉗烝：進。享：獻。㉘苾：音必。苾，芬皆訓香，謂其祭品氣味芬芳也。㉙孔：甚。明：備。㉚皇：徬徨，卽歸往，來饗也。㉛介福：大福。

【評解】

信南山是小雅谷風之什的第十篇，分六章，章六句，除第二章第三句爲五字外，餘均爲四字句。全詩共一百四十五字。

首章先由田事敍起，爲祭祀張本。與前篇之楚茨同意（楚茨見「詩經欣賞與研究」第三集）。

次章宋人陸佃的評語甚好，玆錄之於下：「三農之事，雪則欲盛而徧也，雨則欲微而潤也。蓋豐年之多，必有積雪；而其春，必有小雨。故是詩，雨言小，雪言盛。雪則欲其盛矣，然又欲其澤浸之甚周也，故繼之曰既優既渥；雨則欲其微矣，然又欲其膏潤之僅足也，故繼之曰既霑既足。」

三章始敍辦酒食供祭祀之事，蓋因豐收而謝祖先之恩賜也。

四章繼三章之意，元人朱公遷評之曰：「地無遺利，祭無遺禮，於此可知。但菹不止於瓜，舉此以爲例耳。」

四章言瓜菹，是物之微者；五章言牲酒，是物之重者。有微有重，禮極備矣。且敍啓毛取血等動作，較楚茨篇之牛羊剝亨更爲詳盡，描寫精細入微。

六章再述祭品之芬芳，祭禮之完備。祖先神靈喜歡饗用而遂回報子孫以「萬壽無疆」之大福。

姚際恆評曰：「上篇（楚茨——見「詩經欣賞與研究」三集）鋪敍閎整，敍事詳密；此篇（信南山）則稍略而加以跌蕩，多閒情別致，格調又自不同。」

【古　韻】

第一章：甸，田，眞部上聲；
　　理、畝，之部上聲；

第二章：雲、雰，文部平聲；

霂、渥、足、穀，侯部入聲；
第三章：翼、彧、穡、食，之部入聲；
賓、年，眞部平聲；
第四章：廬、瓜、菹、祖、祜，魚部平聲；
第五章：酒、牡、考，幽部上聲；
刀、毛、膋，宵部平聲；
第六章：享、明、皇、疆，陽部平聲。

四六、甫田

這是君王爲祈求豐年而祭祀所歌的樂章。

原詩	今譯
倬彼甫田，❶	那片廣大的農田，
歲取十千。❷	每年取稅有十千。

我取其陳，❸
食我農人。❹
自古有年。❺
今適南畝，
或耘或耔，❻
黍稷薿薿。❼
攸介攸止，❽
烝我髦士。❾
以我齊明，❿
與我犧羊，⓫
以社以方。⓬
我田既臧，⓭
農夫之慶。⓮

我取其中陳舊米，
分給我的農人吃。
自古以來有豐年。
去往南畝看一看，
除草培土各分工，
黍稷長得很茂盛。
休息一下把話傳，
模範農夫來進見。
祭神之飯我奉上，
還有純色大公羊。
方神社神都祭奉，
我田就有好收成。
眞是農夫大吉慶。

琴瑟擊鼓，　彈奏琴瑟又敲鼓，
以御田祖。⑮　彈琴敲鼓迎田祖。
以祈甘雨，　祈求老天降甘雨，
以介我稷黍，⑯　生長我的稷和黍，
以穀我士女。⑰　使我男女都豐足。

曾孫來止，⑱　主祭的曾孫來田間，
以其婦子，　婦女孩童都不閒，
饁彼南畝，⑲　往那南畝去送飯，
田畯至喜。⑳　田官看到好喜歡。
攘其左右，㉑　左邊要了右邊要，
嘗其旨否。㉒　嚐嚐味道好不好。
禾易長畝，㉓　大片田畝都整飭，
終善且有。㉔　既好又多令人喜。

四六、甫田

曾孫不怒，
農夫克敏。㉕

曾孫之稼，
如茨如梁；㉖
曾孫之庾，㉗
如坻如京。㉘
乃求千斯倉，㉙
乃求萬斯箱，㉚
黍稷稻粱。
農夫之慶。
報以介福，
萬壽無疆。㉛

曾孫當然不生氣，
農夫盡力好成績。

曾孫收穫堆滿場，
高如屋蓋如屋梁。
曾孫囤積多又滿，
囤積如坻如小山。
祈求裝滿上千倉，
祈求裝載上萬箱，
既有黍稷有稻粱。
眞是農夫大吉祥。
回報你以大福慶，
祝你萬壽壽無窮。

【註釋】❶倬：音卓，大貌。甫田：大田。❷取：收稅。十千爲萬，言其多也。❸我：主祭之君王自謂。陳：舊。指舊粟。④食：音寺，給人食物。⑤自古：自昔，謂多年以來。有年：豐年。⑥耘：音云，除草。耔：音子，壅根，覆土培根也。⑦薿：音倚，薿薿：茂盛貌。⑧攸：乃。介：舍。止：息。謂君王舍息之狀。⑨烝：進，謂接見。髦：音毛，俊。髦士謂農夫中之優秀者。⑩齊：音義同粢。讀如姿。明：成之假借，成：盛也。齊明卽粢盛，爲祭神之飯。⑪犧：純色之牲。⑫社：土神。方：四方之神。此社方皆作動詞用，謂祭祀土神及四方之神。⑬臧：善。⑭慶：福。⑮御：迎。田祖：發明種田之人，此謂迎祭其神。⑯介：音丐，通匄，求也。祈求稷黍之豐盛。⑰穀：養。士女：男女。⑱曾孫：主祭者，卽家長。止：語詞。⑲饁：音葉，送飯。⑳田畯：勸農之官。畯：音俊。㉑攘：取，取左右之食。㉒旨否：甘美與否。㉓易：治。長畝：竟畝。此句謂整個田畝中的農作物都治理好。㉔終：旣。有：多。㉕克：能。克敏：能敏捷於其事。㉖茨：音次，屋蓋。梁：屋梁。㉗庾：音雨，囷。㉘坻：音池，水中高地。京：高丘。㉙斯：語詞。下同。此句謂求千倉以收藏之。㉚箱：車箱。萬車以載運之。㉛此三句謂：農夫之有此福，實君王之德所致。望能報君王以大福，祝其萬壽無疆也。

【評解】

甫田是小雅甫田之什的第一篇，分四章，章十句，除第二章第九、十兩句及第四章五、六兩句爲五字句外，餘均爲四字句，全詩共一百六十四字。

首章言田產之豐，稅收之多，將陳糧食農人，新穀入倉囷，以備水旱霜蝗之災。是斂散皆得其道也。

次章前五句是報成之祭（報答豐收），後五句是祈年之祭。一章之中既報往又祈來，仍歸重農夫，意極篤厚。

三章明人朱善評之曰：「曾孫之來，以省耕爲職者也。田畯之至，以勸農爲職者也。以其婦子，饁彼南畝，言其力之齊也。攘其左右，嘗其旨否，言其情之親也。禾易長畝，終善且有，言其效之著也。於田畯曰喜，於曾孫曰不怒，互文以見意也。田畯見之喜，曾孫見之不怒，則農夫益以敏於其事矣，謂不待督趣而自勸也。」

四章盛讚收穫之豐，雖係農夫之福，實乃君德所致，故祝頌君王能夠萬壽無疆。

全詩充滿一片政治清明，上下一心的和諧氣氛。上懷仁德以體下，下則力田以報上。各司其職，各盡其力，共同爲國爲民，以謀國泰民安。雖係祭神之詩，卻重在人事之作爲。蓋天助自助者。故每章均歸重於農夫，是得祈年詩之要義者。

【古　韻】

第一章：田、千、陳、人、年，眞部平聲；

畝、耔、薿、止、士，之部上聲；
第二章：明、羊、方、臧、慶，陽部平聲；
鼓、祖、雨、黍、女、魚部上聲；
第三章：止、子、畝、喜、右、否、有、敏，之部上聲；
第四章：粱、京、倉、箱、粱、慶、疆，陽部平聲。

四七、大田

這是一篇歌詠從事稼穡者，樂見豐年而祭祀的詩。

原詩	今譯
大田多稼，❶	廣大田畝收穫豐，
既種既戒，❷	修好農具又選種，
既備乃事。❸	一切事項都完成。
以我覃耜，❹	帶着鋒利掘土臿，
俶載南畝。❺	開始南畝種莊稼。

播厥百穀，⑥　各種穀類種下地，
既庭且碩，⑦　長得碩大又挺直，
曾孫是若。⑧　曾孫看了很滿意。

既方既皁，⑨　穀粒漸漸長完全，
既堅既好。　既充實來又飽滿。
不稂不莠，⑩　沒有秕子和野草，
去其螟螣，⑪　螟蟲蝗蟲都除掉，
及其蟊賊，⑫　還有蟊賊也不饒，
無害我田穉。⑬　爲免害我田中苗。
田祖有神，⑭　田祖有靈發神威，
秉畀炎火。⑮　投進火裏去燒燬。
有渰萋萋，⑯　烏雲密佈佈滿天，

興雨祁祁；⑰　　雨水充沛落緜緜；
雨我公田，⑱　　既將公田遍地澆，
遂及我私。⑲　　我的私田也淋到。
彼有不穫穉，⑳　　那邊有禾沒穫刈，
此有不斂穧；㉑　　這邊有禾沒收起。
彼有遺秉，㉒　　那邊禾稭成把丟，
此有滯穗；㉓　　這邊穀穗有遺留；
伊寡婦之利。㉔　　就給寡婦來檢收。

曾孫來止，　　主祭曾孫來田間，
以其婦子。　　婦女孩童也不閒，
饁彼南畝；　　往那南畝去送飯，
田畯至喜。㉕　　田官看了好喜歡。
來方禋祀，㉖　　四方之神都祭祀，

以其騂黑，㉗　　備好赤牲和黑犧，
與其黍稷，　　還要煮熟黍和稷，
以享以祀，　　用來供奉來祭祀，
以介景福。　　以求享有大福祉。

【註　釋】❶多稼：收成多。❷種：音腫ㄓㄨㄥˇ，選種。戒：備。謂修理農具以備用。❸乃事：其事。即上述選種及修備農具等事。❹覃：音眼，鋒利。耜：音四，田器，臿也，用以起土。❺俶：音觸，始。載：事。❻厥：其。❼庭：直。碩：大。謂禾苗條直而茂大。❽若：猶諾，謂滿意。❾方：房，謂穀殼（孚甲）始生而未合時也。皁：音燥，謂穀殼已合而未堅。❿稂：音郎，似禾之草。莠：音有，似苗之草，二者皆害田者。⓫螟：音明，食苗心之蟲。螣：音特，食葉之蟲。⓬蟊：音矛，食根之蟲。賊：食節之蟲。⓭穉：幼苗。⓮田祖：田神。⓯秉：持。畀：音必，交付。炎火：大火。以上二句謂夜舉火於田間，則蝗蟲之屬，皆投火自焚，一若田祖之神持而投之於火也。⓰渰：音淹，雲興貌。萋萋：盛貌。⓱祁祁：衆盛貌。⓲雨：音玉，落雨。公田：大家共種之田。⓳私：謂一己之田。⓴不穫穉：未收穫之穉禾。㉑斂：收。穧：音濟，不斂穧，謂割而未收之禾。㉒秉：把。已割之禾皆成把放置於田。遺秉：遺棄之禾把。㉓滯穗：滯留（遺棄）之禾穗。㉔伊：是。謂寡婦收取田中遺棄之禾穗以爲己之利益。㉕以上四句見上篇甫田註。㉖方：四方。禋：音因，禋祀：祭祀。謂祭祀四方之神。㉗騂：音星，赤色牲。黑：黑色牲。

【評解】

大田是小雅甫田之什的第二篇，分四章，一二兩章章八句，三四兩章章九句。除第二章第六句、第三章五、六、九三句爲五字外，餘均爲四字句，全詩共一百四十字。

一章敍述有好種下地，種植得法，自會長出好的莊稼而令主祭的曾孫滿意。

次章言除草殺蟲，而歸功於田祖的神靈。

三章敍天公落雨，先言公而後及私，是有尊君愛國之情；敍田中收穫有遺秉滯穗以爲寡婦之利，是有哀憐孤寡之心。眞可謂忠厚之至。

四章是一幅田家樂圖。各司其職，各盡其力。供奉犧牲祭品，以樂豐年，並對未來憧憬着幸福的期望。

劉瑾總論全詩曰：「一章言田事修飭，而苗生盛美也；二章言苗旣秀實而願其無損也；三章復願其雨澤溥及而收成有餘也；卒章言其收穫之後，而報祀獲福也。」而我們說，此詩的特出之處，在三章的先公後私，與利及寡婦，忠厚之至也。

【古韻】

第一章：戒、事、耜、畝，之部去聲；

　碩、若，魚部入聲；

第二章：阜、好、莠，幽部上聲；

　膴、賊，之部入聲；

　穉、火，脂部去聲；

第三章：穉、穧、穗、利，脂部去聲；

第四章：止、子、畝、喜、祀、黑、稷、祀、福，之部上聲。

四八、裳裳者華

這是頌美某在位者的詩。

原詩	今譯
裳裳者華，❶	花兒開得很鮮明，
其葉湑兮。❷	葉子長得很茂盛。
我覯之子，❸	如今見到這個人，

我心寫兮。❹
我心寫兮，
是以有譽處兮。❺

裳裳者華，
芸其黃矣。❻
我覯之子，
維其有章矣。❼
維其有章矣，
是以有慶矣。❽

裳裳者華，
或黃或白。
我覯之子，

我就感到好開心。
我就感到好開心呀，
自然快樂又歡欣呀。

花兒開得很鮮艷，
黃色紛紜一大片。
如今見到這個人，
容止端莊又溫文。
容止端莊又溫文啊，
就有福慶會降臨啊。

花兒開得很鮮艷，
有黃有白眞好看。
如今見到這個人，

乘其四駱。❾
乘其四駱，
六轡沃若。❿

左之左之，⓫
君子宜之。⓬
右之右之，⓭
君子有之。⓮
維其有之，
是以似之。⓯

乘着四駱來光臨。
乘着四駱來光臨，
六根繮繩好柔潤。

輔他助他盡忠心，
君子才德很相稱。
助他輔他盡忠誠，
君子貞正有才能。
惟其貞正有才能，
所以爵位他繼承。

【註　釋】❶裳裳：猶堂堂，鮮明貌。華：同花。❷湑：音許，茂盛貌。❸覯：音構，見到。之子：指被頌之人。❹寫：輸寫，心情舒放也。❺譽：通豫，樂也。處：安也。譽處：安樂。❻芸：猶紛紜，形容盛多。芸其黃：謂花開黃色而盛多。❼章：法則，禮文也，謂動容周旋中禮。❽慶：福。❾駱：白馬黑鬣。❿沃若：潤澤。⓫左：同佐，輔佐。⓬君子：指所頌美之人。宜：謂其才能相宜。⓭右：同佑，輔助。⑭有：謂有此才能。⑮似：嗣續。謂使繼續其祖考之官爵。

【評　解】

裳裳者華是小雅甫田之什的第四篇，分四章，章六句，除第一章末句爲六字，第二章後三句各爲五字外，餘均爲四字句。全詩共一百零一字。

前三章均以花開茂盛鮮艷起興，以形容所頌美之人的英華駿發，令見之者亦感榮幸而舒暢，敬仰愛戴之情油然而生。

末章卽叙如此才德兼茂之君子，才眞値得爲他盡忠効力。

全詩洋溢着對君子由衷的贊佩景仰之情。

【古　韻】

第一章：湑、寫、寫、處，魚部上聲；

第二章：黃、章、章、慶，陽部平聲；

第三章：白、駱、駱、若，魚部入聲；

第四章：左、左、宜，歌部上聲；

右、右、有、有、似，之部上聲。

四九、桑扈

這是天子燕饗諸侯，詩人謳歌祝頌的詩。

原詩	今譯
交交桑扈，❶	桑扈鳥兒鳴交交，
有鶯其羽。❷	羽毛光彩閃爍耀。
君子樂胥，❸	諸君在此共燕樂，
受天之祜。❹	受天之福多又多。
交交桑扈，	桑扈交交好自在，
有鶯其領。❺	䪬頸羽毛有光彩。
君子樂胥，	諸君在此共燕饗，
萬邦之屏。❻	是爲萬邦好屏障。

之屏之翰，❼　是為萬邦好屏障，
百辟為憲。❽　諸侯典範由你當。
不戢不難，❾　既很和睦又恭順，
受福不那。❿　受福多多永不盡。

兕觥其觩，⓫　牛角杯兒彎又彎，
旨酒思柔。⓬　美酒溫和又香甜。
彼交匪敖，⓭　與人相交不驕傲，
萬福來求。⓮　萬福自然都來到。

【註釋】❶交交：通咬咬，鳥鳴聲。桑扈：鳥名。肉食而不食粟。❷鶯：文彩貌。有鶯：鶯然。❸君子：指諸侯。胥：語詞。❹祜：福。❺領：頸。❻屏：蔽。❼之：是。翰：幹也。亦屏蔽之意。❽辟：君。憲：法。謂天下各國之君，皆以在座之諸侯為法也。❾不：讀為丕ㄆㄧ，非常。下同。戢：音吉，和睦。難：音挪，恭敬。❿那：音挪，多。⓫兕：音四，野牛。觥：音工。兕觥：牛首形之飲酒器。或以兕角作成之酒杯。觩：音求，角上曲貌。⓬旨：美。思：語詞。柔：嘉，善。馬瑞辰說。⓭彼：指諸侯。

交：謂與人交往。匪：非。敖：傲慢。㊃求：經義述聞云：「求，與逑同。逑，聚也。」

【評解】

桑扈是小雅甫田之什的第五篇，分四章，章四句，句四字，全詩共六十四字。

前兩章均以桑扈既有文彩的羽毛，又有清脆的鳴聲，以興起來朝諸侯的聲容並茂，內外兼修。因而祝他們都能受天之福而保護天下萬邦。

三章更進一層稱美諸侯足爲天下所有國君之典範，態度恭順和睦，自然受福無窮。

末章敘到燕饗正題，酒以柔嘉爲美，人以和悅爲主。爲人位尊而不驕，勢大而不傲，萬福自會相聚而來。以頌美與期勉雙意結之，可謂祝頌得體，是爲好詩。

【古韻】

第一章：扈、羽、胥、祜，魚部上聲；

第二章：扈、胥，魚部上聲；

領、屏，眞部上聲；

第三章：翰、憲、難、那，元部去聲；

第四章：觩、柔、敖、求，幽部平聲。

乘馬在廄，❼	四匹好馬在馬房，
摧之秣之。❽	餵飼芻草又餵糧。
君子萬年，	君子長壽壽無期，
福祿艾之。❾	福祿永遠跟着你。
乘馬在廄，	四馬在廄養得好，
秣之摧之。	餵飼穀糧又餵草。
君子萬年，	君子長壽壽無疆，
福祿綏之。❿	有福有祿保安康。

【註釋】❶于飛：在飛。❷畢：長柄小網。羅：網。二字皆作動詞用。❸君子：指天子。❹梁：魚梁，即堵水壩。❺戢：音吉，收斂。言二鳥相竝，相偕福祿之象也。❻遐：大。❼乘：音剩，乘馬：四馬。廄：音救，馬棚。❽摧：音錯，同莝，芻也。此謂以草飼馬。秣：以穀飼馬。❾艾：養。❿綏：安。

【評解】

鴛鴦是小雅甫田之什的第六篇，分四章，章四句，句四字。全詩共六十四字。

第一、二兩章均以鴛鴦起興。鴛鴦係匹偶之鳥，總是形影不離，雙宿雙飛，互相伴隨，有幸福安樂之象。以興天子亦常有福祿相伴，致國泰民安，長壽萬年。

後兩章更敘及對馬之飼養，有仁及禽獸，況於人乎之寓意。天子之福卽人民之福，是對天子最恰當之頌禱也。

【古韻】

第一章：羅、宜，歌部平聲；

第二章：翼、福，之部入聲；

第三章：秣、艾、祭部入聲；

第四章：摧、綏，微部平聲。

五一、頍弁

這是一篇兄弟至親燕饗的詩。

原詩

有頍者弁，❶
實維伊何？❷
爾酒既旨，❸
爾殽既嘉。❹
豈伊異人？❺
兄弟匪他。❻
蔦與女蘿，❼
施于松柏。❽
未見君子，❾
憂心奕奕；❿
既見君子，
庶幾說懌。⓫

今譯

圓圓皮帽戴頭上，
爲了什麼要這樣？
你的美酒甜又香，
你的佳餚供人嚐。
難道他們是外人？
並非外人是兄弟。
蔦蘿不能自直立，
依附松柏才站起。
沒有見到君子面，
憂心忐忑很不安。
既已見到君子面，
才會覺得很喜歡。

有頍者弁，
實維何期？⑫
爾酒既旨，
爾殽既時。⑬
豈伊異人？
兄弟具來。⑭
蔦與女蘿，
施于松上。
未見君子，
憂心怲怲；⑮
既見君子，
庶幾有臧。⑯

有頍者弁，

圓圓皮帽戴頭上，
爲了什麼要這樣？
你的美酒香又甜，
你的佳餚供饗燕。
他們難道是外人？
兄弟都來是至親。
蔦蘿不能自己站，
依附松柏往上攀。
沒有見到君子面，
憂心忡忡很不安；
既已見到君子面，
才會感到心裏寬。

圓圓皮帽眞好看，

實維在首。⑰　　戴在頭上來赴宴。
爾酒既旨，　　你的美酒香又甜，
爾殽既阜。⑱　　你的佳餚很豐滿。
豈伊異人？　　難道他們是外人？
兄弟甥舅。⑲　　兄弟甥舅是至親。
如彼雨雪，⑳　　就像大雪要落時，
先集維霰。㉑　　先要凝結成細粒。
死喪無日，㉒　　人生在世無多日，
無幾相見。㉓　　能够相見沒幾次。
樂酒今夕，　　快樂飲酒在今晚，
君子維宴。㉔　　君子宴饗盡情歡。

【註釋】❶頍：音ㄎㄨㄟˇ，弁圓貌。有頍：頍然。弁：音便，皮弁，冠名。❷實：是。維：爲。伊：語詞。謂戴此皮弁是爲何故耶？意謂將燕故也。❸旨：美。❹殽：同餚。下同。嘉：美，善。❺伊：彼。言彼豈是他人耶？蓋係至親而非外人也。❻匪：非。此句謂是兄弟而非他人也。❼蔦：音鳥，一種攀援而生之植物，一名寄生，一名寓木。蘿：女蘿，又名菟絲，亦攀援植物，常緣樹而生。❽施：音易，蔓延，依附。❾君子：指所燕之兄弟親戚。❿奕：音亦，奕奕：心神不定。⓫庶幾：差不多。說：同悅。懌：音亦。說懌：歡喜。⓬何期：猶伊何。期：音基，語詞。此句謂是爲什麼。⓭時：善，美。⓮具：俱，皆。⓯怲：音丙，怲怲：憂甚之貌。⓰臧：善。⓱在首：戴在頭上。⓲阜：音付，盛多。⓳甥舅：姊妹之子爲甥，母之兄弟爲舅。古時亦稱女婿爲甥，岳父爲舅。⓴雨：音玉，落。雨雪：落雪。㉑集：落下。霰：音線，雪之初凝若細粒者。言霰集則將雪之兆，故比老至，則將死之徵也。㉒此句謂：人壽有限，死喪之期，計無多日而將至也。古語率直，不以爲嫌。㉓此句謂：相見將無多次也。㉔宴：宴饗以樂。蓋因相見無多次，故當樂飲以盡今日之歡也。

【評　解】

頍弁是小雅甫田之什的第七篇，分三章，章十二句，句四字，全詩共一百四十四字。

每章均先敍赴宴者的裝飾，再敍美酒佳餚的筵席，於此兄弟相聚宴飲，確是人間樂事。更何況兄弟關係密切，能夠互相扶持幫助，所以以蔦蘿之依附松柏相比。兄弟宴飲，如果缺少任一個，都覺不够美滿。所以特別敍述未見君子時之忐忑不安，及既見君子後之歡樂心情。而於末章更如暮鼓晨鐘般警醒世人：人生短暫，親人相聚，實在難得；而美酒佳餚當前之時，應盡情歡樂。此詩我們在這動亂的時代讀之，豈不更有戚戚之感！

【古　韻】

第一章：何、嘉、他，歌部平聲；

柏、奕、懌，魚部入聲；

第二章：期、時、來，之部平聲；

上、怲、臧，陽部去聲；

第三章：首、阜、舅，幽部上聲；

霰、見、宴，元部去聲。

五二、魚　藻

這是頌美天子的詩。

原　詩	今　譯
魚在？	魚兒躲在那兒呀？

在藻，❶　　水藻那兒去找它，
有頒其首。❷　　魚兒有個大腦瓜。
王在？　　我王大駕在那兒？
在鎬，❸　　就在鎬京都城裏，
豈樂飲酒。❹　　快樂飲酒好歡喜。

魚在？　　魚兒躲在那兒呀？
在藻，　　水藻那兒去找它，
有莘其尾。❺　　魚兒有條長尾巴。
王在？　　我王大駕在何處？
在鎬，　　就在鎬京大國都，
飲酒樂豈。　　飲酒歡樂好幸福。
魚在？　　魚兒藏身在何方？

在藻，	藏在綠藻水中央，
依于其蒲。❻	還有蒲草可依傍。
王在？	我王大駕在那兒？
在鎬，	就在鎬京都城裏，
有那其居。❼	居住宮室好安謐。

【註　釋】 ❶藻：水草。❷頒：音墳，大頭貌。有頒：頒然。❸鎬：音皓，即鎬字，西周之都城，在今陝西長安西。❹豈：同愷，音楷，樂也。下同。❺莘：長貌。有莘：莘然。❻蒲：蒲草。❼那：音挪ㄋㄨㄛˊ，安貌。有那：那然。

【評　解】

魚藻是小雅魚藻之什的第一篇。分三章，章六句，每章一、二、四、五各句爲三字，餘爲四字句，全詩共四十八字。

三章都以魚之在藻，得其所而安其處，比喻王在鎬京快樂飲酒，安居幸福之情。當然必須是四方賓服，天下無事，人心和洽，在上者才能享此安樂。雖不正面頌美其德，而王之德自見於字裏行間。所以屈萬里先生說：「此頌美天子之詩。詩中言王在鎬，而又一片太平氣象，疑宣王時之作品也。」（詩經詮釋）而句法長短相間，讀之更覺有種欣喜之情，與詩之內容配合得當。

【古　韻】

第一章：藻、鎬，宵部上聲；
首、酒，幽部上聲；

第二章：藻、鎬，宵部上聲；
尾、豈，微部上聲；

第三章：藻、鎬，宵部上聲；
蒲、居，魚部平聲。

五三、菀　柳

這是傷感在上者殘暴兇險，反覆無常，致使臣下憂危不安的詩。

原詩

有菀者柳，❶
不尚息焉。❷
上帝甚蹈，❸
無自暱焉。❹
俾予靖之，❺
後予極焉。❻

有菀者柳，
不尚愒焉？❼
上帝甚蹈，
無自瘵焉。❽
俾予靖之，

今譯

柳樹長得很茂密，
豈不可以來休息？
上帝心緒常變化，
可別自己接近他。
既然使我去治事，
後來卻把我處死。

柳樹長得很茂密，
豈不可以來休息？
上帝心緒常常變，
可別自己找麻煩。
既然給我事情辦，

後予邁焉。❾　　後來卻把我驅趕。

有鳥高飛，　　鳥兒有翅高飛翔，
亦傅于天。❿　　能够高飛到天上。
彼人之心，⓫　　那人之心不可測，
于何其臻？⓬　　想些什麼猜不着？
曷予靖之，⓭　　爲何要我辦事情，
居以凶矜？⓮　　使我危懼戰兢兢？

【注　釋】❶菀：音玉，茂盛貌。有菀：菀然。❷尚：庶幾也。息：息於柳下。此句謂：豈不庶幾可以休息於柳下乎？❸蹈：動。甚蹈：多動，謂變化無常也。❹暱：音匿ㄋㄧˋ，近也。言勿自近彼而獲罪也。❺俾：使。靖：治。下同。謂使予治事。❻極：同殛，誅也。❼愒：音氣，息也。❽瘵：音債，病也。❾邁：行，此謂放逐。❿傅：至。⓫彼人：指在上者。⓬臻：到。此句謂其心叵測。⓭曷：何，爲何也。⓮矜：危也。以上二句謂：爲何既使我治事，而又不信任我，致使我居於凶危之地而擔憂恐懼耶？

【評　解】

菀柳是小雅魚藻之什的第四篇，分三章，章六句，句四字。全詩共七十二字。

一、二兩章以茂密的柳樹可以遮蔭供人休息，喻在上者本可以使臣下得其庇護。然而如今之在上者卻心緒無常，變化莫測，致臣下不敢接近以免遭殃。末章更以無知之鳥高飛尚有所止，而人心卻不可測度，無所極至，爲何使臣辦事，卻又不予信任致其居於凶危恐懼之中耶？

讀此詩，想見其人，活現出一幅暴君圖。

【古韻】

第一章：息、暱、極，之部入聲；

第二章：愒、瘵、邁，祭部去聲；

第三章：天、臻、矜，眞部平聲。

五四、都人士

這是懷念鎬京人物儀容的詩。

原詩

彼都人士，❶
狐裘黃黃。❷
其容不改，❸
出言有章。❹
行歸于周，❺
萬民所望。

彼都人士，
臺笠緇撮。❻
彼君子女，❼
綢直如髮。❽
我不見兮，

今譯

想到都城那人士，
狐裘閃亮好神氣。
儀容堂皇有常態，
出言成章有文采。
已經回到周京去，
是為萬民所仰慕。

想到都城那人士，
草帽緇冠髮束起。
想到他那衆子女，
稠髮柔滑如絲縷。
如今見不到他們，

我心不說。⑨　　我的心裏好苦悶。

彼都人士，　　想到都城那人士，
充耳琇實。⑩　　戴着美玉作充耳。
彼君子女，　　想到他的子女們，
謂之尹吉。⑪　　可說出自尹吉門。
我不見兮，　　不能見到他們面，
我心苑結。⑫　　內心鬱結好憂煩。

彼都人士，　　想到都城那人士，
垂帶而厲。⑬　　垂着大帶好神氣。
彼君子女，　　他的子女也嫵媚，
卷髮如蠆。⑭　　卷髮彎彎似蠆尾。
我不見兮，　　如今見不到他們，

言從之邁。⑮　　眞想我也隨後跟。
匪伊垂之，　　不是故意把帶垂，
帶則有餘。⑯　　大帶有餘往下墜。
匪伊卷之，　　不是故意把髮捲，
髮則有旟。⑰　　髮捲彎彎是自然。
我不見兮，　　不能見到他們面，
云何盱矣！⑱　　只好張目望遠看！

【註釋】❶都：城也，蓋指鎬京而言。❷黃黃：猶煌煌，明亮貌。❸不改：有常態也。❹章：文章。❺周：指鎬京。❻臺：莎草。臺笠：莎草製之笠。緇：音滋，黑色。撮：音措ㄘㄨㄛ，以布條束髮成結爲撮。緇撮：緇布冠，其制小，僅可撮其髮，故曰緇撮。❼君子女：都人貴家之子女。❽綢：稠，髮多。或釋綢，絲也，形容其髮之柔滑。直：髮直。經傳釋詞云：「如，猶其也。」言其髮既稠又直也。❾說：通悅。❿充耳：瑱，以玉塞耳之飾。琇：美石。實：塞也。⓫尹吉：鄭箋云：「吉，讀爲姞，尹氏、姞氏，周昏姻之舊姓也。」謂之尹吉，所以崇貴之如尹氏姞氏家子女之有禮法也。⓬苑：音玉，苑結：鬱結。⑬鄭箋：「而，亦如也。」厲：帶之垂者。⑭卷：同捲。蠆：音柴，蠍也，長尾上曲如鉤狀，形容髮末向上捲曲之狀。⑮言：語詞。邁：行，將從之行，蓋思之甚也。⑯以上二句謂：非故意垂之，因帶長有餘，故垂之也。⑰旟：音于，揚起。以上二句謂：其髮自揚起，非故意卷之也。言其自然閑美，不假修飾之意。⑱云：語詞。盱：音吁，張目遠望。因我不能見，唯有張目遠望之也。

【評　解】

都人士是小雅魚藻之什的第五篇，分五章，章六句，句四字，全詩共一百二十字。詩中一再描述都人士之裝扮，贊頌其儀容言談，俱見彼都人士之高貴而爲萬民所仰望。連其子女亦有教養而裝扮得宜，不故意修飾。如是之人，才眞令人想念不已。故方玉潤評之曰：「集傳云：『亂離之後，人不復見昔日都邑之盛，人物儀容之美，而作此詩以歎惜之。』然則此又東遷以後詩也。況曰彼都，曰歸周，明是東都人指西都而言矣。詩全篇只詠服飾之美，而其人之風度端凝、儀容秀美自見。卽其人之品望優隆，與世族之華貴，亦因之而見，故曰萬民所望也。」

牛運震則評之曰：「巧不傷雅，婉而多致，裁其工語，可作西都人物賦。」

【古　韻】

第一章：士、改，之部上聲；
黃、章、望，陽部平聲；
第二章：撮、髮、說，祭部入聲；
第三章：實、吉、結，脂部入聲；
第四章：厲、蠆、邁，祭部去聲；
第五章：餘、旟、盱，魚部平聲。

五五、瓠葉

這也是一篇燕飲的詩。

原詩	今譯
幡幡瓠葉，❶	瓠葉反覆動不停，
采之亨之。❷	把它採來把它烹。
君子有酒，	主人有酒很芬芳，

酌言嘗之。❸　　倒上一杯嘗一嘗。

有兎斯首，❹　　白頭兎子有一隻，
炮之燔之。❺　　用泥包裹燒燒吃。
君子有酒，　　主人有酒酒很多，
酌言獻之。❻　　倒上一杯敬賓客。

有兎斯首，　　有隻兎子頭白毛，
燔之炙之。❼　　把牠烤來把牠燒。
君子有酒，　　主人有酒酒香醇，
酌言酢之。❽　　賓客酌酒敬主人。

有兎斯首，　　白頭兎子有一隻，
燔之炮之。　　用泥包裹燒燒吃。

君子有酒，　　主人有酒酒香醇，
酌言醻之。❾　　主人飲罷再敬賓。

【注釋】❶幡：音番，幡幡：反覆翻動貌。❷亨：同烹。❸言：語詞。❹斯：白。下同。❺炮：音炰，帶毛裹泥燒之。燔：音煩，加於火上燒之。❻獻：飲酒之禮，主人始酌酒敬賓曰獻。❼炙：音至，以物貫肉而舉於火上，即烤肉也。❽酢：賓受主人獻酒既飲，乃酌以敬主人曰酢。❾醻：同酬，主人復酌自飲，然後再酌以飲賓曰醻。

【評解】

瓠葉是小雅魚藻之什的第十一篇，分四章，章四句，句四字，全詩共六十四字。

詩中敍烹葉烤兎，雖係物之微者，然賓主酬酢，秩然有序。蓋物雖薄而意誠禮備，是燕飲之最爲可貴者。

杜預曰：「古人不以微薄廢禮，雖瓠葉兎首，猶與賓客享之。」

牛運震曰：「稱物儉，而託詞卑，故自質厚。」

【古韻】

第二章：亨、嘗，陽部平聲；

第二章：首、酒，幽部上聲；
　燔、獻，元部平聲；
第三章：首、酒，幽部上聲；
　炙、酢，魚部入聲；
第四章：首、酒，幽部上聲；
　炮、醻，幽部平聲。

五六、漸漸之石

這是東征將士，怨行役勞苦的詩。

原詩	今譯
漸漸之石，❶	大石高峻又巉巖，
維其高矣。	巉巖高峻難攀援。
山川悠遠，❷	高山大川路途遙，

維其勞矣。　遙遠跋涉好辛勞。
武人東征，　武人奉命去東征，
不皇朝矣。❸　一朝之閒也沒空。

漸漸之石，　大石高峻又巉巖，
維其卒矣。❹　巉巖高峻好危險。
山川悠遠，　高山大川路途遠，
曷其沒矣？❺　什麼時候才走完？
武人東征，　武人服役往東方，
不皇出矣。❻　無暇出山歸故鄉。

有豕白蹢，❼　凡是豬隻現白蹄，
烝涉波矣。❽　只因曾涉深水裏。
月離于畢，❾　月亮運轉遇畢星，

俾滂沱矣。⑩　　大雨滂沱落不停。

武人東征，　　武人東方去服役，

不皇他矣。⑪　　無暇顧到其他事。

【註　釋】❶漸漸：義同嶄嶄，高峻貌。馬瑞辰有說。❷悠遠：遙遠。❸皇：通遑，暇也。下同。朝：音昭，早上。此句謂無一早上之空閒。❹卒：音ㄗㄨˊ，崒之假借，高危之貌。❺曷：何。沒：盡。謂何能行盡？或釋曷為何時。謂何時能行盡此悠遠之山川也。亦通。❻出：謂出此山而歸還。❼蹢：音滴，蹄也。❽烝：語詞。涉波：涉水。❾離：遭遇。畢：星名。❿俾：使。滂沱：大雨貌。言月行遭遇畢星，將有滂沱大雨也。蓋古有此說。言此以明行役之苦。⓫他：他事。

【評　解】

漸漸之石是小雅魚藻之什的第十二篇，分三章，章六句，句四字，全詩共七十二字。前兩章極其形容出征在外，山川阻途，跋涉艱苦，行軍緊張之狀。第三章謂豬多養在豬圈泥淖之地，不易見其白蹢，而今見之，是必因涉過深水，將汚泥沖洗之故，是知水患之大也。且由天象測知，將更有滂沱之大雨，則武人行役當更為艱苦矣。如此，自不暇顧及其他也。

朱公遷曰：「一章則兵起在道而無休息之期。二章則懸軍入險而無出險之計。三章則以持戈執戟之勞，有露體塗足之苦，是以智慮廢而憂患專也。」

【古韻】

第一章：高、勞、朝，宵部平聲；

第二章：卒、沒、出，微部入聲；

第三章：波、沱、他，歌部平聲。

五七、棫樸

這是周王出征，臣下頌美的詩。

原詩	今譯
芃芃棫樸，❶	棫樸長得很茂密，
薪之槱之。❷	既作柴薪又燎祭。
濟濟辟王，❸	君王威嚴又莊敬，

左右趣之。❹	羣臣趨前來侍奉。
濟濟辟王，	君王端莊有威儀，
左右奉璋。❺	羣臣捧璋來助祭。
奉璋峨峨，❻	捧璋助祭壯聲勢，
髦士攸宜。❼	俊士態度很合宜。
淠彼涇舟，❽	船行涇水好迅疾，
烝徒楫之。❾	徒衆划船齊効力。
周王于邁，❿	周王現在正出征，
六師及之。⓫	六師大軍都隨行。
倬彼雲漢，⓬	看那天河好光亮，
爲章于天。⓭	光亮文彩耀天上。

周王壽考，⑭　周王長壽壽無期，

遐不作人？⑮　怎不作育才俊士？

追琢其章，⑯　雕琢成文更美麗，

金玉其相。⑰　是有金玉好材質。

勉勉我王，⑱　我王孜孜勤不已，

綱紀四方。⑲　總理四方天下事。

【註釋】①芃：音朋，芃芃：茂盛貌。棫、樸：皆叢木名。②薪：採以爲薪。槱：音酉，聚木燎之以祭天神。以上二句謂芃茂之棫及樸，用以爲薪及供燎祭也。③濟濟：莊嚴恭敬貌。辟：音必，辟王即君王，指周王。④趣：通趨，疾行以赴之也。⑤奉：捧。璋：半圭。此謂璋瓚。瓚：祭祀時灌酒之器。祭祀之禮，王灌以圭瓚，諸臣助祭者灌以璋瓚。圭瓚：以圭爲瓚柄；璋瓚：以璋爲柄。此言左右諸臣，捧璋瓚以助祭也。⑥峨峨：盛壯貌。⑦髦：音毛，俊也。髦士：才俊之士。指周王之大臣。攸：所。⑧淠：音譬ㄆㄧˋ，舟行貌。涇：音經，水名。源出今甘肅化平縣，東流至涇川縣入陝西，東南流經長武、邠縣、涇陽、高陵，入於渭。⑨烝：衆。楫：櫂也。此作動詞用謂划動。⑩于邁：往行。此指周王出征。⑪六師：六軍，天子六軍。及：與，謂六軍隨行。⑫倬：音卓，明貌。雲漢：天河。⑬章：文彩。⑭考：老也。⑮遐：何也。以上二句謂周王壽高，歷年既久，何能不成就人才乎？潛夫論德化篇引此詩，遐作胡。⑯追：雕。鏤金曰雕，玉曰琢。其：指周王。章：文彩，即花紋。⑰相：質。二語美周王如雕琢之金玉也。⑱勉勉：勉之不已。⑲綱：網之主繩，拉以收之者。紀：總理之。此句謂總理四方之國。

【評　解】

棫樸是大雅文王之什的第四篇，分五章，章四句，句四字。全詩共八十字。

詩序云：「棫樸，文王能官人也。」朱傳以爲詠歌文王之德。但文王未嘗爲天子，焉得有六軍？三百篇中有「六師」者，僅常武、瞻彼洛矣及此三篇。常武既公認爲記宣王親征徐戎之作，而瞻彼洛矣爲與車攻同詠宣王既成中興大業，會諸侯於東都之作，則疑此篇亦與常武同爲詠宣王南征徐戎之詩也。觀詩中「倬彼雲漢，爲章于天」，與雲漢詩篇首爲相同句。二詩或且爲同一作者也。

首章謂茂密之棫樸有各種用途；有盛德之君王，亦有各種人才爲其所用。

次章敍羣臣助祭之盛況。

三章敍六師之聽命，且有同舟共濟之誼。國之大事，唯祀與戎，故於二、三兩章分別言之。

四章敍雲漢在天成就其光彩，周王壽考而能作育人才，爲國所用，自更增盛國家之光彩。

五章敍金玉本有美質，再加以雕琢，更增美麗。是謂周王本有盛德，而仍繼續勤勉不已，是以能夠總理四方之國，使天下人民享安樂幸福，是美之又美者也。

朱公遷曰：「此亦以昭先王之德，使人知周所以得天下之故也。五章之序：首以左右言，次以六師言。至作人綱紀，則盡乎人矣。人心所以歸之之故，於此見矣。」

【古韻】

第一章：槱、趣，幽部上聲；

第二章：王、璋，陽部平聲；

峩、宜，歌部平聲；

第三章：楫、及，緝部入聲；

第四章：天、人，眞部平聲；

第五章：章、相、王、方，陽部平聲。

五八、旱　麓

這也是頌美周王的詩。

原詩	今譯
瞻彼旱麓，❶	看那旱山山之麓，
榛楛濟濟。❷	好多榛樹和楛樹。
豈弟君子，❸	和樂平易好君子，
干祿豈弟。❹	愷悌之德獲福祉。
瑟彼玉瓚，❺	玉瓚精緻又鮮明，
黃流在中。❻	黃金流口在當中。
豈弟君子，	和樂平易好君子，
福祿攸降。❼	大福大祿降給你。

鳶飛戾天，❽　　鳶鳥高飛飛到天，
魚躍于淵。　　魚兒跳躍在深淵。
豈弟君子，　　和樂平易好君子，
遐不作人？❾　　怎不作育才俊士？

清酒既載，❿　　清香美酒已擺設，
騂牡既備。⓫　　紅色雄牲已備妥。
以享以祀，⓬　　獻給神靈來祭祀，
以介景福。⓭　　祭祀以求大福祉。

瑟彼柞棫，⓮　　柞樹棫樹很繁茂，
民所燎矣。⓯　　人民就有柴薪燒。
豈弟君子，　　愷悌君子品德好，
神所勞矣。⓰　　神明都會來慰勞。

莫莫葛藟，⑰　葛藟長得好茂盛，
施于條枚。⑱　依附枝幹纏繞生。
豈弟君子，　愷悌君子好品德，
求福不回。⑲　正道求福不回邪。

【註釋】①旱：山名，在今陝西漢中城南六十五里。麓：山脚。②榛：音珍，木名，似栗而小。楛：音戶，亦木名，似荊而赤，可以爲箭。濟濟：衆多貌。③豈弟：同愷悌，讀如楷替，和樂平易貌。④干：求。祿：福。謂君子以愷悌之德求福。⑤瑟：潔鮮貌。玉瓚：瓚以玉爲柄，以黃金爲勺。參棫樸篇註。瓚音贊。⑥流：流水之口，瓚有流，以黃金爲之，色黃，故曰黃流。在中：流在器之中央。參馬瑞辰說。⑦攸：所。⑧鳶：音淵，狀似鷹而嘴較短，尾較長。戾：至。⑨遐：何。謂何能不造就人才耶？⑩清酒：清潔之酒。載：設。⑪騂：音星，赤色牲。備：全俱。⑫享：獻。⑬介：音丐，求也。景福：大福。⑭瑟：茂密貌。柞、棫：皆木名。⑮燎：爨也。柞棫爲民炊爨之所用，故民不患無柴木也。⑯勞：音澇ㄌㄠˋ，慰勞。⑰莫莫：茂盛貌。⑱施：音易，拖蔓。枚：樹幹。葛藟纏繞是依附之意，以興君能有爲，則衆民依之。⑲回：邪。不回：守正不邪。

【評　解】

旱麓是大雅文王之什的第五篇，分六章，章四句，句四字，全詩共九十六字。

首章以山麓自然生長茂盛之榛楛，以興君子之福係因有愷悌之德，而自然獲致者。

次章敍愷悌君子能祭祀盡禮，故有福祿降臨。

三章以鳶飛戾天，魚躍于淵，皆係自然之理；而愷悌之君子能作育人才，亦是自然之理。

四章正寫祭祀求福之事。

五章敍柞棫多則民得炊爨；以興君子有德則獲神之慰勞。

末章以有枝幹之樹爲葛藟所依附，以興有德之君子，能爲人民所依附。人民依附君子，則能爲君子効力盡忠，是爲君子之福。故君子之福，乃由其德而獲致者。與首章前後呼應，結構完整。

牛運震評曰：「寫得生機動盪，微妙入神。鳶飛魚躍，如此活潑鼓舞，正形容作人之妙，全篇清華雅秀。」

【古韻】

第一章：濟、弟，脂部上聲；

第二章：中、降，中部平聲；
第三章：天、淵、人，眞部平聲；
第四章：載、備、祀、福，之部去聲；
第五章：燎、勞，宵部去聲；
第六章：藟、枚、回，微部平聲。

五九、思齊

這是歌頌文王之德的詩，並推本言之，歷陳文王之祖母太姜、母親太任及其妃太姒之德。

原詩	今譯
思齊大任，❶	太任端莊敬肅，
文王之母。	是爲文王之母。
思媚周姜，❷	太姜美好賢淑，

京室之婦。❸　　堪爲周室主婦。
大姒嗣徽音，❹　　太姒繼其美譽，
則百斯男。❺　　子孫繁衍百數。

惠于宗公，❻　　文王敬事先公，
神罔時怨。❼　　神明沒有怨情。
神罔時恫。❽　　神明無所傷痛。
刑于寡妻，❾　　施其儀法寡妻，
至于兄弟，　　並且及于兄弟，
以御于家邦。❿　　得以家齊國治。

雝雝在宮，⓫　　宮內和洽平易，
肅肅在廟。⓬　　在廟肅敬整飭。
不顯亦臨，⓭　　光明之道臨民，

無射亦保。⑭　　愛民永無厭心。
肆戎疾不殄，⑮　　大難不能毀滅，
烈假不瑕。⑯　　功業完美無缺。
不聞亦式，⑰　　不聞也合法式，
不諫亦入。⑱　　不諫也洽衆意。

肆成人有德，⑲　　能使成人有德，
小子有造。⑳　　小子也務正業。
古之人無斁，㉑　　文王愛民無厭，
譽髦斯士。㉒　　稱譽挑選任賢。

【註釋】①思：語詞。下同。齊：同齋，莊敬。大：音太，下同。大任：王季之妃，文王之母。②媚：美好。周姜：太王之妃，王季之母太姜。③京室：王室。此句謂太任之德，實足爲王室之婦也。④大姒：文王之妃。嗣：繼承。徽：美。音：聲譽。徽音：美譽。⑤經傳釋詞云：「斯，猶其也。」百男：言其子孫衆多。古者以多男爲貴，故以此頌之。後人據此以爲文王百子，泥矣。（屈萬里詩經詮釋）❻惠：孝順。宗公：先公。謂文王能事祖考之神。❼罔：無。經義述聞云：「時與所古同義通用。」下同。此句謂神乃無所怨。❽恫：音通，痛也。謂神無所傷痛。❾刑：儀法，示範。寡妻：嫡妻。❿御：治理。⓫雝：音雍。雝雝：和也。宮：閨門之內。此指文王在閨門之內很和易。⓬肅肅：敬也。廟：宗廟。謂文王在宗廟之中很肅敬。⓭不：丕，大也。顯：光明。亦：猶以。下同。臨：臨民。⓮射：音亦，同斁，厭也。無射：無厭。保：保民。此句謂文王保愛人民不厭倦。⓯肆：故，所以。下同。戎：大。疾：災難。殄：音忝ㄊㄧㄢˇ，絕。此句謂文王能當大難而不殄絕。⓰烈：業。假：大。瑕：過錯。此句謂文王之大業無過錯。⓱不聞：未曾先聞。亦：也。下同。式：法式。⓲入：入於善。⓳成人：古男二十行冠禮，故冠以上爲成人，成年之人。⓴小子：童子，未成年之人。造：成就。㉑古之人：指文王。無斁：無厭。此承上文，言文王爲德不厭倦。㉒譽：稱譽。爾雅：「髦，選也。」謂於士人則稱譽之選擇之。

【評解】

思齊是大雅文王之什的第六篇，分五章。前兩章章六句，後三章章四句。除第一章第五句、二章末句、四章第一句、及五章之第一、第三句爲五字外，餘均四字句，全詩共一〇一字。

司馬遷撰史記，多採書、詩。詩經爲周詩，故周本紀採詩獨多。而雅詩尤爲最寶貴而可靠的史料。大雅生民、公劉、緜、皇矣、大明五篇，歷敍周祖后稷、公劉、太王、王季、文王、武王六世創業事蹟，被稱爲周祖創業主要史詩五篇。而這篇思齊，雖屬次要史詩，朱子集傳云：「此詩亦歌文王之德，而推本言之。」蓋先述周母之德，歷陳太姜、太任、太姒三代母德，則較大明尤爲扼要。然後稱文王之德：「惠于宗公，刑于寡妻，至于兄弟，以御于家邦……」是推本言之也。

詳言之，此詩主要在頌文王之德，故於首章先推本言之，贊文王之祖母、母親及配偶之德。以明文王之聖明，由來有自，而非偶然。次章卽實敍文王之德，能上敬祖先，下理人事，故神意洽而人事理。其處事由近及遠，由小及大，終至家齊國治而上下和樂。三章承上章而言，再敍其處神、人之得宜。四、五兩章承接人事而言。蓋人事得而神始降福，故最後特偏重於人事之敍述。由於文王之德盛，故遇大難而不死（此蓋指囚羑里之事）。功業美滿，處事合宜，並愼選賢士，以謀人民之永遠幸福。眞可謂深謀遠慮，愛民無厭者！

牛運震論此詩風格云：「此詩咏歌文王之德，卻敍三母發端，何等愾篤漚厚。從大任挈出文王，又倒出周姜，點次手法甚妙。則字徑接，拙重而自然。齊字淵靜，媚字柔厚。一齊字括大任；一媚字括周姜，俱有妙理。此詩本爲文王作，卻於篇首略點文王，而通篇更不再見，渾融入妙。」

【古　韻】

第一章：母、婦，之部上聲；
　　音、男，侵部平聲；
第二章：公、恫、邦，東部平聲；
　　妻、弟，脂部平聲；
第三章：廟、保，宵部去聲；
第四章：式、入，之部入聲；
第五章：造、士，幽部上聲。

六〇、文王有聲

這是歌頌文王遷豐武王遷鎬的詩。

原詩

文王有聲，❶
遹駿有聲。❷
遹求厥寧，❸
遹觀厥成。❹
文王烝哉！❺

文王受命，❻
有此武功；❼
既伐于崇，❽
作邑于豐。❾
文王烝哉！

今譯

文王有賢名，
美譽很盛隆。
求得天下寧，
功業已有成。
文王好聖明啊！

文王受天命，
成就此武功；
既已討伐崇，
豐邑作都城。
文王好聖明啊！

築城伊淢，⑩　　築城又挖河，
作豐伊匹。⑪　　豐邑相配合。
匪棘其欲，⑫　　並非急所欲，
遹追來孝。⑬　　追孝衆先祖。
王后烝哉！⑭　　文王獲美譽啊！

王公伊濯，⑮　　文王功業輝煌，
維豐之垣，⑯　　築好豐邑城牆。
四方攸同，⑰　　四方都來朝見，
王后維翰。⑱　　文王是爲楨幹。
王后烝哉！　　文王令人頌贊啊！

豐水東注，⑲　　豐水往東流，
維禹之績。⑳　　大禹的成就。

四方攸同，
皇王維辟。㉑
皇王烝哉！

鎬京辟廱，㉒
自西自東，
自南自北，
無思不服。㉓
皇王烝哉！

考卜維王，㉔
宅是鎬京。㉕
維龜正之，㉖
武王成之。㉗

四方都歸順，
武王嗣爲君，
武王令人尊！

鎬京建學宮，
自西又自東，
自南又自北，
無不來服從。
武王眞英明啊！

武王龜卜吉凶，
是想定都鎬京。
龜兆指示正路，
武王卽予完成。

武王烝哉！　　武王又建大功啊！

豐水有芑，㉘　　豐水都會長芑，

武王豈不仕？㉙　　武王怎會無事？

詒厥孫謀，㉚　　遺留子孫善謀，

以燕翼子。㉛　　子孫得以保護，

武王烝哉！　　武王有遠圖啊！

【註釋】❶有聲：有其聲譽。❷遹：通聿，音玉，語詞。下同。駿：大。❸求厥寧：謂文王求天下之安寧。❹觀厥成：謂人觀文王之成功。❺烝：美。下同。❻受命：受天命。❼武功：指伐崇事。❽崇：國名，其國春秋時猶存，爲秦之與國。見宣公元年左傳杜注。❾作邑：建都。豐：地名，在今陝西鄠縣，文王之都也。❿伊：猶爲。淢：音洫ㄒㄩ，城外之溝，即護城河。⓫匹：配，相稱也。謂作豐之城與其溝相稱。⓬棘：同急。此句謂非急於完成以遂己之欲也。⓭追：猶慎終追遠之追。來：是。此句謂追承前王之志以致其孝思。⓮王后：亦指文王。后：君也。下同。⓯公：古通功。伊：語詞。濯：音卓ㄓㄨㄛ，大。⓰垣：牆。謂城牆。⓱攸：所。同：會。言四方之君來朝會。⓲翰：幹。謂四方來歸以文王爲楨幹也。⓳豐水：在豐邑之東，鎬京之西。豐水東北流經豐邑之東，入渭而注入於黃河。⑳績：功。因禹治水，故云。㉑皇王：指武王。辟：君。言武王嗣文王爲君。㉒鎬京：西周之都城，在今陝西長安西。辟廱：音璧雍，辟：池沼也；廱：宮也。天子之學，學圓如璧，外環以水，故曰辟廱。㉓思：語詞。此句謂無不臣服於周也。㉔考：稽。考卜：稽之於龜卜也。此句倒文爲義，言維王稽卜也。所卜者，即下文宅居鎬京之事。㉕宅：居。以上二句謂問卜周王遷居於鎬京之吉否。㉖正之：謂得吉兆。㉗成之：成其功。㉘芑：音起，正義引陸璣疏：「苦菜也。莖青白色，摘其葉，白汁出，肥可生食。亦可蒸爲茹。」㉙仕：事。言武王豈無所事乎？㉚詒：同遺，謂遺留謀略與其子孫也。㉛燕：安。翼：護。言以遺謀略者，用以安護其子孫也。

【評　解】

文王有聲是大雅文王之什的第十篇，分八章，章五句。除末章第二句爲五字外，餘均爲四字句。全詩共一百六十一字。

詩序云：「文王有聲，繼伐也。武王能廣文王之聲，卒其伐功也。」然詩中所言並非如詩序所云，而朱傳則曰：「此詩言文王遷豐、武王遷鎬之事。」確合詩意，故從之。

此詩前四章均稱頌文王之功業聲譽，其功業在求天下之安寧。唯其有此功業，故而有此聲譽。而其功業之最大者，乃伐崇（平亂）、定都（安民），以致四方來朝，唯文王是依。

後四章乃稱頌武王能繼文王之業，君臨天下，遷都於鎬。然人知武王之得天下在於武功，而不知天下之服武王由於文德，故於第六章特敍建學之事，致四方來服。

最後敍武王不只爲當代計，且爲子孫萬代計。故雖已得天下，四方賓服，而卻不能稍安，猶計謀善策，以爲後世子孫所遵循而保護不墜。每章均以贊歎之語結之，構成詩篇之另一風格。

【古韻】

第一章：聲、聲、寧、成，耕部平聲

第二章：功、豐，東部平聲；

第三章：洫（淢）、匹，脂部入聲；

欲、孝，幽部去聲；

第四章：垣、翰，元部平聲；

第五章：績、辟，佳（支）部入聲；

第六章：廱、東，東部平聲。

北、服，之部入聲；

第七章：王、京，陽部平聲；
　　正、成，耕部去聲；
第八章：芑、仕、謀、子，之部上聲。
一至八章：烝、烝、烝、烝、烝、烝、烝、烝，蒸部平聲；（遙韻）
一至八章：哉、哉、哉、哉、哉、哉、哉、哉，之部平聲。（遙韻）

六一、行葦

這是祭畢燕父兄耆老的詩，燕中並舉行射禮。

原詩	今譯
敦彼行葦，❶	道旁蘆葦叢叢生，
牛羊勿踐履。	牛羊勿在上面行。
方苞方體，❷	開始發苞體成形，
維葉泥泥。❸	葉子長得很茂盛。

戚戚兄弟，❹
莫遠具爾。❺
或肆之筵，❻
或授之几。❼

肆筵設席，
授几有緝御。❽
或獻或酢，❾
洗爵奠斝。❿

醓醢以薦，⓫
或燔或炙。⓬
嘉殽脾臄，⓭
或歌或咢。⓮

兄弟手足情意深，
不可疏遠要親近。
有人負責設酒席，
有人負責擺桌几。

酒席桌几都擺設，
侍候的人兒多又多。
賓主敬酒好熱鬧，
洗爵奠斝禮周到。

稀稠肉醬都獻上，
或燒或烤味道香。
佳餚有脾又有臄，
唱歌擊鼓共歡樂。

黃耇台背，㉗　　黃耇台背年高壽，

以引以翼。㉘　　須要牽引扶着走。

壽考維祺，㉙　　祝你高壽又吉祥，

以介景福。㉚　　以求大福福無疆。

【註釋】①敦：音團，叢聚貌。行：道路。行葦：道旁之葦。②方：始。苞：發苞。體：成形體。③泥：同苨，音你，泥泥：茂盛貌。釋文云：「張揖作苨苨，云：草盛也。」④戚戚：親愛也。⑤具：俱。爾：邇，近也。遠謂疏遠，爾謂親近。(屈萬里詩經詮釋)⑥肆：陳列。筵：席也。古人席地而坐。⑦几：桌几，以供尊者憑依之用。⑧緝：續。御：侍。連上句謂肆筵、設席、授几，均有相繼侍候者。⑨進酒於客曰獻，客答之曰酢。⑩奠：放置。爵、斝：均酒器。斝音甲。周人宴會之禮，主人敬酒先洗酒杯，然後斟酒敬客。客飲畢，則置酒杯几上。客敬主人亦然。⑪醓：音坦ㄊㄢˇ，醓之多汁者。醢：音海，肉醬。薦：進。⑫燔：燒肉。炙：烤肉。⑬嘉：美。殽：同餚，葷菜。脾：音皮，切碎之胃。陳奐說。臄：音決，口上肉。⑭咢：音鄂ㄜˋ，但擊鼓而不歌曰咢。⑮敦：音彫ㄉㄧㄠ，下同。敦弓即彫弓，畫弓也。天子所用之弓。⑯鍭：音侯，以金為箭頭而去其羽之矢。鈞：勻也。謂四箭之輕重均同。⑰舍矢：射箭。均：遍。謂每人均射一箭。⑱序：排列次第。以賢：以其射技之才能。⑲句：通彀ㄍㄡˋ，張弓引滿。⑳挾：持。謂四人均已持箭手中。㉑樹：立也。形容射中之狀。㉒侮：輕侮。謂對射者均有禮貌而不輕侮。(不以其射不中而輕侮之也。）㉓曾孫：主祭者之稱。主：做主人。㉔醴：音里，甜酒。醹：音乳，酒味醇厚。㉕大斗：柄長三尺之斗。㉖黃耇：年老長壽之稱。耇：音苟。㉗台：同鮐，魚名。台背：形容老年皮膚乾燥之狀如鮐魚之背，謂老壽之相也。㉘引：在前引導。翼：在旁輔助。㉙祺：吉也。㉚介：音丐，求。景：大。

【評　解】

行葦是大雅生民之什的第二篇，此詩毛分七章首章爲六句，次章四句，三章六句，後四章，章四句；朱傳分爲四章；鄭則分八章，章四句茲從鄭箋，除一、三兩章第二句及第六章末句爲五字外，餘均四字句。全詩共一百三十一字。

詩序云：「行葦，忠厚也。周家忠厚，仁及草木，故能內睦九族，外尊事黃耇，養老乞言以成其福祿焉。」但詩中只有「內睦九族，外尊事黃耇」之意，而無「養老乞言」之詞。故以朱傳之「疑此祭畢而燕父兄耆老之詩」爲長，玆從之。

詩先敍道旁之葦乃微賤之物，猶愛惜之欲其能遂其生長而禁牛羊踐踏，況於人類之有親情者乎！故下文言及燕饗兄弟和樂融洽之狀，並祈長壽大福。於敍射禮時雖係至親亦不失其禮。全詩充滿一片親愛祥和氣氛，故牛運震評之曰：「篤厚典雅。」

【古　韻】

第一章：葦、履、體、泥，脂部上聲；
第二章：弟、爾，几，脂部上聲；
席、酢，魚部入聲；
第三章：御、斝，魚部去聲；
第四章：炙、臄、咢，魚部入聲；
第五章：堅、鈞、均、賢，眞部平聲；
第六章：句、鍭、樹、侮，侯部平聲；
第七章：主、醹、斗、耉，侯部上聲；
第八章：背、翼、福，之部入聲。

六二、既醉

這是父兄用以答行葦篇的詩。

原詩

既醉以酒，
既飽以德。❶
君子萬年，❷
介爾景福。

既醉以酒，
爾殽既將。❸
君子萬年，
介爾昭明。❹

昭明有融，❺
高朗令終。❻

今譯

酒已喝得使我醉，
又能飽受你恩惠。
祝你長壽壽萬年，
祈你大福福綿延。

酒已喝得醉薰薰，
你的佳餚也列陳。
祝你長壽壽萬年，
祈你光明又昭顯。

光明昭顯很隆盛，
聲譽高朗又善終。

令終有俶，❼　前人善終後善始，
公尸嘉告。❽　公尸美言嘉獎你。

其告維何？　嘉獎之言怎麼說？
籩豆靜嘉。❾　籩豆食物美又多。
朋友攸攝，❿　又有朋友來助祭，
攝以威儀。⓫　禮節完備有威儀。

威儀孔時，⓬　禮節完備很合宜，
君子有孝子。⓭　又有孝子來奠祭。
孝子不匱，⓮　孝子之心無乏匱，
永錫爾類。⓯　永賜幸福你族類。

其類維何？　賜福族類是怎樣？

室家之壼。⑯
君子萬年，
永錫祚胤。⑰
其胤維何？
天被爾祿。⑱
君子萬年，
景命有僕。⑲
其僕維何？
釐爾女士。⑳
釐爾女士，
從以孫子。㉑

室家親睦很和祥。
祝你萬年壽無疆，
永賜福祿給子孫。
賜福子孫又如何？
上天庇護福祿多。
君子長壽壽萬年，
天命賜你有家眷。
你的家眷是爲誰？
賜你淑女爲匹配。
賜你匹配是淑女，
子孫緜延永繼續。

【註釋】❶德：恩惠。❷君子：指主人，亦即君王。❸將：進奉。❹昭明：昭顯光明。❺融：明之盛。有融：融然。❻高朗：高明，謂聲譽。令：善。令終：當兼福祿名譽言之，謂好結果，圓滿而終。❼有：又。俶：音觸，始。此句謂前輩以善終，後人又以善始。❽公尸：君尸。古祭者，設生人爲尸，以代神位受祭。嘉告：以善言告之。（尸代表神告之以嘉獎之言）。❾靜嘉：靜：善；嘉：美。謂籩豆中之食物美好。❿朋友：謂助祭之羣臣。攸：以。攝：輔佐。謂賓客在祭祀中輔佐主祭者。⓫威儀：禮節。⓬孔：甚。時：是，猶宜也。⓭孝子：主人之嗣子。⓮匱：音愧ㄎㄨㄟˋ，竭，虧缺。謂孝子之孝心無虧缺竭盡之時。⓯錫：賜。類：族類。謂永賜家族以幸福。或釋類爲善，謂天賜你以善。亦通。⓰壼：讀爲捆ㄎㄨㄣˇ，捆致與悃至同，謂親睦。⓱祚：福祿。胤：音印，後代子孫。⓲被：覆蓋。祿：福。⓳景命：大命，指天命言。僕：附屬，謂天命使汝有附屬之人。⓴釐：賜予。女士：女子，謂妃也。賜汝以女士爲偶。㉑從：隨。謂乃隨之而有子孫不絕焉。

【評解】

既醉是大雅生民之什的第三篇，分八章，章四句，除第五章第二句爲五字外，餘均爲四字句。全詩共一百二十九字。

詩序云：「既醉，大平也。醉酒飽德，人有士君子之行焉。」而朱傳則云：「此父兄所以答行葦之詩。」由詩本文體之，以朱傳之說較當，故採之。因是答上篇行葦之詩，故詩中均係感德祝福之辭。牛運震評之曰：「一篇祝釐之旨，卻借公尸嘏辭發之。而以昭明高朗望其君，以孝子女士望其君之胤嗣，可謂善頌善禱。」

【古韻】

第一章：德、福，之部入聲；

第二章：將、明，陽部平聲；

第三章：融、終，中部平聲；

　　　　俶、告，幽部入聲；

第四章：何、嘉、儀，歌部平聲；

第五章：時、子，之部平聲；

　　　　匱、類，微部去聲；

第六章：壼、胤，文部上聲；

第七章：祿、僕，侯部入聲；

第八章：士、士、子，之部上聲。

六三、鳧鷖

這是祭畢之明日，又設禮以燕公尸，慰其辛勞的樂歌。

原詩

鳧鷖在涇，❶
公尸來燕來寧。❷
爾酒既清，❸
爾殽既馨。❹
公尸燕飲，
福祿來成。❺
鳧鷖在沙，
公尸來燕來宜。❻

今譯

鳧鷖游在涇水上，
公尸燕饗又安康。
你的美酒既清醇，
你的佳餚又芳香。
公尸燕飲很歡暢，
大福大祿都能享。
有鳧有鷖在沙地，
公尸燕饗好舒適。

爾酒既多，　　你的美酒既很多，
爾殽既嘉，　　你的佳餚也好吃。
公尸燕飲，　　公尸燕飲很開心，
福祿來爲。❼　　福祿都能加你身。

鳧鷖在渚，❽　　有鳧有鷖在小洲，
公尸來燕來處。❾　　公尸燕饗並停留。
爾酒既湑，❿　　你的美酒已過濾，
爾殽伊脯。⓫　　你的佳餚是肉脯。
公尸燕飲，　　公尸燕飲好開心，
福祿來下。⓬　　大福大祿都降臨。

鳧鷖在潨，⓭　　鳧鷖在水交會處，
公尸來燕來宗。⓮　　公尸燕饗很歡娛。

既燕于宗，⑮　既在宗廟相燕飲，
福祿攸降。⑯　大福大祿就降臨。
公尸燕飲，　公尸燕飲很歡洽，
福祿來崇。⑰　大福大祿層層加。

鳧鷖在亹，⑱　有鳧有鷖在水邊，
公尸來止熏熏。⑲　公尸來到很歡顏。
旨酒欣欣，⑳　美酒氣味很芬芳，
燔炙芬芬。㉑　燒肉烤肉也很香。
公尸燕飲，　公尸燕飲很喜歡，
無有後艱。㉒　以後不會有災難。

【註釋】①鳧：音扶ㄈㄨˊ，野鴨。鷖：音衣，鷗鳥。涇：水名。②來：是。③爾：指主人。④馨：香。⑤來：是。成：福祿成之。⑥宜：合宜，謂舒適也。⑦爲：施也，加也。謂福祿加於其身。⑧渚：音主，小洲。⑨處：止。謂居止之。⑩湑：音許，濾去渣滓。⑪伊：是。脯：音甫，肉乾。⑫來下：降下。

⑬潨：音中，兩水相會之處。⑭宗：借爲悰。說文：悰：樂也。⑮宗：宗廟。⑯攸：乃。⑰崇：高，謂增高。⑱亹：音門，湄之假借，水涯。⑲止：止息。熏熏：和悅貌。⑳欣欣：香氣盛也。㉑芬芬：香味。㉒後艱：以後之災難。

【評　解】

鳧鷖是大雅生民之什的第四篇，分五章，章六句。每章第二句爲六字，餘均爲四字句。全詩共一百三十字。

這是慰勞公尸的詩，每章各以鳧鷖在涇、在沙、在渚、在潨、在亹等逍遙自在，甚得其樂的情形，與起公尸燕飮時安泰自然，心情歡娛之狀。而詩中前四章末句的來成、來爲、來下、來崇，皆卽今日之事言之，能歡樂燕飮，安泰康寧，卽爲幸福也。末章最後「無有後艱」一句，是期於未來以至永久，亦可謂善頌善禱矣。而詩之每章次句均爲六字，構成此詩之特殊風格。

【古　韻】

第一章：涇、寧、淸、馨、成，耕部平聲；

第二章：沙、宜、多、嘉、爲，歌部平聲；

第三章：渚、處、湑、脯、下，魚部上聲；
第四章：潀、宗、宗、降、崇，中部平聲；
第五章：亹、熏、欣、芬、艱，文部平聲。

六四、假樂

這是一篇爲周王頌德祝福的詩。

原詩	今譯
假樂君子，❶	君子實在很美善，
顯顯令德。❷	令德光耀又燦爛。
宜民宜人，❸	宜於人民又宜臣，
受祿于天。	大福大祿受自天。
保右命之，❹	上天命令保佑你，
自天申之。❺	天命一再爲你頒。

干祿百福，❻　　既有千祿又百祿，
子孫千億。　　子孫繁衍至無數。
穆穆皇皇，❼　　威儀肅敬又堂皇，
宜君宜王。❽　　既宜爲君又宜王。
不愆不忘，❾　　所作所爲無差錯，
率由舊章。❿　　一切按照舊章做。

威儀抑抑，⓫　　威儀謙遜又謹愼，
德音秩秩。⓬　　語言有序又有倫。
無怨無惡，⓭　　既無怨恨無厭惡，
率由羣匹。⓮　　一切順應羣臣心。
受福無疆，　　接受大福福無疆，
四方之綱。⓯　　是爲天下之紀綱。

之綱之紀，⑯　是爲天下之紀綱，
燕及朋友。⑰　使得羣臣得安康。
百辟卿士，⑱　以致諸侯和卿士，
媚于天子。⑲　都能愛戴我天子。
不解于位，⑳　勤于政事不懈怠，
民之攸塈。㉑　人民安居得依賴。

【註釋】❶假：借爲嘉，美也。君子：指周王。❷顯顯：光顯。令德：美德。❸民：人民。人：謂羣臣百官。❹右：助。命：天命之。❺申：重，謂天命自天重複而降也。❻干：俞樾謂「干」當作「千」，形似而訛。千祿百福相對爲文。❼穆穆：肅敬。皇皇：光明。❽宜：宜於爲君爲王。❾愆：過失。忘：通亡，失也。或讀爲妄。此句意謂無過失也。❿率：循。由：從。舊章：舊法度，謂先王之典章也。⓫抑抑：謙遜愼密。⓬德音：語言。秩秩：有常度而無失。⓭惡：讀如物，厭惡。⓮羣匹：羣臣。以上二句謂君子無私心之怨惡，而皆循羣臣之公意。⓯綱：綱紀，表率。⓰之：是。⓱燕：安。朋友：指羣臣。⓲辟：君。百辟：謂衆諸侯。⓳媚：愛戴。⓴解：同懈，懈怠。㉑攸：所。塈：音系，安息。謂安居也。

【評解】

豈弟君子，　君子和樂而平易，
民之攸歸。❻　人民都能歸向你。

泂酌彼行潦，　取那流水往遠地，
挹彼注茲，　舀到這兒來存起，
可以濯溉。❼　可以用它洗酒卮。
豈弟君子，　君子和樂而平易，
民之攸塈。❽　人民生活都安逸。

【註釋】❶泂：音迥ㄐㄩㄥˇ，遠。酌：用勺酌取。行潦：流動之水，此句謂到遠處酌水於彼流水之中。❷挹：音邑，舀取。注：灌入。茲：此。❸饙：音分，蒸飯。饎：音斥，酒食。❹豈弟：同愷悌，和樂平易貌。君子：指君上。❺濯：洗滌。罍：酒器。❻攸：所。❼溉：當讀爲槪，盛酒之漆樽。❽塈：音系，安息，安居。

【評解】
泂酌是大雅生民之什的第七篇，分三章，章五句，除每章首句爲五字外，餘均爲四字句，全詩共六十三字。

此詩每章首二句均爲「洞酌彼行潦，挹彼注茲」。「洞酌」示誠，「行潦」示潔。誠潔始可事神，以興君子豈弟始可治民而爲民之父母。故下兩章云「民之攸歸」「民之攸塈」，是爲民父母之實效。可見民之休戚，係之於在上者之所爲，是寓勸於美，詩之深義在焉。有「羚羊掛角，無跡可求」之妙。

【古韻】

第一章：茲、饎、子、母，之部上聲；

第二章：茲、子，之部平聲；

罍、歸，微部平聲；

第三章：茲、子，之部平聲；

溉、塈，微部去聲。

俾爾彌爾性，⑦
似先公酋矣。⑧
爾土宇皈章，⑨
亦孔之厚矣。⑩
豈弟君子，
俾爾彌爾性，
百神爾主矣。⑪

爾受命長矣，
茀祿爾康矣。⑫
豈弟君子，
俾爾彌爾性，
純嘏爾常矣。⑬

祝你長壽壽無期，
先公大業由你繼呀。
你的地大國又顯，
福祿很多很豐滿呀，
君子和樂而平易，
祝你長壽壽無期，
百神之祀你主祭呀。

你受天命很久長呀，
有福有祿又安康呀。
君子和樂而平易，
祝你長壽壽無期，
大福也會常隨你呀。

六六、卷　阿

有馮有翼，[14]
有孝有德，[15]
以引以翼。[16]
豈弟君子，
四方爲則。

顒顒卬卬，[17]
如圭如璋，[18]
令聞令望。[19]
豈弟君子，
四方爲綱。[20]

鳳凰于飛，[21]
翽翽其羽，[22]

既有輔佐有依傍，
既有孝行有德望，
引導在前扶在旁。
君子和樂而平易，
四方都來效法你。

性情溫和志高朗，
純潔如圭又如璋，
既有美譽有聲望。
君子和樂而平易，
天下四方你統理。

鳳凰正在高飛翔，
翅膀忽忽作聲響，

亦集爰止。㉓　　有時落下停地上。
藹藹王多吉士，㉔　　王有盛多賢德士，
維君子使，㉕　　唯王之命聽役使，
媚于天子。㉖　　都很愛戴我天子。

鳳凰于飛，　　鳳凰正在高飛翔，
翽翽其羽，　　翅膀忽忽作聲響，
亦傅于天。㉗　　高高飛翔到天上。
藹藹王多吉人，　　王有盛多賢德臣，
維君子使，　　為王役使盡忠心，
媚于庶人。㉘　　也能愛護衆人民。

鳳凰鳴矣，　　凰鳳鳴叫聲嘹亮呀，
于彼高岡。　　在那高高山岡上。

梧桐生矣，㉙　　梧桐枝葉已生長呀，
于彼朝陽。㉚　　在那高山山東方。
菶菶萋萋，㉛　　梧桐長得很茂盛，
雝雝喈喈。㉜　　鳳凰和鳴聲雝雝。

君子之車，　　君子擁有大車坐，
既庶且多；　　君子的大車多又多；
君子之馬，　　君子之馬也很好，
既閑且馳。㉝　　步調閑熟能奔跑。
矢詩不多，㉞　　獻詩雖然不够多，
維以遂歌。㉟　　也可採納作成歌。

【註釋】❶卷：音權，曲貌。有卷：卷然。阿：大陵。❷飄風：旋風。❸君子：指君王。❹矢：陳。矢其音：發出其歌聲。謂我等從之游而獻其歌也。❺伴：音畔，伴奐：優游閑暇之意。❻優游：閑暇自得之貌。休：息。❼俾：使。彌：久。性：生命。王國維與友人論詩書中成語書云：「彌性，卽彌生，猶言永命矣。」此蓋祝其長壽也。❽似：嗣續，繼承。先公：君子之祖先。酋：讀如猷，謀也。此謂君子繼承先公之事業。❾土宇：可居之土，國土。昄：音板，大。章：著，謂疆域大而國顯。❿厚：福祿厚。⓫百神爾主：爾主百神，謂做百神之主祭者。⓬茀：通福。康：安也。⓭純：大。嘏：音古，福也。常：常享之。⓮馮：同憑，依也。翼：助。此句謂君子有可輔佐依靠之人。⓯有孝：有孝行。有德：有德望。⓰引：引導於前。翼：輔助於旁。以上數語謂諸臣多忠藎孝德之人，或導之於前，或輔之於左右也。⓱顒：音庸。顒顒：溫和貌。卬：音昂，卬卬：志氣高朗貌。⓲圭、璋：均玉器。如圭如璋，謂其純潔也。⓳令：善。聞：名譽。望：聲望。⓴綱：綱紀。㉑于：在。㉒翽：音會，翽翽：鳥羽聲。㉓亦：語詞。爰：于。謂集于所止之處。㉔藹：音矮。藹藹：盛多貌。吉士：善士，指王之羣臣。㉕君子：指周王。謂吉士唯聽周王之役使。㉖媚：愛戴。謂吉士均愛戴天子。㉗傅：附，至。㉘庶人：平民。㉙傳說鳳凰非梧桐不棲，故言鳳凰言梧桐也。㉚朝陽：山之東為朝陽。㉛菶：音ㄅㄥˇ，菶菶、萋萋，本形容草木茂盛貌。此指梧桐枝葉茂盛，以喻朝臣之盛。㉜雝雝喈喈：均指鳳凰鳴聲和諧，以喻羣臣之和洽。㉝閑：熟習。馳：疾馳。㉞矢：陳。㉟遂：成。

【評解】

卷阿是大雅生民之什的第八篇，分十章，前七章章五句，後三章章六句。第二章、第三章、第四章之第一、二、四、五句，均為五字，第七章、第八章之第四句為六字，餘均為四字句，全詩共二百三十二字。

詩序云：「卷阿，召康公戒王也。言求賢用吉士也。」朱傳則疑爲召康公從成王游，歌於卷阿之上，因王之歌而作此爲戒。姚際恆則曰：「或引竹書紀年，以爲成王三十三年遊于卷阿，召康公從。序附會此而云，不足信。」我們由詩本文體會，是爲一篇「臣從王遊，作歌獻於王以爲頌揚」的詩，固不必坐實爲何王何臣也。

此詩第一章就將出遊之地（有卷者阿）、時（飄風自南）、人（豈弟君子）及其事（來游來歌，以矢其音）寫出。以下各章卽分述對王之祝頌。從第七章至第九章更以鳳凰之亦飛亦止得其所，和鳴雝雝洽其情，以喩羣臣能得君王之用，如鳳凰之非梧桐不棲，可謂得其所；而羣臣和睦融洽，又如鳳凰之能洽其情。君義臣忠，和樂融融，充滿一片昇平盛世景象。

末章以君王車馬衆多而閑習，以喩有足够招徠賢者之具。並寫出此詩之作意在能採以爲歌，蓋有寓諫於頌之意。深得盛世大臣進言之體。而章法句法之不整齊，構成此詩之特殊風格。

【古韻】

第一章：阿、歌，歌部平聲；
第二章：游、休，酋，幽部平聲；
第三章：厚、主，侯部上聲；
第四章：長、康、常，陽部平聲；
第五章：翼、德、翼、則，之部入聲；
第六章：卬、璋、望、綱、陽部平聲；
第七章：止、士、使，子，之部上聲；
第八章：天、人、人，眞部平聲；
第九章：鳴、生，耕部平聲；
　岡、陽，陽部平聲；
　萋、喈，脂部平聲；
第十章：車、馬，魚部平聲；
　多、馳、多、歌，歌部平聲。

六七、板

這是諷諫同列並以戒王的詩。

原詩

上帝板板，❶
下民卒癉。❷
出話不然，❸
爲猶不遠。❹
靡聖管管，❺
不實於亶。❻
猶之未遠，
是用大諫。❼

今譯

上帝乖戾違常道，
下民病痛受苦勞。
說出話來不算話，
所訂計謀不遠大。
聖哲之言不依從，
做事不照誠信行。
因爲圖謀不夠遠，
所以做詩來諷諫。

天之方難，❽
無然憲憲。❾
天之方蹶，❿
無然泄泄。⓫
辭之輯矣，⓬
民之洽矣；⓭
辭之懌矣，⓮
民之莫矣。⓯
我雖異事，⓰
及爾同寮。⓱
我即爾謀，⓲
聽我囂囂。⓳
我言維服，⓴

上天正在降災難，
不要如此樂陶然；
上天正在反常道，
不要如此亂嘮叨。
要和氣說話呀，
民情才融洽呀；
言辭要好聽呀，
人民才安寧呀。
我們職務雖不同，
卻在一個辦公廳。
我是為你打算，
你卻不聽我勸。
我說的話很重要，

勿以爲笑。　可別以爲是玩笑。
先民有言：　先民曾經有言道：
「詢于芻蕘。」㉑　「芻蕘之人可請教。」

天之方虐，　上天正在施暴虐，
無然謔謔。㉒　不要以爲可戲樂。
老夫灌灌，㉓　老夫誠懇來勸導，
小子蹻蹻。㉔　小子態度很驕傲。
匪我言耄，㉕　我言非因老顛倒，
爾用憂謔。㉖　你以憂愁當玩笑。
多將熇熇，㉗　話說多了惹你惱，
不可救藥。㉘　實在無藥可救了。

天之方懠，㉙　上天正在發威怒，

無爲夸毗。㉚　別再諂媚去趨附。
威儀卒迷，㉛　威儀迷亂失其正，
善人載尸。㉜　善人無事徒有形。
民之方殿屎，㉝　人民正發呻吟聲，
則莫我敢葵。㉞　不敢追根究實情。
喪亂蔑資，㉟　喪亂無財以維生，
曾莫惠我師。㊱　無人惠愛我民衆。

天之牖民，㊲　上天誘民趨善風，
如壎如篪；㊳　如壎如篪唱和聲；
如璋如圭，㊴　如璋如圭相配合，
如取如攜。㊵　如提如攜相誘掖。
攜無曰益，㊶　因勢利導不扼制，
牖民孔易。㊷　誘民向善很容易。

六七、板

敬天之渝，54　　上天反常須戒惧，
無敢馳驅。55　　不敢駕車任馳驅。
昊天曰明，56　　等待老天清明時，
及爾出王；57　　同你出遊也不遲；
昊天曰旦，58　　等待老天清平日，
及爾游衍。59　　同你遊樂才愜意。

【註釋】①板板：乖戾反常。②卒：同瘁，音粹ㄘㄨㄟˋ，病。癉：音旦，勞累病苦。③不然：不信，不講信用。④猶：謀。遠：遠大。⑤靡聖：無聖人之道。管管：無所依據。⑥實：忠實。亶：音膽，誠也。不忠實於誠信，謂不守誠信之道也。⑦是用：是以。⑧方難：正予人以災難。⑨無然：勿如此。下同。憲憲：猶欣欣，喜樂也。⑩蹶：音貴，動也。指反常現象。⑪泄：音亦。泄泄：喋喋多言。⑫辭：言辭。下同。輯：溫和。⑬洽：融洽。⑭懌：音亦，和悅。⑮莫：定。⑯異事：職位不同。⑰寮：官。同寮即同事。⑱我即爾謀：我爲你圖謀。⑲囂囂：謷謷之假借，不聽人言。謷：音敖。⑳服：用，謂我言有用。㉑芻：音除，割草者。蕘：音饒ㄖㄠˊ，採薪者。皆謂微賤之人。㉒謔謔：戲樂。㉓老夫：詩人自謂。灌灌：猶款款，情意懇切。㉔小子：指年輕掌權者。蹻：音矯ㄐㄧㄠˇ，蹻蹻：驕傲貌。㉕匪：非。耄：音冒，八十曰耄。謂非我之言因老而昏亂也。㉖用：以。此句謂：你以可憂之事反以為戲謔。㉗多：謂進言之多。熇：音賀，熇熇：屈萬里云：「熇熇，當讀如周易家人之嗃嗃，嚴厲之貌。謂進言多則將使之發怒也。」（詩經詮釋）㉘此以病為喻，謂病患已深，不可以藥救之也。㉙懠：音濟，憤怒。㉚夸：借為誇，誇大。毗：音皮，附和。夸毗：誇大其辭，逢迎諂媚。㉛卒：盡。迷：迷亂而失其正。㉜載：則。尸：謂徒有其形，如行尸而已，不能有所作為也。㉝屎：音希，殿屎：呻吟。㉞葵：借為揆，度也。此句謂莫敢揆度其原因也。㉟蔑：無。資：財。謂喪亂使人民無資財以維生也。㊱惠：愛。師：眾。此句謂在位者曾不惠愛我民眾。㊲牖：音有，誘導。㊳壎：音熏。篪：音池。壎篪為兩種合奏之樂器，壎唱而篪和。此句謂導民和諧如壎篪之合奏。㊴半圭為璋。此句謂如圭、璋之配合得宜。㊵取：提。謂上帝誘導人民如提攜之。㊶曰：語詞。益：讀為搤ㄜˋ，同扼，謂提攜之而勿扼制之也。㊷孔易：甚易。以上二句謂：提攜人民能因勢利導，不加扼制，是很容易的。㊸辟：音譬，邪僻。㊹指在位者勿更作邪僻之事也。（蓋牖民孔易即在於以身作則）㊺价：音介，价人：即介人，披甲執銳之人，即軍隊。或釋价為善，价人即善人，亦通。㊻大師：大眾，指人民。垣：牆。㊼大邦：大國諸侯。屏：屏障。㊽大宗：大房，指王之同姓世嫡子。翰：幹，棟梁之意。㊾懷德：有德可懷。謂在上者有德可懷，則可得軍隊、人民、諸侯、宗族之擁護，國家始能安寧。㊿宗子：王之嫡子，即太子。(51)無獨：勿孤立。此句謂孤立斯可畏也。(52)敬：儆，下同。儆戒上天之發怒。(53)戲豫：逸樂。(54)渝：變。謂變常。(55)馳驅：駕車馳馬出遊。(56)曰：語詞。此句謂等昊天昭明時。（謂時世清平時也）。57王：通往。出王：謂出遊。58旦：明，亦指太平時。59游衍：遊樂。此章謂天方震怒變常，故應儆戒而勿敢逸樂馳驅；俟時世清平之時，當再與爾遊樂也。

【評　解】

板是大雅生民之什的第十篇，分八章，章八句。除五章第五、六、八三句爲五字外，餘均爲四字句。全詩共二百五十九字。

首章言上天之反常，乃由於人謀之不臧。並點明作詩之由，意在諷諫。首二句爲一篇之綱。

次章至五章，一則歸咎於天，一則寄望於人。反覆勸諫，所謂愛之深而責之切也。六章則轉而寄望於天，欲其誘民向善，易亂以爲治也。七、八兩章更敍明天意更須配以人事：人事理則天意得，故人須以天意自警。全詩反覆敍述天人相應之理。總是一片忠誠懇摯之情，至爲感人。

【古　韻】

第一章：板、癉、然、遠、管、亶、遠、諫，元部上聲；

第二章：難、憲，元部去聲；

蹶、泄，祭部去聲；

輯、洽，緝部入聲；

懌、莫，魚部入聲；

第三章：事、謀、服，之部去聲；

寮、囂、笑、蕘，宵部平聲；

第四章：虐、謔、蹻、耄、謔、熇、藥，宵部入聲；

第五章：懠、毗、迷、尸、屎、葵、資、師，脂部平聲；

第六章：篪、圭、攜，佳（支）部平聲；

益、易、辟、辟，佳（支）部入聲；

第七章：藩、垣、翰，元部平聲；

屏、寧、城，耕部平聲；

壞、畏，微部去聲；

第八章：怒、豫，魚部去聲；

渝、驅，侯部平聲；

明、王，陽部平聲；
旦、衍，元部去聲；

六八、桑柔

這是傷歎君昏臣邪，民風敗壞的詩。

原詩	今譯
菀彼桑柔，❶	那桑葉茂盛又柔嫩，
其下侯旬。❷	桑葉成蔭佈均勻。
捋采其劉，❸	採來採去遭摧殘，
瘼此下民。❹	苦了在下乘涼人。
不殄心憂，❺	內心憂煩沒個完，
倉兄塡兮。❻	憂煩悵恨病纏身。
倬彼昊天，❼	光耀明察老天爺，

寧不我矜。[8]　竟不對我加憐憫。
四牡騤騤，[9]　四匹公馬很盛壯，
旟旐有翩。[10]　旟旐旗子齊飄揚。
亂生不夷，[11]　災亂發生不平定，
靡國不泯。[12]　沒有那國不淪亡。
民靡有黎，[13]　人民已經不太多，
具禍以燼。[14]　刼灰餘燼在苟活。
於乎有哀！[15]　嗚呼可歎又可哀！
國步斯頻。[16]　國家命運太危殆。
國步蔑資，[17]　眼看國運已無望，
天不我將。[18]　老天不肯來幫忙。
靡所止疑，[19]　沒有地方可安身，

云徂何往？⑳
君子實維，㉑
秉心無競。㉒
誰生厲階？㉓
至今爲梗。㉔
憂心慇慇，㉕
念我土宇。㉖
我生不辰，
逢天僤怒。㉗
自西徂東，
靡所定處。
多我覯痻，㉘
孔棘我圉。㉙

安身之所何處尋？
君子貞能多考慮，
無人勝過他計謀。
是誰惹起這禍端？
多災多難到今天。
內心憂愁又傷感，
懷念故國和家園。
生不逢時命好苦，
遇到老天正盛怒。
西邊找了東邊尋，
沒有地方可安身。
我遭病苦多又多，
邊疆禍亂很緊迫。

爲謀爲毖，㉚
亂況斯削。㉛
告爾憂恤，㉜
誨爾序爵。㉝
誰能執熱，㉞
逝不以濯？㉟
其何能淑？㊱
載胥及溺。㊲

如彼遡風，㊳
亦孔之僾。㊴
民有肅心，㊵
荓云不逮。㊶
好是稼穡，㊷

計謀如果愼思慮，
禍亂自會削減去。
告你何事當憂恤，
教你選賢班爵序。
誰能手中拿熱物，
不沖涼水減熱度？
否則怎能獲改善？
只有牽引水中陷。

像那迎面吹來風，
使人氣悶難適應。
人民雖有向善心，
不能達到徒遺恨。
專好聚斂刮民脂，

力民代食。[43]　使民出力代民食。
稼穡維寶，[44]　聚斂民脂當作寶，
代食維好。[45]　代替民食以爲好。

天降喪亂，　喪亂是從天上降，
滅我立王。[46]　天降喪亂滅我王。
降此蟊賊，[47]　又降蟊賊害禾苗，
稼穡卒痒。[48]　禾苗受害都病倒。
哀恫中國，[49]　中國實在可哀傷，
具贅卒荒。[50]　連年都在鬧災荒。
靡有旅力，[51]　人已無力能挽救，
以念穹蒼。[52]　只求上蒼來幫忙。

維此惠君，[53]　只有順理之君王，

六八、桑柔

民人所瞻。(54)
秉心宣猶，(55)
考愼其相。(56)
維彼不順，
自獨俾臧。(57)
自有肺腸，(58)
俾民卒狂。(59)

瞻彼中林，
甡甡其鹿。(60)
朋友已譖，(61)
不胥以穀。(62)
人亦有言：
「進退維谷。」(63)

才爲人民所仰望。
秉心光明又通達，
愼選賢相輔佐他。
只有無道之昏君，
以爲獨力可治民。
別具肺腸與人異，
使民狂惑都迷失。

看那樹林林之中，
鹿兒成羣樂融融。
朋友之間不信任，
不能相待以善心。
人們曾經這樣說：
「進退兩難路斷絕。」

維此聖人，
瞻言百里；64
維彼愚人，
覆狂以喜。65
匪言不能，66
胡斯畏忌？67

維此良人，
弗求弗迪；68
維彼忍心，69
是顧是復。70
民之貪亂，71
寧爲荼毒！72

只有聖人最明智，
眼光遠大看百里。
唯有愚人最無知，
反倒狂惑而自喜。
並非不能說出來，
何所畏忌口不開？

善良之人有才能，
不去尋求不任用。
殘忍之人太貪瀆，
眷顧留連不撤去。
人民亟欲有大亂，
同歸於盡也甘願！

大風有隧，(73)
有空大谷。(74)
維此良人，
作爲式穀。(75)
維彼不順，(76)
征以中垢。(77)

大風有隧，
貪人敗類。(78)
聽言則對，(79)
誦言如醉。(80)
匪用其良，
覆俾我悖。(81)

大風疾馳向前衝，
出自深山空谷中。
善良之人有善名，
所作所爲依善行。
不義之人逆理作，
作爲如在汚垢中。

大風奔衝向前吹，
貪婪之人敗善類。
好聽之言則回答，
諷諫之言則如醉。
賢良之人不任用，
反而使我悖理行。

嗟爾朋友，
予豈不知而作？㉜
如彼飛蟲，83
時亦弋獲。84
既之陰女，85
反予來赫。86

民之罔極，87
職涼善背。88
爲民不利，89
如云不克。90
民之回遹，91
職競用力。92

唉！朋友你們細聽着，
我豈不知而亂作？
像那飛鳥在天空，
有時也能被射中。
我來是爲庇護你，
你反對我生大氣。

人民作惡沒個完，
在上涼薄又善變。
所作所爲不利民，
唯恐力量不用盡。
人民所以會邪僻，
主要競相取私利。

民之未戾，93　人民不能得安定，
職盜爲寇。94　在上如盜太橫行。
涼曰不可，95　涼薄待人不可以，
覆背善詈。96　何況背逆行事且善詈。
雖曰「匪予」，97　雖說「此事非我作」，
既作爾歌！98　我已爲你作此歌。

【註釋】①菀：音玉，茂盛貌。桑柔：柔桑，謂桑之嫩葉。②侯：維。旬：均也。謂樹蔭均佈。③捋：音勒ㄌㄜ，採取。劉：凋殘。言桑樹被捋採，其葉殘而蔭不均。④瘼：音莫，病。下民：息於桑下之民。⑤殄：音忝ㄊㄧㄢˇ，絕。此句謂心憂不絕。⑥倉兄：音愴ㄔㄨㄤˋ況ㄎㄨㄤˋ。倉兄同愴怳，悵恨不適意。填：病。⑦倬：音卓，明貌。⑧寧：乃。矜：哀憐。⑨騤：音奎ㄎㄨㄟˊ，騤騤：馬強壯貌。⑩旟：音于，旗之畫鷹鳥者。旐：音兆，旗之畫龜蛇者。有翩：翩然，飄動貌。⑪夷：平。⑫泯：滅。二句謂亂生而不平定，無國不滅亡也。⑬黎：衆。言喪亂之餘，民已不多也。⑭具：俱。燼：灰燼。言民俱遭禍，所存者如焚餘之燼也。⑮於乎：嗚呼。有哀：可哀。⑯國步：猶國運。下同。斯：是。頻：急蹙，危急。⑰蔑：無。資：助。⑱將：扶助。⑲疑：定。止疑：停息。此句謂無處可以安身。⑳云：語詞。徂：往。言欲徂則何往

乎？謂無安樂之所也。㉑君子：指當政者。維：惟之假借，思惟也。㉒秉心：持心，存心。無競：無人可與之競勝。㉓厲：惡。階：階梯。厲階：進於惡之階梯，卽禍端也。㉔梗：病苦，猶災難。㉕慇慇：憂傷貌。㉖土宇：土地房屋，指家園。㉗僤：音旦，僤怒：盛怒。㉘覯：遭遇。痻：音昏，病苦，災難。㉙孔棘：很急。圉：音雨，邊疆。此句謂邊疆甚緊急，指禍亂深也。㉚毖：音必，謹慎。爲毖之「爲」，如也。（屈萬里詩經詮釋）㉛亂況：亂狀。削：減。㉜憂恤：可憂之事。㉝序爵：辨別賢否，以序次爵祿之事。㉞執熱：手中執持熱物。㉟逝：語詞。濯：用水沖洗，以減其熱度。以喻爲政必以其道。㊱淑：善。㊲載：則。胥：相。溺：溺於水，以喻喪亡。㊳遡：音素，遡風：迎面吹來之風。㊴僾：音愛，悶氣，呼吸短促。㊵肅：進。肅心：上進求善之心。㊶荓：音俜ㄆㄧㄥ，使。云：語詞。不逮：不及。此二句謂民有向善之心，使其不能達也。㊷好：音號。此句謂王惟喜好稼穡之所穫。指聚斂賦稅而言。㊸力民：使民出力。代食：民之食不得自食，在上者代之而食。㊹謂惟以聚斂爲寶。㊺不以代食爲非，而以爲好。㊻立王：所立之王。㊼蟊：音毛，蟲之食苗根者曰蟊，食節者曰賊。㊽卒：盡。痒：音羊，病。㊾恫：音通，痛也。㊿具：俱。贅：音墜，連屬。卒：盡。荒：荒年，謂連年災荒也。(51)旅：同膂，旅力：體力。(52)謂已無力挽救，唯念上天，冀其止亂耳。(53)惠：順，順于義理。或釋惠爲愛。惠君，愛民之君也。(54)瞻：仰望。(55)秉心：持心，存心。宣：光明。猶：通達。(56)考：明辨。愼：謹愼。相：輔佐之人。(57)自獨：自我獨斷獨行。俾臧：使善，使其做好。此句謂「以爲獨力可將民治好」。(58)謂別具肺腸，與他人不同。(59)卒：盡。

狂：惑。謂使民盡入於迷惑狂亂。(60)甡：音申，甡甡：衆多貌。(61)譖：通僭ㄐㄧㄢˋ，不信。(62)胥：相。以：與。穀：善。(63)谷：山谷。山谷不易行進，謂進退皆難也。(64)言：語詞。瞻百里：謂眼光遠大。(65)覆：反。以上二句謂愚人所見者近，反以爲得計而狂惑自喜。(66)匪：非。言：說。謂有遠見者，非不能預言大禍之將臨。(67)胡：何。斯：是。是何所畏忌而不敢言耶？（葢畏忌君王之暴虐也）(68)迪：音笛，進。謂進用之。(69)忍心：殘忍之人。(70)顧、復：眷顧留戀之，不使其去。(71)貪：欲。(72)寧：寧願。荼毒：痛苦。以上二句謂民意欲其大亂，寧受同歸於盡之痛苦。（痛恨之極，寧願與之偕亡也）。(73)隧：古謂衝風曰隧。有隧：隧然，奔衝而至之貌。(74)有空：空然。空谷易於來風，故云。(75)式：效法。穀：善。(76)不順：不順義理之人。(77)征：行。垢：汚垢。中垢：垢中。言不順義理之人，其所行如在汚垢之中。(78)類：善，謂貪婪之人，能敗壞善人。(79)聽言：好聽之言。對：對答。(80)誦：諷。言聞諷諫之言，則昏然如醉而不省也。(81)覆：反。俾：使。悖：悖逆。謂反使我爲悖逆之事。(82)作：爲也。謂我豈不知時局之難救而作此詩？(83)飛蟲：飛鳥。(84)弋：音亦，繳射，以繩繫矢而射。獲：得。此二句謂空中飛鳥，有時而射中。以喻我之所言，亦或有用也。即「千慮一得」之意。(85)之：往。陰：覆陰，庇護也。女：汝。(86)赫：盛怒貌。(87)罔極：無所止極。謂爲非作惡，無有止極之時。(88)職：專主。涼：薄。善背：善於反覆。謂由於在上者專主於涼薄而善於反覆也。(89)謂在上者作不利於民之事。(90)云：語詞。不克：不勝。以上二句謂作不利於民之事，有如不能勝者。極言其致力之多也。(91)遹：音玉，回遹：邪僻。(92)職：專主。以上二句謂：民之所以歸於邪僻者，由此輩惡人專主用力競取私利以致之也。93戾：定。94職：專主。以上二句謂民之未能安定，主因於在上者如盜而爲寇賊以致之也。95涼：薄。曰：語詞。96詈：音力，罵也。以上二句謂涼薄待人，固不可矣，又背逆行事且好罵人，則事之敗毁必矣。應上章「職涼善背」句。97匪予：謂推諉之曰：「此禍非予所爲」也。98此句承上句謂「而我已爲爾作此歌矣。」言得其情，事已著明，不可掩飾也。

【評解】

桑柔是大雅蕩之什的第三篇，分十六章，前八章章八句，後八章章六句，除第十四章第二句爲六字外，餘均爲四字句，全詩共四百五十字。

詩序云：「桑柔，芮伯刺厲王也。」此據左傳文公元年引「大風有隧，貪人敗類」等六句，謂爲芮良夫之詩。芮良夫係周厲王時卿士。據逸周書芮良夫篇，自稱「小臣良夫」。潛夫論遏利篇云：「昔周厲王好專利，芮良夫諫而不入，退賦桑柔之詩以諷。」但詩中有「天降喪亂，滅我立王」之語，則似厲王被逐，或幽王之後傷時之作，非刺厲王也。

首章由桑柔起興，桑葉柔嫩茂盛，樹蔭均勻，民得休憩其下。但如加以捋採摧殘，則無蔭可庇。以喻由於當時君臣的昏邪，使民處於病困之中，是以詩人爲之憂悃不已，以至於病，不得已而發出怨天之言。

次章述國家征役不息，民不聊生。詩人發出沉痛的呼號。亂不平，國必滅，僅餘的人民已在苟延殘喘，國運已甚危殆，實在可歎可哀！

三章四章乃征夫所發怨天尤人之辭。天不我助，人謀不臧，致我常年征役在外，居無定所，災難頻仍，戰亂不已。生不逢時，自歎命苦！

五章寄望於當政者，治國必以其道。如手執熱物，涼水沖洗，則不受傷害，否則何能有善政？最後唯有相率趨於滅亡而已。

六章怨賦斂之重，用民之力，食民之食。而尙自鳴得意。人民處於艱困之中，正如向風而立，爲之氣悶，不得自由喘息。

七章言我王被滅，稼穡盡病，災難皆由天降，人事已無能爲力，不得不仍寄望於上天之救助。

八章言順義理行事之君，始得民心；不肖之君則致民於眩惑狂亂，暗諷當政者，冀其有所改變也。

九章言人不如獸，朋友亦不可信賴，眞無所容於斯世也。

十章述聖愚之別。然處此亂世，有遠見之聖者亦不敢預言大禍之將臨。是何所畏忌耶？

蓋畏忌君王之暴虐也。

十一章：由於當政者之昏庸，不知用賢。對殘忍之輩卻眷顧留連，不予撤去。致政亂民困，怨聲載道，寧願大亂發生，同歸於盡。其怨恨之情，已達極點矣。

十二章謂疾馳之大風，係出自深谷。正如善惡之人，各有其行事之道。暗喻何當政者不知有所分別，寧爲惡人而胡作耶？

十三章謂大風之來，既有其因；喪亂之成，亦有其理。貪婪之惡人得志，善人自必遭殃。而在上者更不聽納諫言，不用賢良，反使我爲悖逆之事。其昏庸愚昧，如是其極，是致亂之因也。

十四章述詩人用心良苦，謂「我並非不知時局之難救而尙作此詩，但總抱一線希望。蓋我之言也許有『千慮一得』之效。如射空中飛鳥，也有時而射中。」詩人一片赤誠愛護之意，卻惹來對方盛怒相待。詩人之痛苦，可想而知矣。

十五章述民之所以邪僻，總由在上者之涼薄善變，壓榨人民以圖私利所致。

十六章承前章而言，總之，民之不得安定，主要由於在上者之行徑如盜寇。涼薄固已不可，何況倒行逆施，且善罵詈乎！雖推諉以上種種非汝所爲，然我已爲汝作此歌矣，尙圖掩

寶、好，幽部上聲；

第七章：王、痒、荒、蒼，陽部平聲；

賊、國、力，之部入聲；

第八章：相、臧、腸、狂，陽部平聲；

第九章：林、譖，侵部平聲；

鹿、穀、谷，侯部入聲；

第十章：里、喜、忌，之部上聲；

第十一章：迪、復、毒，幽部入聲；

第十二章：谷、穀、垢，侯部入聲；

第十三章：隧、類、對、醉、悖，微部去聲；

第十四章：作、獲、赫，魚部入聲；

第十五章：極、背、克、力，之部入聲；

第十六章：可、歌，歌部上聲。

六九、瞻卬

這是一篇譏刺幽王寵幸褒姒以致亂的詩。

原詩	今譯
瞻卬昊天，❶	仰首瞻望老天爺，
則不我惠。❷	竟然不肯惠愛我。
孔塡不寧，❸	病苦已極不安寧，
降此大厲。❹	降此大亂太狠凶。
邦靡有定，	國家不能得安定；
士民其瘵。❺	人民陷於病痛中。
蟊賊蟊疾，❻	蟊賊害人太凶殘；
靡有夷屆。❼	兇殘害人沒個完。
罪罟不收，❽	罪網高張不收起，

靡有夷瘳。⑨
人有土田，
女反有之。⑩
人有民人，⑪
女覆奪之。⑫
此宜無罪，
女反收之。⑬
彼宜有罪，
女覆說之。⑭
哲夫成城，⑮
哲婦傾城。⑯
懿厥哲婦，⑰

人民病痛無瘥日。
人有土地和田畝，
反而為你強佔去。
人有人民供役使，
你卻奪去屬自己。
這人本來沒犯罪，
你卻把他收押起。
那人有罪該受罰，
你卻反而赦免他。
智士成城衞國家，
哲婦卻把國弄垮。
可歎這種壞哲婦，

爲梟爲鴟。[18]
婦有長舌，
維厲之階。[19]
亂匪降自天，
生自婦人。
匪教匪誨，[20]
時維婦寺。[21]

鞫人忮忒，[22]
譖始竟背。[23]
豈曰不極？[24]
「伊胡爲慝」！[25]
如賈三倍，[26]
君子是識。[27]

如同鴟梟太可惡。
婦有長舌亂發言，
信口雌黃造禍端。
禍亂不是天上來，
是由婦人心太壞。
不須教導他就會，
就是那婦侍小人嘴。

惡意中傷太可惡，
毀謗之言事不符。
那能責他不應該，
「這樣怎麼算是壞」！
如同商賈三倍利，
君子也懂不相宜。

婦無公事，㉘　婦人不應問公事，
休其蠶織。㉙　製造禍端休蠶織。

天何以刺？㉚　上天何以責王降禍殃？
何神不富？㉛　諸神何不賜福予我王？
舍爾介狄，㉜　捨棄大患不過問，
維予胥忌。㉝　只知把我來忌恨。
不弔不祥，㉞　不知悲憫大災難，
威儀不類。㉟　王的威儀太不善。
人之云亡，㊱　賢人相繼都逃亡，
邦國殄瘁。㊲　國運將絕遭病創。

天之降罔，㊳　天降罪網夠寬大，
維其優矣。㊴　罪網寬大輕責罰。

六九、瞻卬

人之云亡，
心之憂矣。
天之降罔，
維其幾矣。㊵
人之云亡，
心之悲矣。
觱沸檻泉，㊶
維其深矣。㊷
心之憂矣，
寧自今矣！
不自我先，
不自我後。㊸
藐藐昊天，㊹

賢人相繼都逃亡，
這才令人心憂傷。
上天降下罪網來，
也許可以躲得開。
賢人相繼都逃亡，
這才令人心悲傷。
泉水泛濫滾滾流，
只因它有深源頭。
內心憂愁悲戚戚，
豈是才從今日始！
既不在我生前有，
也不生在我死後。
藐藐高遠的大青天，

無不克鞏。㊺　沒有不能安固的國難。

無忝皇祖，㊻　切莫辱及你先祖，

式救爾後。㊼　後代子孫要救助。

【註釋】①卬：同仰。②惠：愛。③孔：甚。塡：通瘨ㄉㄧㄢ，病苦。④厲：惡。⑤瘵：音債，病。⑥蟊：音毛，害苗之蟲。賊：殘害。疾：病苦。⑦夷：平息。下同。屆：終止。⑧罟：音古，網。罪罟：罪網。收：收起不用。⑨瘳：音抽，病愈。⑩女：汝。下同。有：取。⑪民人：人民，或謂指奴隸。⑫覆：反。下同。⑬收：拘捕。⑭說：同脫，開脫，赦免。⑮哲：智。城：喻國。⑯哲婦：指褒姒。傾：毀敗，傾城：謂禍國。⑰懿：通噫，歎聲。或釋爲抑，轉折詞。厥：其。⑱梟、鴟：均惡鳥，貓頭鷹之屬，混名之曰鴟鴞。其聲惡，俗謂聞其聲者則主凶喪。此喻褒姒之言惡。⑲厲：禍亂。階：階梯。以上二句謂其多言，實爲禍亂之階梯也。(卽構成禍亂之因)⑳匪：非。㉑時：是。婦寺：婦侍，寵暱之婦人。以上二句謂不待教誨而能爲禍亂者惟婦侍也。㉒鞫：音擧，窮究。鞫人：極力說人壞話之人。忮：音至，手段。忒：音特，惡毒。㉓譖：音ㄗㄣˋ，毀謗。竟：終於。背：違。言其始毀謗他人之言，終究發現與事實相反。㉔不極：不正，不是。㉕伊：語詞。胡：何。慝：音特，惡也。意謂「此何足爲惡哉！」㉖賈：音古，商賈，做生意。三倍：利潤三倍。㉗君子：指有官爵者。識：知其道。以上二句謂賈人獲三倍之利，乃賈人之事，非在官者所當爲。而今君子竟識其道，是不宜也。謂官吏兼營商之不該，以起下二句。㉘公事：朝廷之事。㉙休：停止。謂朝廷之事，非婦人所可參與，而今竟休其蠶織之本務參與公事，是如有官爵者之從事商賈之不當也。㉚刺：譴責。㉛富：借爲福。以上二句謂天何以降譴責乎？神何以不賜福乎？意謂咎由自取也。㉜捨：捨棄。介：大。狄：夷狄之患。又，俞樾謂當作悐，惕之或體，憂也。言捨爾之大憂（謂日非之國事），而維於予相忌恨也。亦通。㉝胥：相。忌：忌恨。㉞弔：憫。不祥：災難。㉟類：善。㊱人：謂賢人。亡：逃亡。㊲殄：音忝ㄊㄧㄢˇ，絕。瘁：病。㊳罔：同網，謂罪網。下同。㊴優：寬大。㊵幾：庶幾。謂庶幾可逃避也。㊶觱：音必，觱沸：泉湧貌。檻：讀爲濫，泛濫也。㊷謂泉水之能湧出，以其源深也。㊸以上二句謂我生正當禍亂之時也。㊹藐藐：高遠貌。㊺克：能。鞏：固。謂高遠之天，神明莫測，雖危難之國，亦無不能鞏固之者，要在自奮耳。㊻忝：辱。皇祖：先祖。㊼式：以。或釋爲語詞。後：後嗣。

【評　解】

瞻卬是大雅蕩之什的第十篇，分七章，一、二及末章爲十句，三、四、五、六四章爲八句。除第三章第五句爲五字外，餘均爲四字句。全詩共二百四十九字。

首章述禍亂之形成，既自天，亦由人。故有怨天尤人之申訴。然天意源於人事，故以下專主於人事反覆言之，以明禍亂之根源所在。

自二章以下均述人謀之不臧，倒行逆施。而人事之中以褒姒爲罪魁禍首。故二、三、四三章均強調褒姒之惡。五、六兩章承以上各章而言，由於褒姒禍國，致賢人逃去，國運危殆。然詩人仍寄予一線希望。故於末章謂禍亂之形成，雖由來有自，然王如能及時覺悟，上天自會助之而挽救國運。蓋不僅爲一身計，而更要莫辱祖先，庇蔭後人也。知其不可爲而仍寄望之，是詩人之忠厚也。故牛運震評之曰：「終篇致意，冀王一悟。眞忠厚。幽王何等肺肝，猶望其能改，詩人之志，亦可憫哉！」

【古韻】

第一章：厲、瘵，祭部去聲；

疾、屆，脂部入聲；

收、瘳，幽部平聲；

第二章：田、人，眞部平聲；

有、收，之部上聲；

奪、說，祭部入聲；

罪、罪，微部上聲；

成、城、傾、城，耕部平聲；
第三章：鴟、階，脂部平聲；
誨、寺，之部去聲；
天、人，眞部平聲；
第四章：識、織，之部入聲；
倍、事，之部上聲；
第五章：刺、狄，佳（支）部去聲；
富、忌，之部去聲；
祥、亡，陽部平聲；
類、瘁，微部去聲；
第六章：罔、亡，陽部上聲；
優、憂，幽部平聲；
罔、亡，陽部上聲；
幾、悲，微部平聲；

第七章：深、今，侵部平聲；後、後，侯部上聲。

七〇、烈文

這是祭祀周之先公，並藉以告戒時王的詩。

原詩	今譯
烈文辟公，❶	先公大功又大德，
錫茲祉福。❷	將這福祉賜給我。
惠我無疆，❸	對我愛護無窮盡，
子孫保之。❹	子孫永保不失墜。
無封靡于爾邦，❺	不要損壞你邦國，
維王其崇之。❻	我王更應奮勉做。
念茲戎功，❼	不忘建樹大戰功，

繼序其皇之。⑧　　發揚祖業更光榮。
無競維人，⑨　　無人能與你相競，
四方其訓之。⑩　　四方諸侯都順從。
不顯維德，⑪　　大大顯耀你文德，
百辟其刑之。⑫　　百官諸侯向你學。
於乎！⑬　　嗚呼！先王眞偉大，
前王不忘。⑭　　永遠不能忘記他。

【註釋】①烈：功業。文：文德。辟公：馬瑞辰云：「天子曰辟王，諸侯曰辟公。」此謂周之先公。屈萬里詩經詮釋：「以金文中習見之文祖文考，及江漢之文人例之，凡以『文』字形容人者，多謂已故之人。此烈文辟公，謂周之先公也。」②錫：賜。玆：此。言先公賜此福祿也。③惠：愛。無疆：無邊、無盡。④保之：謂保此績業。⑤封：大。靡：損壞。⑥崇：崇尚。此下爲戒時王之辭，言王勿大損壞於爾邦，應更奮勉使國運隆盛超過前人也。⑦戎：大。戎功：指兵事。⑧序：緒。皇：大。言繼先人之緒而更光大之也。⑨無競維人：無人能與之相競，意卽勝過衆人也。⑩訓：順。此句謂四方諸侯都能順從之。以上二句已見大雅抑篇。⑪不：丕，大。謂大顯其德。⑫百辟：百官諸侯。刑：效法。⑬於乎：同嗚呼。⑭

謂不忘前王之德。

【評　解】

烈文是周頌清廟之什的第四篇，一章十四句，計：二字者一句，四字者八句，五字者四句，六字者一句，全詩共六十字。魯詩分爲十三句，卽將末二句合爲一句。朱傳從之。詩序云：「烈文，成王卽政，諸侯助祭也。」魯說、韓說同。歐陽修依序說，但分爲兩章：以「繼序其皇之」以上爲君敕其臣之辭；「無競維人」以下爲臣戒其君之辭。姚際恆則以爲一詩作兩人語，未免武斷。

朱傳則謂：「此祭於宗廟而獻助祭諸侯之樂歌。」不言成王。王靜芝詩經通釋則謂序說成王卽位無確據；朱傳之言「似亦未甚妥」。我們由詩文推究，當係祭祀周之先公，因之以戒時王的詩。

首先推崇先公之功業及文德，嘉惠周人甚多。此皆由先王之得人心所致。故接言告戒時王，應念先王之業績，並發揚光大之。以得諸侯之順從，以爲諸侯之典型。最後再重申應不忘前王之偉大，以喻得人心之重要。

「詩經欣賞與研究」三集於閔予小子篇之評解後曰：「周頌三十一篇是無韻詩，雖間或有用韻之跡者，不強爲標韻。」故四集之周頌各篇亦不標韻。

七一、天作

這是祭祀太王的詩。

原詩	今譯
天作高山，❶	上天造了高高山，
大王荒之。❷	太王率衆此地遷。
彼作矣，❸	他把荒地先開墾，
文王康之。❹	文王才能得平安。
彼徂矣，❺	自從他往此地來，
岐有夷之行。❻	岐山大道才平坦。
子孫保之。❼	子孫永保長緜延。

【註釋】❶高山：指岐山。❷大：音太，太王即文王之祖父古公亶父。荒之：奄有之也。公劉遷于

幽，太王始遷於岐。❸彼：指太王。下同。作：開墾。❹康：安。謂使人安居。❺徂：往。「矣」，韓詩作「者」。❻岐：岐山。夷：平。行：大路。二句謂太王往岐山之後，岐山始有平坦之大路。❼保之：保有此績業。（蓋岐山爲周之發祥地也。）

【評解】

天作是周頌清廟之什的第五篇。全篇一章雖只七句，句法卻頗不齊。計：一、二、四、七四句句四字；第三、第五句各三字；而第六句則爲五字。全詩共二十七字。

此詩朱傳於第五、六句，斷句爲「彼岨矣岐」「有夷之行」。並從沈括夢溪筆談改「徂」爲「岨」。（普賢按：中華書局版詩集傳又擅改「徂」爲「岨」）故姚際恆曰：『「徂」沈括筆談改作「岨」，妄改經文，以就我解，最爲武斷。集傳從之，何也？』王伯厚曰：「筆談引朱浮傳作『彼徂者岐』今按後漢書朱浮傳無此語。西南夷傳：朱輔上疏曰：『彼徂者岐，有夷之行』注云：『徂，往也。』蓋以朱輔爲朱浮，亦非『岨』字。」普賢則認爲應於「矣」字斷句，與第三句之「彼作矣」正是平行句法，義亦通順。此詩首謂天造自然之勢，尚須人力經營。太王開墾在先，有蓽路藍縷之功，文王始得康寧而居之。自從太王來此之後，岐山始有平坦大道。故子孫應念先人創業之艱，而永保勿墜。是念往者以勗來茲也。

牛運震評之曰：「只就岐山寫出大王、文王之功，極有渾灝草昧之氣。」

七二、我將

這是祭祀文王的詩。

原詩	今譯
我將我享，❶	我來進奉我獻享，
維羊維牛。	獻享犧牛和犧羊。
維天其右之。❷	祈求上蒼保安康。
儀式刑文王之典，❸	善於效法文王好典型，
日靖四方。❹	四方就可很昇平。
伊嘏文王，❺	大哉文王了不起，
既右饗之。❻	勸尸進食表孝思。
我其夙夜，❼	我該早晚都戒懼，

畏天之威，❽　畏天之威不怠忽，
于時保之。❾　永保上天文王所降福。

【註釋】❶將：進奉。享：獻。❷右：助。❸儀：善。式、刑：皆效法義。典：法則。❹靖：治。❺伊：語詞。嘏：音古，大。伊嘏文王：猶言大哉文王。❻右：侑，勸飲食也。言勸尸使饗食之也。❼夙夜：早晚用心戒懼。❽此句謂畏天命之威，蓋應敬天行事也。❾于時：於是。保之：保有天與文王所降予我者。

【評解】

我將是周頌淸廟之什的第七篇，一章十句，除第三句爲五字，第四句爲七字外，餘均爲四字句。全詩共四十四字。

詩序云：「我將，祀文王於明堂也。」漢書郊祀志更云：「周公相成王，王道大洽，制禮作樂，天子曰明堂辟廱，諸侯曰泮宮。宗祀文王於明堂以配上帝，四海之內，各以其職來助祭。」是我將乃祀文王之樂歌也。

東萊呂氏評此詩曰：「於天維庶其饗之，不敢加一辭焉。於文王則言儀式其典，日靖四方。天不待贊，法文王所以法天也。卒章惟言畏天之威。而不及文王者，統於尊也。畏天所以畏文王也，天與文王一也。」

方玉潤評之曰：「首三句祀天，中四句祀文王，末三句則祭者本旨，賓主次序井然。」

牛運震則云：「語拙氣柔，理專情充，如此文字，眞可格天。」

短短篇章，卻能面面俱到。詩人手筆，令人激賞。

七三、執　競

這是祭祀武王、成王、康王的詩。

原　詩	今　譯
執競武王，❶	武王主戰去伐商，
無競維烈。❷	功業無人比得上。
不顯成康，❸	偉大顯赫的成康，
上帝是皇。❹	上帝嘉美福祿降。
自彼成康，	自從成王康王時，

奄有四方，❺　　擁有四方天下地，
斤斤其明。❻　　明察幽微辨事理。
鐘鼓喤喤，❼　　鐘鼓齊敲聲喤喤，
磬筦將將，❽　　磬筦合奏聲鏘鏘，
降福穰穰。❾　　降下盛多大福祥。
降福簡簡，❿　　降福既大又豐盛，
威儀反反。⓫　　威儀肅穆又嚴整。
既醉既飽，　　既已酒醉也吃飽，
福祿來反。⓬　　福祿自然都來到。

【註釋】❶執競：執持競爭之事，指伐商也。❷無競：無人與之競爭。烈：功業。❸不：丕，大。成康：成王、康王。❹皇：嘉美。❺奄有：擁有。❻斤斤：明察貌。❼喤喤：大聲也。❽磬：樂器，以石為之。筦：同管，竹製管樂器。將：讀為鏘ㄑㄧㄤ，將將：形容聲音盛多。❾穰：音禳ㄖㄤˊ，穰穰：衆多。謂成王康王之神降福於祭者。❿簡簡：大貌。⓫反反：愼重貌。見小雅賓之初筵毛傳。⓬來：是。反：歸。謂福祿歸於祭者。

【評解】

執競是周頌清廟之什的第九篇，一章十四句，句四字，全詩共五十六字。

詩序云：「執競，祀武王也。」三家詩無異義。毛傳則釋成康爲「成其大功而安之。」朱傳謂「此祭武王、成王、康王之詩。」姚論謂無三王並祭之禮。牛運震則調合之曰：「朱傳以執競爲祭武、成、康之詩。按三王無合祭之禮。當是一詩而各歌於三王之廟耳。若序以爲祭武王，毛鄭解成康爲成大功而安之，則失之矣。」是仍採朱傳而參以牛說可也。牛運震並評全詩曰：「『執競』『無競』互應，句法廉奧有神。篇幅不長，卻極鋪張揚厲之勢。」

七四、豐年

這是豐年秋冬祭神的詩。

原詩	今譯
豐年多黍多稌，❶	豐年多黍又多稻，
亦有高廩，❷	穀倉堆得大又高，

萬億及秭。❸　萬億及秭好豐饒。
爲酒爲醴，❹　用來釀酒又釀醴，
烝畀祖妣，❺　酒醴用來獻祖妣，
以洽百禮。❻　並能合乎各禮儀。
降福孔皆。❼　福祿就能普徧至。

【註釋】❶稌：音途，稻。❷亦：語詞。廩：音凜ㄌㄧㄣˇ，米倉。❸秭：音子，萬萬曰億，萬億曰秭。言其收穫之多也。❹醴：甜酒。❺烝：進奉。畀：音必，予。烝畀謂祭祀享獻也。❻洽：合。百禮：言禮之多。❼孔：甚。皆：嘉也。或釋爲徧，謂神降福很普徧。

【評解】

豐年是周頌臣工之什的第四篇，一章七句，除第一句爲六字，餘均爲四字句。全詩共三十字。

詩序云：「豐年，秋冬報也。」鄭箋：「報者，謂嘗也，烝也。」按：秋祭曰嘗，冬祭曰烝。故豐年爲秋冬祭神之詩。

朱傳謂此秋冬報賽田事之樂歌。然方玉潤曰：「集傳定爲報賽田事之樂歌，蓋指田祖先農方祉之屬。然詳觀此詩言黍稌之多，倉廩之富，而得爲此酒醴以饗祖考，洽羣神，祀事無缺，而百禮咸備，皆上帝之賜。故曰降福孔皆也。是詩概爲報祭之樂章，故序不明斥所祭爲何神也。」

七五、潛

這是周王用魚類祭祀宗廟的樂歌。

原詩	今譯
猗與漆沮，❶	啊！漆沮波紋盪悠悠呀，
潛有多魚。❷	成羣的魚兒在水底游啊。
有鱣有鮪，❸	大鱣小鮪在一起，
鰷鱨鰋鯉。❹	還有鰷鱨和鰋鯉。
以享以祀，❺	用來奉獻來祭祀，
以介景福。❻	以期求得大福祉。

【註　釋】❶猗：讀爲漪，音衣，水波動貌。與：借爲歟。猗與：歎美水之波動。漆、沮：二水名。❷潛：水深隱藏之處。謂水深之處藏有多魚也。❸鱣：音占，黃色大魚。鮪：音偉，似鱣而小之魚。❹鰷：音條，白鰷魚。鱨：音常、鰋：音晏、鯉：均魚名。見小雅魚麗篇。❺享：獻。❻介：借爲丐，求。景：大。

【評　解】

潛是周頌臣工之什的第六篇，一章六句，句四字，全詩共二十四字。

詩序云：「潛，季冬薦魚，春獻鮪也。」集傳曰：「季冬命漁師始漁，天子親往，乃嘗魚，先薦寢廟。季春薦鮪于寢廟。此其樂歌也。」姚際恆駁詩序及集傳曰：「此周王薦魚于宗廟之樂歌。小序謂『季冬薦魚，春獻鮪。』按月令，季冬曰：『乃命魚師始漁，天子親往，乃嘗魚，先薦寢廟。』又季春曰：『薦鮪于寢廟。』序全襲之爲說，則知作小序者漢人也。以秦月令釋周詩，謬一。一詩當冬、秋兩用，謬二。上云『多魚』，下二句以六魚實之，『鮪』在六魚之內，而云『春獻鮪』，謬三。孔氏曰：『冬月魚不行，乃性定而肥，故特薦之。』此釋『潛』之義。今又引月令季春薦鮪之說，則魚是時已不潛矣，與詩意違，謬四。集傳直錄月令之文以釋詩，謬。竊取序意，若示與序別者，尤陋。」可謂有識之論。故直謂此詩乃周王用魚祭祀宗廟之樂歌卽可，不煩多言也。

七六、雝

這是武王祭祀文王的詩。

原詩	今譯
有來雝雝，❶	助祭的諸侯和雝雝，
至止肅肅，❷	來到宗廟都肅敬。
相維辟公，❸	助祭的諸侯容止端，
天子穆穆。❹	天子肅穆又莊嚴。
於薦廣牡，❺	啊！且來進獻大犧牲，
相予肆祀。❻	幫我排列祭品供。
假哉皇考，❼	大哉皇考在天靈，
綏予孝子。❽	安綏孝子保後生。

宣哲維人，⑨　　皇考爲人很明智，
文武維后。⑩　　允文允武了不起。
燕及皇天，⑪　　上能安樂上帝，
克昌厥後。⑫　　下能昌大後嗣。
綏我眉壽，⑬　　賜我能享高壽，
介以繁祉。⑭　　各種福祉都有。
既右烈考，⑮　　皇考在天蒙照顧，
亦右文母。⑯　　文母之靈得保護。

【註釋】①有來：謂諸侯之來助祭者，雝：音雍ㄩㄥ，雝雝：和貌。②至：至於宗廟。止：語詞。肅肅：敬貌。③相：音向，下同。指助祭者。維：語詞。辟公：諸侯。④天子：主祭之周王。穆穆：容止端莊恭敬。⑤於：音烏，歎詞。薦：進獻。廣：大。牡：雄牲。⑥相：助。予：我。肆：陳列，謂陳列祭品。⑦假：大。皇考：稱亡父曰皇考，此指文王。⑧綏：安。孝子：武王自謂。⑨宣：明。哲：智。言皇考爲人明智。⑩后：君。此句謂爲君則允文允武也。⑪燕：安。皇天：上帝。⑫昌：大，盛。厥：其。以上二句謂文王能事上帝，使之安樂，故能昌大其後嗣也。⑬綏：安。眉壽：高壽。⑭介：助。繁祉：多福。⑮右：佑，保佑。下同。烈：功業。考：稱亡父。⑯文母：有文德之母，指武王母太姒。以上二句謂上帝既保佑我有功業之父，亦保佑我有文德之母。

【評　解】

雝是周頌臣工之什的第七篇。一章十六句，句四字，全詩共六十四字。姚際恆詩經通論分爲四章各四句。方玉潤從之。

詩序云：「雝，禘大祖也。」姚際恆謂周之大祖爲后稷。禮記祭法：「周人禘嚳而郊稷」。詩中無及于嚳、稷。是知非禘祭也。朱傳云：「此武王祭文王之詩。」玆從之。

雝詩是用之於徹俎時之樂歌。孔子曰：「以雍（同雝）徹」可證。詩中有「相維辟公，天子穆穆」句，故孔子以魯三家僭以雝詩徹祭，而引此句斥之曰：「奚取於三家之堂？」是雝詩唯天子能用之。

牛運震評此詩曰：「全篇音節遒壯，意象悚穆，全從深孝篤誠發出一段和愉祥藹之氣。」

七七、載見

這是成王初即位，諸侯來朝，始助祭於武王廟的詩。

原詩	今譯
載見辟王，❶	諸侯始來朝君王，
曰求厥章。❷	以求法度和典章。
龍旂陽陽，❸	交龍旗子很鮮亮，
和鈴央央，❹	和鈴齊響丁令當，
鞗革有鶬，❺	轡首的裝飾聲鏘鏘，
休有烈光。❻	華美光彩耀輝煌。
率見昭考，❼	率領諸侯祭武王，
以孝以享，❽	以表孝思以獻享，
以介眉壽。	以求長壽壽無疆。

永言保之，⑨　　永遠保有不失去，
思皇多祜。⑩　　保有既大又多福。
烈文辟公，⑪　　功業文德諸先公，
綏以多福，⑫　　能以多福安後生，
俾緝熙于純嘏。⑬　　持續光明福無窮。

【註釋】①載：始。辟王：天子，此謂成王。②曰：語詞。厥：其。章：典章法度。③龍旂：旗上繪交龍者。陽陽：鮮明貌。高亨周頌考釋中：「陽陽，猶飄飄也。字借爲颺。說文：『颺，風所飛揚也。』」④和鈴：掛在旂上之鈴曰鈴，掛在軾前之鈴曰和。央央：鈴聲。⑤鞗：音條，鞗革：轡首之飾。有鶬：鏘然有聲。鶬：音鏘。⑥休：美。烈光：光彩。⑦昭：光顯。昭考：謂武王。周制：王七廟，太祖居中，在東三廟爲昭（左昭），在西三廟爲穆（右穆）。文王當穆，武王當昭。此句謂成王率諸侯祭武王也。⑧此句謂：以致孝子之事，以獻祭祀之禮。⑨言：語詞。⑩思：語詞。皇：大。祜：福。二句謂永保有大而多之福。⑪烈：功業。文：文德。辟公：先公。當指諸侯之先人。⑫綏：安。⑬俾：使。緝：繼續。熙：光明。純嘏：大福。言諸侯之先人，綏安諸侯以多福，俾其大福繼續不絕也。

【評　解】

載見是周頌臣工之什的第八篇。一章十四句，除末句爲六字外，餘均四字句，全詩共五十八字。

詩序云：「諸侯始見乎武王廟也。」孔疏：「載見詩者，諸侯始見武王廟之樂歌也。謂周公居攝七年而歸政成王。成王卽政，諸侯來朝，於是率之以祭武王之廟。詩人述其事而爲此歌焉。」三家詩無異義。朱傳云：「此諸侯助祭于武王廟之詩。」姚際恆則云：「當云成王朝諸侯，始來助祭乎武王廟之詩也。」

此詩首句之「載」字，毛鄭訓「始」，而朱傳則訓「則」，又曰發語詞。方玉潤曰：「毛萇訓載爲始，朱子以爲恐未然，故以載作發語詞。姚氏謂集傳旣訓載爲則，則不當云發語詞。若爲虛字之則，則乃承接之辭，豈可作發語用？一虛字也，而諸儒辯論莫定，其他可知。然從毛鄭訓始者多，則以下文『率見昭考』與首句相應故也。彙纂亦曰『成王新卽政，率是百辟，見於昭廟，以隆孝享。一以顯耆定之大烈彌光；一以彰萬國之歡心如一。有丕承王業，畏懷天下氣象，故曰始也。若泛言諸侯助祭，則烈祖有功德之廟多矣，何獨詣武王一廟而作此歌乎？』案此乃作詩大旨。亦存詩者之微意也，而集傳必欲訓載爲發語詞者何哉？」方玉潤又曰：「朱氏善曰：『諸侯之來朝，將以稟受法度也，而我乃率之以祀武王，何也？

蓋先王者，法度之所從出，而宗廟者，又禮法之所由施也。』此又讀書別有所見，亦實詩中要義，不可不參觀而並詳焉者也。」

七八、泮　水

這是魯僖公伐淮夷，勝利後羣臣在泮宮報功，詩人借此頌揚僖公的詩。

原詩	今譯
思樂泮水，❶	快樂的泮水水之濱，
薄采其芹。❷	泮水水濱可採芹。
魯侯戾止，❸	魯國的君侯來到了，
言觀其旂。❹	看他旗幟隨風飄。
其旂茷茷，❺	他的旗幟隨風飄，
鸞聲噦噦。❻	鸞鈴叮噹聲美妙。
無小無大，❼	職位大小衆官員。

從公于邁。❽
思樂泮水，
薄采其藻。
魯侯戾止，
其馬蹻蹻。❾
其馬蹻蹻，
其音昭昭。❿
載色載笑，⓫
匪怒伊教。⓬
思樂泮水，
薄采其茆。⓭
魯侯戾止，

跟隨魯侯走向前。
快樂的泮水水濱好，
泮水水濱可採藻。
魯國君侯來到了，
他的馬兒壯又高。
他的馬兒很強壯，
他的聲音很清朗。
和顏悅色有笑容，
不發怒氣教化行。
快樂的泮水水之濱，
泮水水濱可採蓴。
魯國君侯大駕臨，

在泮飲酒。　　泮宮飲酒好開心。
既飲旨酒，　　飲了美酒樂陶陶，
永錫難老。⑭　　賜他永遠不衰老。
順彼長道，⑮　　他能順着大道行，
屈此羣醜。⑯　　淮夷羣醜都服從。

穆穆魯侯，⑰　　魯侯肅穆又謙和，
敬明其德。⑱　　敬謹修明有美德。
敬慎威儀，　　恭敬謹慎好威儀，
維民之則。⑲　　爲民法則好學習。
允文允武，⑳　　文武兼備在一身，
昭假烈祖。㉑　　感動烈祖神降臨。
靡有不孝，㉒　　沒有烈祖不孝敬，
自求伊祜。㉓　　自己修德求福慶。

明明魯侯，[24]
克明其德。[25]
旣作泮宮，
淮夷攸服。[26]
矯矯虎臣，[27]
在泮獻馘；[28]
淑問如皐陶，[29]
在泮獻囚。[30]

濟濟多士，
克廣德心。[31]
桓桓于征，[32]
狄彼東南。[33]
烝烝皇皇，[34]

明明之德是魯侯，
魯侯之德昭顯修。
泮宮既已作成，
淮夷就來服從。
矯矯虎臣好武勇，
泮宮獻馘報戰功；
恰似皐陶善斷案，
泮宮訊囚定罪讞。

人才濟濟衆賢士，
能够推廣他德意。
耀武揚威去出征，
東南淮夷都治平。
行軍陣容好盛大，

不吳不揚。㉟
不告于訩，㊱
在泮獻功。

角弓其觩，㊲
束矢其搜。㊳
戎車孔博，㊴
徒御無斁。㊵
既克淮夷，
孔淑不逆。㊶
式固爾猶，㊷
淮夷卒獲。㊸

翩彼飛鴞，㊹

既不吵鬧不喧嘩。
大家和諧不爭訟，
都在泮宮獻戰功。

角弓彎彎又曲曲，
利箭很多捆成束。
兵車架構很寬綽，
步兵御卒不怠惰。
既已克服淮夷，
甚善不再違逆。
是你計謀很堅定，
淮夷終於被平靖。

鴞鳥翩翩成羣，

集于泮林。㊺　落在泮水桑林。

食我桑黮，㊻　桑樹林中食桑葚，

懷我好音。㊼　感念我的大德恩。

憬彼淮夷，㊽　淮夷翻然而覺悟，

來獻其琛：㊾　來我朝廷獻寶物：

元龜象齒，㊿　既獻象牙和大龜，

大賂南金。(51)　還有南金一大堆。

【註釋】❶思：語詞。泮：音畔，泮水：泮宮之水。天子之學曰辟廱，諸侯曰泮宮。泮宮之東西南方有水，形如半璧，卽泮水。然姚際恆詩經通論云：「泮宮，宋戴仲培、明楊用修皆以為泮水之宮，非學宮。其說誠然。按通典載：『魯郡泗水縣，泮水出焉。』泮為水名可證。……自王制以為諸侯之學宮，此漢儒之說，未可信也。……詩曰『泮水』，又曰『泮宮』，言泮水者，水名也；言泮宮者，泮水之宮也。文義自明。……詩又曰『泮林』，明是泮水之林。……」（可備一說）。❷薄：語詞。下同。芹：水菜。❸戾：至。止：語詞。下同。❹言：語詞。旂：旗上畫交龍者。❺茷：音吠，又音派，茷茷猶旆旆，旗飛揚貌。❻鸞：鈴。噦：音惠，噦噦：鈴聲。❼小大：謂官員職位之尊卑。❽邁：行。❾蹻：音嬌，蹻蹻：強健貌。⑩昭昭：高朗。⑪載：則。色：顏色溫和。笑：面帶笑容。⑫此句謂不以發怒以教化人也。蓋其和顏悅色，足以教化人，不必發怒也。⑬茆：音卯，水草名，嫩葉可食。卽蓴菜。⑭錫：賜。謂天賜予也。難老：不易老，卽長壽。⑮長道：大路。⑯屈：征服。羣醜：謂淮夷。⑰穆穆：儀表美好，容止端莊肅敬。⑱謂魯侯敬愼修明其美德。⑲則：法則。⑳允：乃。謂魯侯有文德有武功。㉑昭假：卽昭格，神靈降臨。謂魯侯之德能感動有功業之祖先，致其神靈昭然降臨也。㉒靡：無。孝：孝敬其烈祖。或釋孝爲效，謂效法其祖先。㉓伊：語詞。祜：福。謂魯侯之福乃由自己修德以求得者。㉔謂有明德之魯侯。㉕克：能。謂魯侯能昭明其德。㉖攸：是。淮夷攸服：僖公十三年，魯侯嘗從齊桓公會於鹹，爲淮夷之病杞；十六年，又從齊桓公會於淮，爲淮夷之病鄫。詩所言，當指此二役之一。春秋經傳雖未言爭戰，然以情勢度之，必有兵事。下文言獻馘獻囚，雖不免鋪張，要非無中生有也。(見屈萬里詩經詮釋)㉗矯矯：勇武貌。虎臣：猛將。㉘馘：音國，殺敵割取其左耳以計功者。㉙淑：善。問：訊問。皋：音高。陶：音搖。皋陶：舜之獄官，善於治獄聽訟。㉚獻：當讀爲讞ㄧㄢˋ，議罪也。囚：謂俘虜。言使善於聽訟如皋陶之人，訊此俘虜也。(見屈萬里詩經詮釋)㉛克廣：能推廣。德心：善意。㉜桓桓：勇武貌。于征：往征。㉝狄：讀爲剔ㄊㄧ，治也。東南：謂淮夷。㉞烝烝、皇皇：皆形容聲勢盛大。㉟吳：吳之訛，音話，大聲喧嘩。揚：聲音高揚。㊱訩：音凶，爭訟。謂不因爭功而興訟也。陳奐謂告與鞫通，鞫：窮治罪人。不告于訩，謂不窮治凶惡，唯在柔服之而已。亦通。㊲角弓：以角飾弓。觩：音求，曲貌。㊳束矢：一束之矢。或云五十支，或云百支，或云四支，或云十二支。搜：矢多貌。或云矢勁貌。㊴博：大。㊵徒：徒步者。御：御車者。無斁：無厭。謂均能盡力敬事而無厭倦。㊶淑：善。逆：違命。㊷式：語詞。固：堅定。猶：謀略。㊸言淮夷終於被獲。卽平定之也。㊹翩：飛貌。鴞：貓頭鷹。㊺泮林：泮水之林。㊻黮：同葚，桑果。㊼懷：念。以上二句謂鴞鳥爲惡聲之鳥，因食我桑葚，懷我之德意而爲好音矣。喻淮夷之能歸服也。㊽憬：覺悟。㊾琛：寶物。㊿元龜：大龜。古用龜卜吉凶，以爲龜愈大愈靈。象齒：象牙。(51)大：猶多。賂：遺，獻納。南金：荊、揚等南方出產之黃金。「大賂」二字貫上文，謂多所獻納者有元龜、象齒及南金也。

【評解】

泮水是魯頌四篇之第三篇，分八章，章八句，除第五章第七句爲五字外，餘均爲四字句。全詩共二百五十七字。

詩序云：「泮水，頌僖公能脩泮宮也。」三家詩無異義。朱傳則云：「此飲於泮宮而頌禱之辭也。」雖未言詩中之魯侯爲誰，然於「昭假烈祖」句，解烈祖爲周公、魯公。魯公卽伯禽，則此詩中之魯侯非謂伯禽可知。而姚際恆則云：「小序謂『頌僖公能修泮宮也。』許魯齋謂頌伯禽之詩。蓋伯禽有征淮夷事，見于費誓。若僖公則十六年冬從齊侯會于淮，而爲齊執，明年九月乃得釋歸。詩言縱夸大，不應以醜爲美至于如此也。魯頌四篇，末篇爲僖公詩，有明據。此篇爲伯禽，亦有據。吾固未嘗敢因此篇爲伯禽，而以前二篇皆爲伯禽。若序因末篇爲僖公，而概以前三篇爲僖公，則過矣。」方玉潤亦贊同其說，曰：「愚案是詩以爲頌伯禽者近是。」（普賢按：方玉潤詩經原始於解說本篇引姚際恆之文，於「蓋伯禽有征淮夷」下漏「事，見于費誓。若僖公則十六年冬從齊侯會于淮」等十九字，而成爲「伯禽有征淮夷而爲齊執，明年九月乃得釋歸」可謂大錯矣。——見藝文印書館印行之方玉潤詩經原始）王靜芝詩經通釋亦曰：「此蓋伯禽征淮，執俘於泮宮，詩以頌之也。」是亦根據費誓伯禽有征淮夷事爲言。然查屈萬里尙書釋義於費誓篇之時代辨之甚詳，玆錄其原文如下：

> 書序云：「魯侯伯禽宅曲阜，徐夷並興，東郊不開，作費誓。」史記魯世家亦謂：「伯禽卽位之後，有管蔡等反也；淮夷徐戎，亦並興反。於是伯禽伐之於肸，作肸誓。」是皆以本篇爲伯禽伐淮夷時誓師之辭也。余永梁有粊誓的時代考一文，（載中山大學語言研究所週刊一卷一號，轉載於古史辨第二册上），則謂本篇乃魯僖公時作品。因：一、本篇文體與兮甲盤相似，不類周初作品；二、戎狄蠻夷等稱，春秋時最盛；本篇稱徐戎，不稱徐方，與春

秋時之風尚相合。覈詁亦云：「竊疑西周諸侯，當承王命征伐，而此篇無一語道及王命。當是東周以後，諸侯自專攻伐時之作品。且其文字，與秦誓相去不遠。據魯頌閟宮：『奄有龜蒙，遂荒大東；至于海邦，淮夷來同。』又曰：『保有鳧繹，遂荒徐宅，至于海邦；淮夷蠻貊。……』此確敍魯公征討徐戎淮夷之事。泮水：『既作泮宮，淮夷攸服；矯矯虎臣，在泮獻馘。』亦明爲克服淮夷，獻功之事。則詩書所載，自屬一事。而閟宮有『莊公之子』一語，鄭箋以爲僖公時事，似尚可信。」是楊氏亦以爲本篇作於魯僖公時。按春秋僖公十三年經云：「公會齊侯、宋公……于鹹。」左傳云：「淮夷病杞故。」又十六年經云：「公會齊侯、宋公……于淮。」左傳云：「會于淮，謀鄫；且東略也。」據此，本篇疑僖公十三年或十六年時所作也。

是則費誓既非記伯禽伐淮夷時誓師之辭而爲魯僖公時詩。所以我們也仍斷此篇泮水爲頌揚魯僖公的詩。唯詩中明言「既作泮宮」，則非如詩序所云「修」泮宮也。

全詩主要在頌揚魯僖公征服淮夷之功業。至於其出行儀仗之盛大，隨從人員之衆多，則爲襯托魯侯德業之描寫。魯侯既有敬愼之威儀，更有明德之修養，故能「載色載笑，匪怒伊教」，且能建學育才，可謂文武兼修，德業並進。故終使淮夷服從而貢納寶物，詩中雖不免誇大之辭，然正是頌揚文字之正格，不足爲病也。

【古韻】

第一章：芹、旂，文部平聲；

茷、噦、大、邁，祭部去聲；

第二章：藻、蹻、蹻、昭、笑、敎，宵部入聲；

第三章：茆、酒、酒、老、道、醜，幽部上聲；

第四章：德、則，之部入聲；

武、祖、祜，魚部上聲；

第五章：德、服、馘，之部入聲；

陶、囚，幽部平聲；

第六章：心、南，侵部平聲；

皇、揚，陽部平聲；

訩、功，東部平聲；

第七章：觩、搜，幽部平聲；

博、斁、逆、獲，魚部入聲；
第八章：林、黮、音、琛、金，侵部平聲。

七九、烈祖

此詩與那篇都是祭成湯所用之樂歌。祭時先奏那，然後方奏烈祖。

原詩	今譯
嗟嗟烈祖！❶	啊呀祖先功業大！
有秩斯祜。❷	大福大祿都屬他。
申錫無疆，❸	一再賜福永不絕，
及爾斯所。❹	大福降到你處所。
既載清酤，❺	既有清酒來供奉，
賚我思成。❻	你則賜我享太平。
亦有和羹，❼	也有五味俱全的羹湯，

既戒既平。⑧	謹慎調和味道香。
鬷假無言，⑨	祈神來到要肅靜，
時靡有爭。⑩	肅靜沒有爭吵聲。
綏我眉壽，⑪	保我眉壽壽命長，
黃耇無疆。⑫	佑我老壽壽無疆。
約軝錯衡，⑬	皮纏車轂采畫衡，
八鸞鶬鶬。⑭	八只鸞鈴叮噹響。
以假以享，⑮	獻上祭品神來饗，
我受命溥將。⑯	我受天命大又長。
自天降康，⑰	天降安康保佑我，
豐年穰穰。⑱	五穀豐登多又多。
來假來饗，⑲	祈神降臨神來饗，
降福無疆。	賜我幸福福無疆。
顧予烝嘗，⑳	烝嘗祭祀神饗遍，

湯孫之將。㉑　　商湯子孫所奉獻。

【註釋】❶嗟嗟：箋云美歎之深。烈祖：有功業之祖。此謂成湯。❷秩：經義述聞云：「大貌」。有秩：秩然。經傳釋詞云：「斯，猶其也。」祜：福。❸申：重。錫：賜。謂一再賜福至於無盡。❹爾：主祭之君。斯所：此處。謂祭之所，指祭之人（時君）。❺載：設。酤：酒。❻賚：音賴ㄌㄞˋ，賜。思：語詞。成：平。謂賜我以安享太平之福。或釋成爲成功，亦通。❼和羹：調和五味之羹。❽戒：謹愼。平：和。謂調而和之。❾鬷：音宗ㄗㄨㄥ，假：音格。鬷假：卽奏假。神來曰奏假，祈神之來亦曰奏假。❿時：是。靡：無。連上句謂：祈神降臨時要肅靜而無爭吵之聲。蓋以肅靜爲敬也。⓫綏：安。⓬黃：黃髮。人老髮由白而黃。耇：音苟ㄍㄡˇ，老人。⓭約：約束。軝：音祈ㄑㄧˊ，轂。約軝謂以皮纏束車轂。錯：文采。衡：轅前端之橫木。⓮鸞：鈴，馬口兩旁各一，四馬故曰八鸞。鶬：音槍ㄑㄧㄤˊ，鶬鶬：鳴聲和。⓯假：音格，至，謂人之來到。享：獻。⓰溥：大。將：長。⓱康：安康。⓲穰：音攘ㄖㄤˊ，穰穰：收穫之多。⓳饗：受用祭品。⓴顧：謂神來顧。冬祭曰烝，秋祭曰嘗。祈神來顧我之烝嘗也。㉑湯孫：湯之子孫。將：進奉。

【評解】

烈祖是商頌五篇的第二篇。共一章二十二句，除第十六句爲五字句外，餘均四字句。全詩共計八十九字。

詩序云：「烈祖，祀中宗也。」姚際恒曰：「小序謂祀中宗本無據，第取別于上篇，又以下篇而及之耳。然此與上篇末皆云『湯孫之將』，疑同爲祀成湯，故集傳云然。然一祭兩詩，何所分別？輔廣氏曰：『那與烈祖皆祀成湯之樂，然那詩則專言樂聲，至烈祖則及于酒饌焉。商人尚聲，豈始作樂之時則歌那，既祭而後歌烈祖歟？』此說似有文理。」方玉潤謂：「周制大享先王凡九獻，每獻有樂則有歌，商制亦宜如此。特詩難悉載，且多殘闕耳。前詩（那篇）專言聲，當一獻降神之曲，此詩兼言清酤和羹，恐係五獻薦熟之章，是知其各有專用而同爲一祭之樂無疑也。」

牛運震詩志評此詩云：「格意幽清，間有和大之筆，亦不失爲簡質。古之稱商道者曰尚質曰信鬼曰駿厲嚴肅。讀其詩可想見其餘韻。」商頌各詩雖作於宋襄公之時，而本詩文字之簡質，確可表達商代之樸實。而第十六句「我受命溥將」五字句，卽姚際恒所謂「商頌多夾五言見姿。」之例。商頌五篇，除那篇全爲四言句外，其餘玄鳥有「宅殷土芒芒」，長發有「禹敷下土方」，殷武有「莫敢不來享」等句均爲五言。

【古　韻】

祖、祜、所、酤，魚部上聲：

成、平、爭，耕部平聲；

疆、衡、鶬、享、將、康、穰、饗、疆、嘗、將，陽部平聲。

八〇、殷武

這是一篇頌美宋襄公功業的詩。

原詩	今譯
撻彼殷武，❶	那殷人武力眞勇武，
奮伐荆楚。❷	奮然振起伐荆楚。
罙入其阻，❸	深深進入險阻地，
裒荆之旅。❹	裒取荆楚的衆庶。
有截其所，❺	所到之處像剷截，
湯孫之緒。❻	商湯後裔的偉業。

維女荊楚，⑦
居國南鄉。⑧
昔有成湯，
自彼氐羌，⑨
莫敢不來享，⑩
莫敢不來王。⑪
曰商是常。⑫

天命多辟，⑬
設都于禹之績。⑭
歲事來辟，⑮
勿予禍適。⑯
稼穡匪解。⑰

說到你們荊楚邦，
國土正在我南方。
從前祖先成湯時，
自那遠方氐和羌，
莫敢不來進貢品，
莫敢不來朝我王。
都來輔佐我大商。

上天命令諸侯國，
禹治之地都城設。
每年按時來朝貢，
才不獲罪免譴責。
努力不懈事耕作。

天命降監，　　上天的命令很森嚴，
下民有嚴。⑱　　監視下民不放寬。
不僭不濫，⑲　　不越本分不濫行，
不敢怠遑。⑳　　不敢懈怠勤理政。
命于下國，　　上天命令達下國，
封建厥福。㉑　　大建其福福祿多。

商邑翼翼，㉒　　商之都城好嚴整，
四方之極。㉓　　位居四方正當中。
赫赫厥聲，㉔　　商祖的聲威好隆盛，
濯濯厥靈。㉕　　商祖的英靈好光明。
壽考且寧，　　既能長壽又康寧，
以保我後生。㉖　　保佑後嗣能繁興。

八〇、殷武

陟彼景山，㉗
松柏丸丸。㉘
是斷是遷，
方斲是虔。㉙
松桷有梴，㉚
旅楹有閑。㉛
寢成孔安。㉜

登呀登上那景山，
松柏挺直高參天。
把它砍伐把它遷，
把它劈開又截斷。
方椽長長質地堅，
一排楹柱好壯觀。
寢宮蓋成大康安。

【註釋】❶撻：音踏ㄊㄚˋ，勇武貌。馬瑞辰說。殷武：殷之武力。宋為殷之後，故在春秋時，猶有殷商之稱。❷奮：奮起。屈萬里詩經釋義云：「春秋於僖公元年始稱荆曰楚，可知楚之稱號其起甚晚，卽此已可證知此非商代之詩或西周時之詩也。世人或謂此所言伐楚，指宋襄公隨齊桓公侵蔡伐楚事，按：其事在魯僖公四年，隨齊伐楚者乃宋桓公，非襄公也。惟魯僖公十五年，宋襄公曾會諸侯盟于牡丘，謀伐楚救徐。二十二年與楚人戰於泓，宋師敗績。頌詩自多溢美之辭，此言伐楚，蓋指牡丘之會及泓之戰而言，或竟並桓公隨齊伐楚之事言之也。」❸罙：音彌ㄇㄧˊ，深也。阻：險阻之地。❹裒：音抔ㄆㄡˊ，說文無裒字，正字當作捊，取也。旅：衆。❺有截：截然。有截其所：截然而平其地。❻湯孫：湯之後裔，此指宋襄公。

緒：業。此句謂此乃湯孫之功業。⑦女：汝。⑧鄉：音義同向。南向：南方。楚在宋之南。⑨氐、羌：皆西方夷狄之國。⑩享：獻，進貢。⑪王：遠方諸侯一世一見天子曰王。⑫曰：語詞。常、尙通用，輔助。言維商是輔。俞樾說。又，尙：崇尙，尊尙。應上句之「享王」。此章先言荆楚在宋之南，相距不遠，而自昔成湯之時，雖遠如彼氐羌者莫敢不來進貢；遠方諸侯莫敢不來世見。均維商是尙。況汝楚甚近，何敢不至耶？蓋述荆楚之非禮，不以商是尙，道伐荆之由也。⑬辟：君。多辟：諸侯。⑭都：城。設都：猶言立國。績通蹟，馬瑞辰說。謂立國於禹所治之地。謂天命諸侯各立其國於中國地域而爲商之臣。⑮歲事：歲時朝見之事。來辟：猶來王。謂歲時朝見天子。⑯經義述聞云：「禍讀爲過。廣雅曰：『謫，過責也。』謫與適通。勿予過謫，言不施譴責也。」謂祈王之不予譴責。⑰解：同懈。言諸侯能勤於農事。姚際恒曰：「此句無韻，或脫下一句。集傳謂商頌多闕文，然亦惟此耳。」⑱嚴：威嚴。此二句王國維與友人論詩書中成語書云：「意謂天命有嚴，降監下民。句或倒者，以就韵耳。」故二句謂天命威嚴地降于下，以監視在下之民。⑲僭：越，謂超過本分。濫：妄爲。謂賞人既不過度，又不濫施刑罰。⑳遑：暇。言不敢懈怠偷懶。二句謂商君不敢越分，不敢濫行。不敢怠惰而能勤於政事。㉑封：大。厥：其。下同。謂大建其福。屈萬里詩經釋義引于省吾說，謂福、服古通。服猶職。以上二句意謂上天命於下國，封建宋君，使有國。亦通。㉒商邑：商之都城。此當指宋都商丘，今河南商丘縣。朱傳：「翼翼：整飭貌。」㉓極：中。㉔赫赫：顯盛貌。㉕濯濯：光明貌。二句謂商之祖先有顯赫之聲威，有光明之英靈。㉖此二句互換義仍通。謂此商之先祖保其後生壽考且寧。後生謂宋襄公。故此二語乃頌襄公。㉗景山：山名，在商丘附近。㉘丸丸：平滑條直之貌。㉙方：猶是。虔：伐刈。並馬瑞辰說。㉚桷：音角 ㄐㄩㄝˊ，方椽。梴：音攙 ㄔㄢ，木長貌。㉛朱傳：「旅，衆也。」楹：堂室前之立柱。閑：大貌。有閑：閑然。㉜寢：廟中之寢。凡廟，前曰廟，後曰寢。廟是接神之處，寢乃衣冠所藏之處，以象生人之居。此與生人之寢前有廟者異。孔：甚。安：寧。謂寢宮築成神居之甚安。

【評解】

殷武是商頌五篇的最後一篇，也是三〇五篇的最後一篇。分六章，其中第一、四、五各章爲六句；第二、六兩章爲七句；第三章五句。而二章第五、六句，五章末句爲五字句；三章第二句爲六字句，餘均四字句。全詩共計一百五十三字。

詩序謂此詩乃祀殷高宗之作。然春秋於僖公元年始稱荆曰楚，伐荆楚乃宋襄公時事。（見僖公十五年及廿二年左傳）故此詩當是宋襄公以伐楚之功告於新成之廟之作。

首章即表現出一種雄才大略，奮發果斷，以致竦動四方人心之氣象。只「罙入其阻」一語，即有搗穴奪壘之勢。且舉商湯以爲憑藉，蓋商湯威德，深入人心，如周之子孫舉事多稱文、武之義。

二章乃戒楚之辭。借氐羌責荆楚，倍見精神。蓋西北夷較東南夷勢強；西北夷尚且按時進貢朝見大商，西南夷則當如何耶？

三章又藉荆楚以警諸侯。天命諸侯各立國於中國之域而爲商之臣屬。於是歲時來朝於商，以祈王勿加以罪責。而諸侯亦能各安其位，努力生產，勤於稼穡。

四章謂商受威嚴之天命所監視，故能賞人既不過度，罰亦不濫施刑，凡事不敢怠惰，故上天爲商大建其福。蓋亦「天人合一」之義。

五章言商之都邑居四方之中，而今爲宋有之，頗得地勢之利。祖先又有顯赫之聲，有光明之靈，故保其子孫壽考而康寧。謂商之祖德能遺福澤於子孫也。

六章述建廟之情形：所用乃景山松柏上好之木材，建成有一排大柱之廟寢，甚是壯觀。神居其中自是甚安也。

【古　韻】

第一章：武、楚、阻、旅、所、緒，魚部上聲；

第二章：鄉、湯、羌、享、王、常，陽部平聲；

第三章：辟、績、辟、適、解，佳（支）部入聲；

第四章：監、嚴、濫，談部去聲；

國、福，之部入聲；

第五章：翼、極，之部入聲；

聲、靈、寧、生，耕部平聲；

第六章：山、丸、遷、虔、梴、閑、安，元部平聲。

詩經研究

詩經的文學價值

裴溥言

——民國七十年五月廿七日在臺北市文化大樓講

前言

詩經是我國最早的一部詩歌總集，是兩千五六百年以前周朝時代，我們先民的歌唱。但是到漢代被一般學者給蒙上了一層外衣，把它看成是一部篇篇關係着政治得失道德敎訓的經典。因而就蒙蔽了它的眞面目，抹殺了它的眞價值。到了宋代，歐陽修、朱熹等人出來，雖然反對漢人讀詩的態度，而主張由詩的本文去瞭解詩意，但是仍然不能完全擺脫漢人的窠臼。我們知道，所謂詩，是文學的作品，所謂文學，是時代的產物，是社會人生的反映，是人們內心感情的流露。雖然它免不了有一些有關政治、道德等的詩篇，但卻都是透過文人的筆墨，用文學的技巧表達出來的。所以詩經三百篇，實在有它了不起的文學價值。以下我就從形式、內容以及寫作技巧三方面的文學價值，概略地來向諸位報告一下。

一、形式方面的文學價值

㈠保留了四言詩的形式：

詩經三百篇雖然有一、二、三、四、五、六、七、八等字的句子，卻以四言爲主，百分之九十以上都是四字一句的。這，我們打開詩經一看便知。以後各代的詩，由四言變爲五言，又由五言變爲七言，而很少有四言的了。所以詩經保留了四言詩的形式。後來的祭文、墓誌銘等，可說是受了詩經的影響而用四言寫作的。

㈡叠詠：詩經很多篇是叠詠的，如：

1. 樛木（周南）

南有樛木，葛藟纍之。
樂只君子，福履綏之。

南有樛木，葛藟荒之。
樂只君子，福履將之。
南有樛木，葛藟縈之。
樂只君子，福履成之。

共三章，每章四句，每句四字。是詩經的基本形式。押韻在「之」字的上一字。三章句型相似，僅用韻的一字更換。

2.采蘋（召南）

于以采蘋？南澗之濱；
于以采藻？于彼行潦。
于以盛之？維筐及筥；
于以湘之？維錡及釜。
于以奠之？宗室牖下；
誰其尸之？有齊季女。

此詩也是詩經的基本形式，但用韻在句末。全詩用問答體，即今日民間對口山歌之類，可說是基本形式的變化。國風之有對口山歌，可以陳風東門之池的「彼美叔姬，可以晤歌」句爲證，所謂晤歌，就是當面對口唱歌之意。

3. 麟之趾（周南）

麟之趾，振振公子。于嗟麟兮！

麟之定，振振公姓。于嗟麟兮！

麟之角，振振公族。于嗟麟兮！

三章叠詠，每章三句，每章前兩句押韻，第三句不押韻。而這第三句，顧炎武稱之爲「章餘」，今人謂之「和聲」，即前兩句一人唱，末句衆人合唱。

4. 騶虞（召南）

彼茁者葭，壹發五豝。于嗟乎騶虞！

彼茁者蓬，壹發五豵。于嗟乎騶虞！

二章叠詠，每章三句。每章也是前兩句押韻，末句爲章餘和聲。

5. 桑中（鄘風）

爰采唐矣？沬之鄉矣。云誰之思？美孟姜矣。期我乎桑中，要我乎上宮，送我乎淇之上矣。

爰采麥矣？沬之北矣。云誰之思？美孟弋矣。期我乎桑中，要我乎上宮，送我乎淇之上矣。

爰采葑矣？沬之東矣。云誰之思？美孟庸矣。期我乎桑中，要我乎上宮，送我乎淇之上矣。

桑中也是問答體。三章每章七句，每章一、二、四句押韻，後二句爲章餘的和聲。

以上五篇代表詩經的形式。其中除第一篇樛木爲詩經最基本的形式之外，其餘都是由基本形式變化而得。有的加和聲，有的是問答體再加和聲。疊詠的章數，也可減少爲兩章，或加多爲四、五章。（諸位如果對這方面想了解得更多一些，可參閱外子糜文開所寫「詩經的基本形式及其變化」一文，載於「詩經欣賞與研究」第一集中）。

㈢韻文之祖：詩經爲千古韻文之祖。詩經以後各代的韻文，其用韵之法，多由三百篇開其端，關於詩經用韻之法，顧炎武認爲大約有三種：

1. 首句次句連用韻，隔第三句而於第四句再用韻。如周南關雎首章：

關關雎鳩，在河之洲。

窈窕淑女，君子好逑。

其中鳩、洲、逑押韻。凡漢以下之詩及唐人律詩之首句用韻者，源於此。

2. 一開頭卽隔句用韻。如周南兔罝全篇：

肅肅兔罝，椓之丁丁；韻
赳赳武夫，公侯干城。韻
肅肅兔罝，施于中逵；韻
赳赳武夫，公侯好仇。韻
肅肅兔罝，施于中林；韻
赳赳武夫，公侯腹心。韻

兔罝共三章，每章隔句用韻。凡漢以下之詩及唐人律詩之首句不用韻者源於此。

3. 自首至末，句句用韻。如衞風考槃：

考槃在澗，碩人之寬。
獨寐寤言，永矢弗諼。
考槃在阿，碩人之薖。

獨寐寤歌，永矢弗過。

考槃在陸，碩人之軸。

獨寐寤宿，永矢弗告。

首章澗、寬、言、諼押韻；次章阿、薖、歌、過押韻；末章陸、軸、宿、告押韻。凡漢以下之詩，句句用韻者如魏文帝樂府詩燕歌行之類源於此。

以上三條是詩經基本用韻之法。其他都由此變化而來。

此外詩經中又有很多重言如關關、夭夭，雙聲如雎鳩、參差，疊韻如窈窕、崔嵬等詞類的應用。這些詞類讀起來不但音調諧和，而且韻味雋永，都有很高的文學價值。

二、內容方面的文學價值

(一)人民感情流露的文學價值

甲、歡合的愉悅，如：

1. 風雨（鄭風）

風雨淒淒，雞鳴喈喈。

既見君子，云胡不夷？
　風雨瀟瀟，雞鳴膠膠。
既見君子，云胡不瘳？
　風雨如晦，雞鳴不已。
既見君子，云胡不喜？

在風雨淒淒的黑夜，妻子空閨獨守，格外覺得孤寂恐懼，又惦念丈夫在外的平安。這時忽聞聲聲雞啼，而所期待的人兒居然就在此時冒着風雨歸來，這種歡愉之情，該是如何！

2. 君子陽陽（王風）

　君子陽陽，左執簧，
右招我由房。其樂只且！
　君子陶陶，左執翿，
右招我由敖。其樂只且！

夫婦利用工作之餘閒暇之際，同歌共舞一番，多麼開心呀！

3. 車舝（節錄）（小雅）

雖無好友，式燕且喜。　式燕且譽，好爾無射。　雖無德與女，式歌且舞。

鮮我覯爾，我心寫兮。　覯爾新昏，以慰我心。

車舝是篇敍述結婚親迎的詩。雖乏親友道賀，也無美酒佳餚來慶祝，而娶得一位既健碩而又有美德的新娘，一路車行山野間，載歌載舞，同飲共酌，自是歡樂無比。詩中更表達了新郎之視美德重於美色，二人重精神而輕物質的高尚情操。

乙、悲離的感傷

子、生離

1. 君子于役（王風）

君子于役，不知其期；曷至哉？雞棲于塒；日之夕矣，羊牛下來。君子于役，如之何勿思！

君子于役，不日不月；曷其有佸？雞棲于桀；日之夕矣，羊牛下括。君子于役，苟無饑渴！

竹籬茅舍，山麓人家。西邊山啣夕陽紅，照見山坡上羊兒牛兒都徐徐下來，雞子也進窩啦。一位村婦看到此情此景，不禁有所感懷，她出外服役的丈夫什麼時候才能回來呀？真是讓人思念不已。在無可如何的情形下，只好退而求其次，但願他在外不受饑渴之苦啊！

2. 陟岵（節錄）（魏風）

陟彼岵兮，瞻望父兮！父曰：「嗟！予子行役，夙夜無已。上愼旃哉！猶來無止。」

自己在外服役，無限思家之情，卻反說家人如何想念自己，令人感到親人之間那種魂牽夢縈的離情別緒。

丑、死別

1. 葛生（節錄）（唐風）

予美亡此，誰與？獨處！　予美亡此，誰與？獨息！予美亡此，誰與？獨旦！　夏之日，冬之夜，百歲之後，歸于其居。　冬之夜，夏之日，百歲之後，歸于其室。

這是一篇喪偶的悼亡詩，十分悲切淒涼。日夜冬夏，顯示歲月的流轉。從此有生之年，盡是相思之日。悲苦之情，溢於言表。

寅、亂世的悲歎

1.隰有萇楚（節錄）（檜風）

隰有萇楚，猗儺其枝。夭之沃沃，樂子之無知。　樂子之無家。　樂子之無室。

詩人遭亂逃亡，挈妻抱子，輾轉流徙，不堪家室之累，苦痛之極，而無可告訴，於是在途次對無知的草木，傾吐其欣羨之情。人在太平時代，以能享室家之樂爲快；而在亂離之世，卻以室家之累爲苦，此自非出於本願。但因亂世，室家相棄，顛沛流離，倍感痛苦。不禁有處於亂世，人不如物之歎！

2.葛藟（節錄）（王風）

謂他人父，亦莫我顧。　謂他人母，亦莫我有。　謂他人昆，亦莫我聞。

這是大動亂時代，流落異鄉者的悲歌。不到外國，不知自己國家的可愛。但是處於亂離時代，不是爲了爭自由，圖生存，有誰又願意做個流浪異鄉的難民！

㈡社會生活反映的文學價值

甲、棄婦心理的刻劃

1.谷風（節錄例句）（邶風）

毋逝我梁，毋發我笱；
我躬不閱，遑恤我後！

和她丈夫在貧困中結合，經過多年的慘淡經營，艱苦的日子過去，應該有福共享了。然而喜新厭舊的負心漢卻另娶新歡，糟糠之妻被逼下堂。棄婦臨走時，內心有千萬個「不情願」。因爲這是她的家，是她費了多少勞力，多少心血所建立起來的家；家中的一器一物，都是她親自購置，或親手做成的，就像那堵魚壩，又像那捉魚簍，不都是她花費心力的成果嗎？她對它們已有了深厚的感情，因爲那是屬於她的呀！別人可不許去碰它們喲！眞是一片癡情，未能斬斷。然而當理智清醒時，卻忽而又發覺那些已經不是屬於她的了。連她的人都不被收留了，那兒還顧得了那些身外之物呢？她的癡情可憐，她的徹悟可悲。寥寥數語，對於棄婦心理，眞是刻劃入微，令人讀了，不禁要一掬同情之淚！

2.氓（略）（衞風）

本詩中所寫的女主角，從她怎樣戀愛，怎樣結婚，怎樣被虐待，直到她怎樣被遺棄而離去，無限辛酸，非常感人。

乙、農民生活的寫照

七月（略）（豳風）

七月是一篇豳地的田功歌，描寫當地農民一年十二個月裏的生活，非常詳備而生動，清代詩經通論的作者姚際恆推崇備至。他說：「鳥語蟲鳴，草榮木實，似月令；婦子入室，茅綯升屋，似風俗書；流火寒風，似五行志；養老慈幼，躋堂稱觥，似庠序禮；田官染織，狩獵藏冰，祭獻執功，似國家典制書。其中又有似採桑圖，田家樂圖、食譜、穀譜、酒經。一詩之中無不具備，洵天下之至文也。」

丙、勞逸不均的不平之鳴

北山（節錄）（小雅）

或燕燕居息，或盡瘁事國；或息偃在床，或不已於行。或不知叫號，或慘慘劬勞；或棲遲偃仰，或王事鞅掌。或湛樂飲酒，或慘慘畏咎；或出入風議，或靡事不為。

本詩中運用了十二個「或」字，排比寫成，氣派不凡，有如「黃河之水天上來」一瀉千里，一發不可收拾之概。且每兩句一組，每組以「勞逸」對比，巧妙地運用了文學上的對照律則。十二句寫成六組對比，彼此不同。且每一對比，映出一個現象。六個現象都有差別性，絕不重複。使人讀了，對勞逸雙方更有鮮明深刻的印象，而要爲勞者作不平之鳴。結尾雖止而未止，有欲止不能，欲罷不休之勢。似仍有若干「或」字，不盡欲言，只好由讀者去想像了。眞可說是餘音裊裊，餘味無窮。

丁、困於虐政的苦訴怨情

大東（節錄）（小雅）

周道如砥，其直如矢；君子所履，小人所視。睠言顧之，潸焉出涕。

小東大東，杼柚其空。糾糾葛屨，可以履霜。佻佻公子，行彼周行。既往既來，使我心疚。

東人之子，職勞不來；西人之子，粲粲衣服；舟人之子，熊羆是裘，私人之子，百僚是試。

或以其酒，不以其漿，鞙鞙佩璲，不以其長。維天有漢，監亦有光，跂彼織女，終日七襄。

雖則七襄，不成報章。睆彼牽牛，不以服箱。東有啓明，西有長庚。有捄天畢，載施之行。

維南有箕，不可以簸揚；維北有斗，不可以挹酒漿。維南有箕，載翕其舌；維北有斗，西柄之揭。

此詩先敍東人被西人壓榨之苦，然後用對照律則寫出東人西人勞逸之不均，最後更借天象來發洩東人的苦痛之情：天河不能照物，織女星不能織布，牽牛星不能駕牛，啓明星、長庚星不能代替陽光，天畢星不能捕捉鳥兎，南箕星不能簸揚，北斗星不能舀酒漿，都是徒有其名，而無實用，排在天上充數而已。不但如此，南箕星向着東方張口伸舌似要吞噬一般，北斗星斗柄西翹，似被西方人握住而向東方人舀取一般。詩人想像力之豐富，比喻之恰當，實在令人嘆爲觀止。

戊、得罪小人的鬱憤之氣

柏舟（節錄）（邶風）

我心匪鑒，不可以茹。我心匪石，不可轉也；我心匪席，不可卷也。威儀棣棣，不可選也。憂心悄悄，慍於羣小；覯閔既多，受侮不少。　心之憂矣，如匪澣衣，靜言思之，不能奮飛！

一位忠心耿耿，不肯隨人俯仰，不肯同流合汚的賢者，得罪了小人而被排斥，滿懷憂憤之情，發之爲詩。婉轉申訴，纏綿悱惻，表現了高度的技巧。這位無名詩人，不就是屈原的前身嗎？

㈢表現時代思想的文學價值

甲、君臣關係的對待

1. 鹿鳴（節錄）（小雅）

我有嘉賓，鼓瑟吹笙。吹笙鼓簧，承筐是將。人之好我，示我周行。

我有嘉賓，德音孔昭：「視民不恌，君子是則是傚。」

我有嘉賓，鼓瑟鼓琴。鼓瑟鼓琴，和樂且湛。我有旨酒，以燕樂嘉賓之心。

鹿鳴通篇說人君對待羣臣，好像對待重要的貴賓一般：情意優厚，敬而有禮。可見在那個時代君臣的關係是相對待的。所以後來的孟子說：「君之視臣如手足，臣之視君如腹心；君之視臣如犬馬，臣之視君如國人；君之視臣如土芥，臣之視君如寇讎。」

2. 無衣（秦風）

豈曰無衣？與子同袍。王于興師，脩我戈矛，與子同仇。

豈曰無衣？與子同澤。王于興師，脩我矛戟，與子偕作。

豈曰無衣？與子同裳。王于興師，脩我甲兵，與子偕行。

秦襄公受周平王之命去討伐西戎，所以所興之師，都是為王出征。充分表現了同仇敵愾，盡忠勤王的精神。

乙、活人殉葬的惡俗

黃鳥（節錄）（秦風）

交交黃鳥，止于棘。誰從穆公？子車奄息。維此奄息，百夫之特。臨其穴，惴惴其慄。彼蒼者天，殲我良人！如可贖兮，人百其身。

殷周之際，有用活人殉葬的惡俗，一國首領或一戶之家長死了，他生前所喜歡的臣下或家人，要以身殉葬，以示忠心。秦穆公是春秋五霸之一，知人善任，但卻未能將此慘無人道的惡俗除掉，他死了被迫殉葬的達一百七十七人之多，其中有當時很傑出的人物子車氏三兄弟在內。

丙、生男育女的觀念

斯干（節錄）（小雅）

乃生男子，載寢之牀，載衣之裳，載弄之璋。乃生女子，載寢之地，載衣之裼，載弄之瓦。

這種對生男生女不同的待遇，以及不同的期望，深深影響了此後中國人重男輕女的觀念。

丁、孝友之道的提倡

1.凱風（節錄）（邶風）

棘心夭夭，母氏劬勞。母氏聖善，我無令人。有子七人，母氏勞苦。有子七人，莫慰母心。

慈母對子女的撫育，像和煦的南風，吹得幼苗茁長。等子女長大了，慈母已勞悴得白髮蕭蕭，老態龍鍾了。爲人子女者，又如何能報答得了慈母的養育深恩呢？

2.蓼莪（節錄）（小雅）

父兮生我，母兮鞠我，拊我畜我，長我育我，顧我復我，出入腹我；欲報之德，昊天罔極！

父母在時，爲子女者，不易體會到父母之愛是有多深。一旦痛失父母之後，才想起父母的浩大恩惠，而悔恨自己沒能在父母生前多盡孝心。詩中連用九個「我」字，不但不嫌重複，反而讓人覺得父母對子女之愛是無微不至，無時或已。所以姚際恆說：「勾人淚眼，全在此無數我字，何必王裒！」王裒是晉朝的一位學者，父親被司馬氏所殺，每讀到詩中「哀哀父母，生我劬勞」兩句，輒流涕不止。他的學生因而不再在老師面前讀蓼莪詩。本來「誰言寸草心，報得三春暉」？這實在是一篇感人至深的描述孝子之情的好詩。

3.常棣（節錄）（小雅）

凡今之人，莫如兄弟。兄弟急難，每有良朋，況也永歎。兄弟鬩于牆，外禦其務。

兄弟既具，和樂且孺。兄弟既翕，和樂且湛。

此詩強調兄弟之情，以勸兄弟相親之義。

4.斯干（節錄）（小雅）

兄及弟矣，貳相好矣，無相猶矣。

斯干是祝賀新屋落成的詩。但房屋再好，還是要以其中所住家人感情的融洽和樂爲主。而家人之中，以兄弟能和好相處，始有眞正幸福可言。

5.六月（末二句）（小雅）

侯誰在矣？張仲孝友。

六月是周宣王的大將吉甫，討伐玁狁歸來，得到厚賜，宴請戰友的詩。最後特別提出賓客之中有孝友之德的張仲，蓋求忠臣必於孝子之門。能孝敬父母，友愛兄弟，始能盡忠國家。所以詩經中不乏強調孝友之德的詩篇。

戊、男女結合的方式

詩經時代的男女結合，可自由戀愛，但必須徵得父母的同意，而經媒人說合，或再經卜筮的手續。不是自由戀愛者則由父母決定，經媒人說合而迎娶。如：

1. 南山（節錄）（齊風）

蓺麻如之何？衡從其畝；
娶妻如之何？必告父母。

析薪如之何？匪斧不克；
娶妻如之何？匪媒不得。

2. 伐柯（節錄）（豳風）

伐柯如之何？匪斧不克；
娶妻如之何？匪媒不得。

3.氓（節錄）（衞風）

匪我愆期，子無良媒。

爾卜爾筮，體無咎言。

這裏要注意的，詩中不說「父母之命」，而只說「必告父母」。因爲詩經中自第一篇關雎起，描寫着多少自由戀愛，足證詩經時代自由戀愛風氣之盛。自由戀愛就不是「父母之命」。但自由戀愛而到談論婚嫁時，則「必告父母」，先要報告家長，徵得家長同意，然後經過媒人（介紹人）的手續，才舉行婚禮，現代的婚俗就是這樣。如是家長頑固不化者，子女也可變通辦理，所以孟子萬章篇就對「舜之不告而娶」有所說明，代爲辯護。

那時的婚齡，男的是二十到三十歲，女的是十五到二十歲。如果逾此年齡而尚未成婚，男則稱鰥，女則爲寡，爲社會人士所輕視。所以那時的男女對遲婚是很恐慌的。如召南摽有梅，就是描寫女子遲婚的恐懼心理的詩。

摽有梅，其實七兮。

求我庶士，迨其吉兮。

摽有梅，其實三兮。

求我庶士，迨其今兮。

摽有梅，頃筐塈之。

求我庶士，迨其謂之。

以樹上梅子的漸次掉落，形容女子青春的漸漸逝去。起先還想對方選好日子來娶她。最後乾脆什麼禮也不講究，只一句話就够了。

三、寫作技巧的文學價值

甲、賦比興的建立

1.賦：開門見山，平鋪直敍。這類詩篇很多。開啓後代文學的直敍體。

2.比：以彼物比此物，是純粹的比喻法，有假桑喻槐的意思。如魏風碩鼠(節錄)：

碩鼠碩鼠，無食我黍；三歲貫女，莫我肯顧，逝將去女，適彼樂土。樂土樂土，爰得我所？

以令人討厭的大老鼠比喻魏國在上者的貪婪重歛，使百姓困苦無告。又如以凱風（和煦的南風）喻母愛（邶風凱風），以雄狐喻無耻的齊襄公（齊風南山），以鴟鴞喻危害周室的武庚

（豳風鴟鴞）等都是很巧妙的比喻法，而鴟鴞詩更可說是後代童話寓言之祖。

3.興：朱熹說：「興者，先言他物，以引起所詠之辭也。」簡單說，就是引起動機的意思。三百篇中，尤以國風，此類詩特別多。第一篇關雎就是興體，以雎鳩的和鳴興起君子之求淑女以爲匹配；召南草蟲，以草蟲之鳴叫，阜螽之跳躍，有夫唱婦隨之意，以興起婦之念夫。……等。

賦比興是詩經的三種寫作方法，我國詩經以後的各種文體、詩體，可以說都不出這三種的寫作方法，而這三種方法是由詩經開其端。

乙、人物的描寫：擧衞風碩人爲例：（節錄）

手如柔荑，膚如凝脂，領如蝤蠐，齒如瓠犀。螓首蛾眉，巧笑倩兮，美目盼兮。

以工筆寫美人，爲以後齊梁宮體詩的先河。尤以後兩句的高超描寫，更是畫龍點睛之筆，後人點化爲「明眸皓齒」四字，這樣就把這美人寫活了。

丙、天災的可怕

1.小雅十月之交形容地震的可怕：

百川沸騰，山冢崒崩，

采采卷耳，不盈頃筐。

嗟我懷人，寘彼周行。

唐人張仲素的春閨思：「裊裊城邊柳，青青陌上桑；提籠忘採葉，昨夜夢漁陽。」卽從此演化而出。

2. 前面提到懼遲婚的摽有梅，開後世閨怨之祖。

3. 陳風月出：

月出皎兮，佼人僚兮。

舒窈糾兮，勞心悄兮。

月出皓兮，佼人懰兮。

舒懮受兮，勞心慅兮。

月出照兮，佼人燎兮。

舒夭紹兮，勞心慘兮。

方玉潤曰：「用字聱牙，句句用韻，已開晉唐幽峭一派。」

牛運震曰：「調侃而流，字生而艷，後人騷賦之祖。」

馬瑞辰曰：「古者喻人顏色之美，多取譬喻日月，詩『月出皎兮』傳：『喻婦人有美白皙也。』宋玉神女賦『其始出也，耀乎若白日初出照屋梁；其少進也，皎若明月舒其光。』義本此。」

方玉潤曰：「此詩雖男女詞，而一種幽思牢愁之意，固結莫解。情念雖深，心非淫蕩。且從男意虛想，活現出一月下美人，並非實有所遇。蓋巫山洛水之濫觴也。」

4. 小雅大東篇末段：

維南有箕，不可以簸揚；維北有斗，不可以挹酒漿。維南有箕，載翕其舌；維北有斗，西柄之揭。

這種想像力之豐富，異想天開的作風爲楚辭浪漫文學的先驅。

5. 小雅車攻「蕭蕭馬鳴，悠悠旆旌；徒御不驚，大庖不盈。」及「之子于征，有聞無聲。」等詩句，蛻化出杜甫後出塞「落日照大旗，馬鳴風蕭蕭」「中天懸明月，令嚴夜寂寥」的名句來。

6. 曹植的「贈白馬王彪」詩的寫作技巧，是本之於大雅的「文王」一詩。

7. 韓愈的「平淮西碑」的寫作技巧是模仿大雅的「常武」詩。

8.魯頌閟宮開漢賦之先河

其他如漢代司馬相如的封禪頌，東方朔的誡子詩，張衡的怨篇，仲長統的述志詩等都是模擬的詩經。

還有一些如描寫人物的舞容（東門之枌、伐木、賓之初筵），醉態（賓之初筵）；描寫動物的各種姿態（無羊），建築物的形狀（斯干），以及農作物的生長（生民），農田工作情形（生民、載芟）等，都寫得生動眞切，歷歷如繪。

另外像善於用重言描寫各種聲音、各種狀態、各種動作……等都維妙維肖，令人激賞。所以劉勰在文心雕龍物色篇說：

詩人感物，聯類不窮，流連萬象之際，沈吟視聽之區。寫氣圖貌，既隨物以宛轉；屬采附聲，亦與心而徘徊。故『灼灼』狀桃花之鮮，『依依』盡楊柳之貌；『杲杲』爲出日之容，『瀌瀌』擬雨雪之狀；『喈喈』逐黃鳥之聲，『喓喓』學草蟲之韵。『皎日』『嘒星』，一言窮理；『參差』『沃若』兩字窮形。並以少總多，情貌無遺矣。」

可見這些重言的運用，所發揮的文學價值之高。

至於後代引用詩經的句子、成語，以充實文章內容，以及談話資料等，從第一篇關雎的

「窈窕淑女，君子好逑」，第二篇葛覃的「歸寧父母」起，可說俯拾卽是。例如：「如切如磋，如琢如磨」（衞風淇奧），「他山之石，可以攻玉」（小雅鶴鳴），「耳提面命」「投桃報李」「言者諄諄，聽者藐藐」「白圭之玷」「不愧屋漏」（大雅抑），「信誓旦旦」（衞風氓），「夙興夜寐」（衞風氓、小雅小宛、大雅抑）「夙夜匪解」（大雅烝民、韓奕），「殷鑒不遠」（大雅蕩），「戰戰兢兢，如臨深淵，如履薄冰」「暴虎馮河」（小雅小旻），「高山仰止，景行行止」（小雅車舝），「宴爾新婚」（邶風谷風），「鳳凰于飛」（大雅卷阿），「天作之合」（大雅大明），「萬壽無疆」（豳風七月及小雅天保、南山有臺、楚茨、信南山、甫田）……等等，眞是不勝枚擧。

四、結　論

由以上所講，我們對詩經的文學價值可得一結論：詩經在形式、內容及寫作技巧方面，都有極高的文學價值：

甲、形式方面：

1. 詩經的形式爲以後歷代詩詞歌曲形式的本源。

2.詩經的用韻，爲以後歷代韻文之祖。

乙、內容方面：

1.文學是時代的產物，因此文學也表現了時代——詩經表現了周朝數百年的時代精神。

2.文學是社會生活的反映——詩經反映了周朝人民的社會生活。

3.文學是人類感情的流露——詩經紀錄了周朝一般人民的各種感情。

丙、寫作技巧方面：

1.詩經的技巧爲後代詩人詞家所取法。

2.詩經的技巧，爲後代文人墨客所模仿。

3.詩經開創了賦比興的寫作方法，爲後代文學作品所遵循。比、與更爲後代詩人活用而發展出高超的風格來。所以

王士禎說：『余思詩三百篇，眞如化工之肖物。如燕燕之傷別，籊籊竹竿之思歸，蒹葭蒼蒼之懷人，小戎之典制，碩人次章寫美人之姚冶，七月次章寫陽春之明麗，而終之以「女心傷悲，殆及公子同歸」；東山三章之「我來自東，零雨其濛。鸛鳴于垤，婦歎于室」，四

章之「其新孔嘉，其舊如之何？」寫閨閣之致，遠歸之情，遂爲六朝唐人之祖！無羊之「或降于阿，或飲于池，或寢或訛。爾牧來思，何簑何笠；或負其餱，麾之以肱，畢來既升。」字字寫生。恐史道碩、戴嵩畫手，未能如此極姸盡態也。』（漁洋詩話）

徐澄宇說：『三百篇爲千古詞章之淵海，亦千古詞章之總源。章學誠謂後世文章皆源於六藝，而多出於詩敎。蓋後世各體文章，雖支分派衍，而尠不以詩爲之祖，非獨均文已也。前乎三百篇者，雖間有佳什，然體制或未完整，韻調或未諧美，內容或未充實，情采或未周緻。求其體物賦形，觸景興懷，婉曲鬯暢，清華朗潤者，三代以前，莫詩經若也……。』（詩經學纂要）

張世祿說：『歐洲而無荷馬詩，則魏其爾、但丁、彌兒頓諸人，或永不產生於世上。中國而無詩經，則楚辭以下之文藝，亦將無以產生。……』（中國文藝變遷論）

由這種種，我們都可看出詩經的文學價值之高了。

（原載東方雜誌復刊十五卷五期）

詩經比較研究——史記周本紀篇　目次

詩經比較研究──史記周本紀篇

裴普賢

一、前言

司馬遷撰史記，認爲詩書是最可靠的三代史料，所以他在殷本紀的結語中說：「余以頌次契之事，自成湯以來，采於書詩。」於平準書中說：「書道唐虞之際，詩述殷周之世。」但夏、殷、周三代本紀，所採均以尚書爲多，詩經爲少。蓋詩經三百篇，僅商頌五篇涉及殷史。其餘悉皆有關周代之事。周紀採詩獨多，殷紀中採詩僅二三事；夏紀則無詩可據。日人瀧川資言史記考證，於夏紀引陳仁錫之言曰：「自啓以前，多本諸尚書，故紀事詳悉，至太康以下，事不經見，則不免疎略矣。」而不及詩經。詩經與史記關係最密切之篇章，厥惟周本紀而已。爰作「詩經比較研究──史記周本紀篇」。

二、周本紀採詩文字的對照

玆將周本紀中取材於詩經之處，查考臚列於下：

(一)始祖后稷——大雅生民篇、魯頌閟宮篇

(1)后稷的出生

【詩經生民】

厥初生民，時維姜嫄。生民如何？克禋克祀，以弗無子。履帝武敏，歆。攸介攸止，載震載夙，載生載育，時維后稷。（首章）

誕彌厥月，先生如達。不坼不副，無菑無害，以赫厥靈。上帝不寧，不康禋祀，居然生子。（次章）

【詩經閟宮】

赫赫姜嫄，其德不回。上帝是依，無災無害：彌月不遲，是生后稷。降之百福，黍稷重穋，稙穉菽麥。奄有下國，俾民稼穡。有稷有黍，有稻有秬。奄有下土，纘禹之緒。（首章）

【史記】

姜原出野，見巨人跡，心忻然欲踐之。踐之而身動，如孕者，居期而生子。

【說明】

司馬遷從孔安國問業，而孔安國係魯詩博士申公弟子，故司馬遷所習爲魯詩。魯詩釋生民篇「履帝武敏」的帝爲天帝，武爲足跡，敏爲拇，卽大拇指。❶意卽踩天帝脚印的大拇趾。姜嫄只踩在大拇趾裏，則脚印的巨大可知。所以史記簡化了說：「見巨人跡，踐之。」未明言巨人爲天帝。史記姜嫄之嫄，亦無女旁與毛詩異。但這句詩，在毛詩裏有兩說：毛傳說：「履，踐也。帝，高辛氏之帝。武，迹。敏，疾也。」是說姜嫄踩高辛氏之帝嚳的脚印很敏疾。而後來鄭玄作箋，卻改採三家詩之說，箋云：「帝，上帝也。敏，拇也。」成爲姜嫄踩上帝足跡大拇趾處而受孕生稷。唐初毛詩正義的孔疏說明毛傳鄭箋的歧異爲：「鄭唯履帝以下三句爲異，其首尾則同。言當祀郊禖（求子）之時，有上帝大神之迹。姜嫄因祭見之，遂履此帝迹拇指之處，而足不能滿，時卽心體歆歆如有物所在身之左右，所止住於身中，如有人道精氣之感己者也。於是則震動而有身，則肅戒不復御。餘同。」隋唐時代，三家詩中魯詩齊詩已不傳，孔疏未指明鄭箋的出處。到北宋就有歐陽修據毛傳，以爲姜嫄乃從其夫有辛氏帝嚳之行而駁史記及鄭箋。但詩生民篇固不載姜嫄丈夫之名，史記「姜原爲帝嚳元妃」句，係雜採後出之帝繫篇或其他傳記，未足盡信。三國時蜀人譙周卽云：「弃帝嚳之冑，其父亦不著。」以爲不知后稷父之名，僅可謂係帝嚳之後裔耳。故南宋朱熹撰詩集傳，

以爲不祥，弃之隘巷，馬牛過者，皆辟不踐；徙置之林中，適會山林多人；遷之而弃渠中冰上，飛鳥以翼覆薦之。姜原以爲神，遂收養長之。初欲弃之，因名曰弃。

【說明】

此節詩敍后稷被棄，史記憑以改寫，並補出「以爲不祥」「姜原以爲神，遂收養長之。」以說明后稷名弃的由來。唐張守節史記正義謂：「古史考云：弃，帝嚳之胄，其父亦不著，與此文稍異。」

(3)后稷善稼穡

【詩經生民】

誕實匍匐，克岐克嶷，以就口食。蓺之荏菽，荏菽旆旆，禾役穟穟，麻麥幪幪，瓜瓞唪唪。(四章)

誕后稷之穡，有相之道。茀厥豐草，種之黃茂。實方實苞，實種實褎，實發實秀，實堅實好，實穎實栗，即有邰家室。(五章)

【史記】

弃爲兒時，仡如巨人之志。其游戲好種樹麻菽，麻菽美。及爲成人，遂好耕農。相地之宜，宜穀者稼穡焉。民皆法則之。帝堯聞之，舉弃爲農師，天下得其利，有功。帝舜曰：弃，黎民始飢，爾后稷，播時百穀，封弃於邰。

【說明】

此史記前段，憑詩經改寫。後段採尚書。而最後「封弃於邰」句，唐司馬貞索隱云：「卽詩生民『有邰家室』是也。」

❶ 據陳喬樅著魯詩遺說考十六生民篇「履帝武敏歆」條，見藝文印書館印行皇清經解續編十六册一二六九二頁。

❷ 朱熹氣化之說，清崔述在豐鎬考信錄中駁之極精。

❸ 見史記三代世表第一。

㈡公劉遷豳——大雅公劉篇

【詩經】

篤公劉，匪居匪康，迺埸迺疆，迺積迺倉。迺裹餱糧，于橐于囊，思輯用光。弓矢斯張，干戈戚揚，爰方啓行。（首章）

篤公劉，于胥斯原。既庶既繁，既順迺宣，而無永歎。陟則在巘，復降在原。何以舟之？維玉及瑤，鞞琫容刀。（次章）

篤公劉，逝彼百泉，瞻彼溥原。迺陟南岡，乃覯于京。京師之野，于時處處，于時廬旅。于時言言，于時語語。（三章）

篤公劉，于京斯依。蹌蹌濟濟，俾筵俾几。既登乃依，乃造其曹，執豕于牢。酌之用匏。食之飲之，君之宗之。（四章）

篤公劉，既溥既長。既景迺岡，相其陰陽，觀其流泉。其軍三單。度其隰原，徹田爲糧。度其夕陽，豳居允荒。（五章）

篤公劉，于豳斯館。涉渭爲亂，取厲取鍛。止基迺理，爰衆爰有。夾其皇澗，遡其過澗。止旅乃密，芮鞫之即。（末章）

【史記】

公劉雖在戎狄之間，復脩后稷之業。務耕種，行地宜。自漆沮度渭，取材用。行者有資，居者有畜積。民賴其慶。百姓懷之，多徙而保歸焉。周道之興，自此始。故詩人歌樂思其德。

公劉卒，子慶節立，國於豳。

【說明】

唐司馬貞史記索隱：「詩人歌樂思其德，卽詩大雅篇篤公劉是也。」普賢按：詩首章卽敍公劉遷居之行列。次章敍公劉至豳視土宜而墾殖。三章四章，則已建宮室爲邑居之事。五章曰：「度其隰原，徹田爲糧；度其夕陽，豳居允荒。」則農墾旣成，已計田取糧爲稅，且點明定居豳邑的廣大。然後末章「于豳斯館」，定居豳邑後，又涉渭取材而擴建宮室也。故史記所敍：「公劉雖在戎狄之間，復脩后稷之業，務耕種，行地宜，自漆沮度渭取材用。」雖據詩公劉篇，但謂至「公劉卒，子慶節立」始「國於豳」，則不免爲史公之疏漏也。瀧川氏史記考證，亦云：「中井積德曰：『漏公劉徙豳，何也？』又曰：『渡渭取材用，是徙豳以後事，大雅可證。』洪亮吉曰：『按詩篤公劉，「于豳斯館」，則公劉時已遷豳，不至慶節也。』」

崔述豐鎬考信錄據公劉篇「徹田爲糧」句，云：「按此詩則周之徹法，始於公劉，不始於武王也。」

㈢太王遷岐——⑴大雅緜篇、⑵周頌天作篇、⑶魯頌閟宮篇

【詩經緜】

緜緜瓜瓞。民之初生，自土沮漆。古公亶父，陶復陶穴，未有家室。(首章)

古公亶父，來朝走馬，率西水滸，至于岐下。爰及姜女，聿來胥宇。(次章)

周原膴膴，堇荼如飴。爰始爰謀，爰契我龜。曰止曰時，築室于玆。(三章)

迺慰迺止，迺左迺右；迺疆迺理，迺宣迺畝。自西徂東，周爰執事。(四章)

乃召司空，乃召司徒，俾立室家。其繩則直，縮版以載，作廟翼翼。(五章)

捄之陾陾，度之薨薨，築之登登，削屢馮馮。百堵皆興，鼛鼓弗勝。(六章)

迺立皐門，皐門有伉；迺立應門，應門將將。迺立冢土，戎醜攸行。(七章)

【詩經天作】

天作高山，大王荒之。彼作矣，文王康之。彼徂矣，岐有夷之行。子孫保之。

【詩經閟宮】

后稷之孫，實維大王。居岐之陽，實始翦商。

【史記】

古公亶父復脩后稷、公劉之業。積德行義，國人皆戴之。薰育戎狄攻之，欲得財物，予之。已復攻，欲得地與民，民皆怒欲戰。古公曰：「有民立君，將以利之。今戎狄所為攻戰，以吾地與民。民之在我，與其在彼何異？民欲以我故戰，殺人父子而君之，予不忍為。」乃與私屬，遂去豳度漆沮，踰梁山，止於岐下。豳人舉國扶老攜弱，盡復歸古公於岐下。及他旁國，聞古公仁，亦多歸之。於是古公乃貶戎狄之俗，而營築城郭室屋，而邑別居之，作五官有司。民皆歌樂之，頌其德。

【說明】

瀧川史記考證云：「『薰育戎狄』之下，采孟子梁惠王篇，參以詩大雅緜篇。又見莊子讓王篇、呂氏春秋審為篇、尚書大傳。『古公乃貶』以下，采詩大雅緜篇。先是『陶復陶穴，未有室家』，貶黜也，去也。緜篇云：『乃召司空，乃召司徒』，未嘗云『五官有司』，蓋史公以意增。」司馬貞史記索隱云：「民皆歌樂之，頌其德，卽詩頌云：『后稷之孫，實維大王。居岐之陽，實始翦商。』是也。」普賢按：此魯頌閟宮之句，乃春秋時魯僖公追頌之辭。故清俞樾有云：「實始翦商」，子孫之釋也。在太王當日不特無其事，並無其意。太王之世，民所樂歌者，即緜篇所言耳。周頌天作篇乃西周初年祭祀太王之詩，而史公周本紀，特表太王脩復后稷之業，則採自閟宮「后稷之孫，實維太王」句也。

(四)王季文王修德建業——大雅皇矣篇、大明篇、思齊篇、緜篇、文王有聲篇

【詩經皇矣】

帝作邦作對，自大伯王季。維此王季，因心則友。則友其兄，則篤其慶。載錫之光，受祿無喪。奄有四方。（三章）

維此王季，帝度其心，貊其德音。其德克明，克明克類，克長克君。王此大邦，克順克比。比于文王，其德靡悔。既受帝祉，施于孫子。（四章）

帝謂文王：「無然畔援，無然歆羨，誕先登于岸。」密人不恭，敢距大邦，侵阮徂共。王赫斯怒，爰整其旅，以按徂旅，以篤周祜，以對于天下。（五章）

依其在京，侵自阮疆。陟我高岡：「無矢我陵，我陵我阿；無飲我泉，我泉我池！」度其鮮原，居岐之陽，在渭之將。萬邦之方，下民之王。（六章）

帝謂文王：「予懷明德，不大聲以色，不長夏以革。不識不知，順帝之則。」帝謂文王：「詢爾仇方，同爾兄弟。以爾鉤援，與爾臨衝，以伐崇墉。」（七章）

臨衝閑閑，崇墉言言，執訊連連，攸馘安安。是類是禡，是致是附，四方以無侮。臨衝茀茀，崇墉仡仡，是伐是肆，是絕是忽，四方以無拂。（末章）

【詩經大明】

摯仲氏任，自彼殷商，來嫁于周。曰嬪于京，乃及王季，維德之行。大任有身，生此文王。（二章）

維此文王，小心翼翼。昭事上帝，聿懷多福。厥德不回，以受方國。（三章）

【詩經思齊】

思齊大任，文王之母。思媚周姜，京室之婦。大姒嗣徽音，則百斯男。（首章）

惠于宗公，神罔時怨，神罔時恫。刑于寡妻，至于兄弟，以御于家邦。（二章）

【詩經緜】

肆不殄厥慍，亦不隕厥問。柞棫拔矣，行道兌矣。混夷駾矣，維其喙矣。（八章）

虞芮質厥成，文王蹶厥生。予曰有疏附，予曰有先後，予曰有奔奏，予曰有禦侮。

（末章）

【詩經文王有聲】

文王受命，有此武功；旣伐于崇，作邑于豐。（次章）

【史記】

古公有長子曰太伯，次曰虞仲。太姜生少子季歷。季歷娶太任，皆賢婦人。生昌，有聖瑞。古公曰：「我世當有興者，其在昌乎！」長子太伯、虞仲，知古公欲立季歷以傳昌，乃二人亡如荆蠻，文身斷髮，以讓季歷。

古公卒，季歷立，是爲公季。公季脩古公遺道，篤於行義，諸侯順之。

【說明】

大雅皇矣第三章卽敍太伯讓位事，第四章接敍王季修德。緜篇之「爰及姜女」，卽生王季（季歷）之太姜。大明篇之二三兩章，卽敍季歷娶大任而生文王姬昌。

【史記】

公季卒，子昌立，是爲西伯。西伯曰文王，遵后稷、公劉之業。則古公、公季之法，篤仁敬老慈少，禮下賢者。日中不暇食以待士，士以此多歸之。……

崇侯虎譖西伯於殷紂曰：「西伯積善累德，諸侯皆嚮之，將不利於帝。」帝紂乃囚西伯於羑里。……

西伯陰行善。諸侯皆來決平。於是虞芮之人，有獄不能決，乃如周。入界，耕者皆讓畔，民俗皆讓長。虞芮之人，未見西伯，皆慙相謂曰：「吾所爭，周人所耻。何往爲？祇取辱耳。」遂還。俱讓而去。諸侯聞之，曰：「西伯蓋受命之君也。」明年伐犬戎。明年伐密須。明年敗耆國。殷之祖伊聞之，懼以告帝紂。紂曰：「不有天命乎？是何能爲！」明年伐邘。明年伐崇侯虎。而作豐邑，自岐下而徙都豐。明年西伯崩。太子發立，是爲武王。……詩人道西伯蓋受命之年稱王，而斷虞芮之訟。後十年而崩，謚爲文王。改法度制正朔矣，追尊古公爲太王，公季爲王季。蓋王瑞自太王興。

【說明】

大雅皇矣篇自第五章「帝謂文王」起，經六、七兩章，至八章全篇結束，以及緜篇第八章，均敍文王的修德建業。其中平密伐崇及使混夷逭逃，是文王建業的大事，而大雅緜篇末章「虞芮質成」尤爲文王修德的範例，均爲史記周本紀敍寫文王德業的依據。可惜虞芮質成事，詩言不詳。毛詩傳箋及劉向說苑君道篇等所載與史記又有異同之語，疑當時必有成文，史公有所增損，故所載缺略不全也。

大雅大明篇第二章敍聖母大任之歸王季，而生有聖德之文王，第三章卽敍文王之聖德。至於周紀之敍文王「伐崇侯虎而作豐邑。」係採大雅文王有聲篇第二章「旣伐于崇，作邑于豐。」一句。而史公「詩人道西伯蓋受命之年稱王」的文王受命說，亦卽據文王有聲篇第二章「文王受命」的首句。

(五)武王伐紂—大雅大明、文王有聲

【詩經大明】

天監在下，有命旣集。文王初載，天作之合。在洽之陽，在渭之涘。文王嘉止，大邦有子。（四章）

大邦有子，俔天之妹。文定厥祥，親迎于渭。造舟爲梁，不顯其光。（五章）

有命自天，命此文王。于周于京。纘女維莘。長子維行。篤生武王，保右命爾，燮伐大商。（六章）

殷商之旅，其會如林。矢于牧野：「維予侯興。上帝臨女，無貳爾心！」（七章）

牧野洋洋，檀車煌煌，駟騵彭彭。維師尚父，時維鷹揚；涼彼武王，肆伐大商，會朝清明。（末章）

【詩經文王有聲】

鎬京辟廱，自西自東，自南自北，無思不服，皇王烝哉！（六章）

考卜維王，宅是鎬京。維龜正之，武王成之。武王烝哉！（七章）

【史記】

武王卽位，太公望爲師，周公旦爲輔。召公畢公之徒，左右王師，脩文王緒業。九年，武王上祭于畢。東觀兵，至于盟津。

遂興師。師尚父號曰：「總爾衆庶，與爾舟楫，後至者斬。」是時諸侯不期而會盟津者八百諸侯。諸侯皆曰：「紂可伐矣。」武王曰：「女未知天命，未可也。」乃還師歸。

十一年十二月戊午，師畢渡盟津。諸侯咸會曰：「孳孳無怠。」武王乃作太誓告于衆庶……「今予發，維共行天罰，勉哉夫子。不可再，不可三。」二月甲子昧爽，武王朝至于商郊牧野乃誓。武王左杖黃鉞，右秉白旄以麾曰：「遠矣西土之人。」武王曰：「稱爾戈，比爾干，立爾矛，予其誓。」誓已，諸侯兵會者，車四千乘，陳師牧野。帝紂聞武王來，亦發兵七十萬人距武王。武王使師尚父與百夫致師，以大卒馳帝紂師。紂師雖衆，皆無戰之心。心欲武王亟入。紂師皆倒兵以戰，以開武王。武王馳之，紂兵皆崩畔紂。紂走反入，登于鹿臺之上，蒙衣其珠玉，自燔于火而死。

武王持大白旗，以麾諸侯。諸侯畢拜武王。武王乃揖諸侯。諸侯畢從武王至商國。商國百姓，咸待於郊。於是武王使群臣告語商百姓曰：「上天降休。」商人皆再拜稽首，武王亦答拜。遂入至紂死所，武王自射之。下車以輕劍擊之，以黃鉞斬紂頭。

其明日，除道脩社，武王立于社南，大卒之左右畢從。師尚父牽牲，尹佚筴祝曰：「殷之末孫季紂，殄廢先王明德，侮蔑神祇不祀，昏暴商邑百姓，其章顯聞于天皇上帝。」於是武王再拜稽首，曰：「膺更大命，革殷，受天明命。」武王又再拜稽首，乃出。封商紂子祿父殷之餘民。武王爲殷初定未集，乃使其弟管叔鮮、蔡叔度相祿父治殷。已而命召公釋箕子之囚，命畢公釋百姓之囚。表商容之閭。命南宮括散鹿臺之財，發鉅橋之粟，以振貧弱萌隸。命南宮括、史佚，展九鼎保玉。命閎夭封比干之墓。命宗祝享祠于軍，乃罷兵西歸。行狩，記政事作武成。封諸侯，班賜宗彝，作分殷之器物。武王追思先聖王，乃褒封神農之後於焦，黃帝之後於祝，帝堯之後於薊，帝舜之後於陳，大禹之後於杞。於是封功臣謀士，而師尚父爲首封。封尚父於營丘，曰齊。封弟周公旦於曲阜，曰魯。封召公奭於燕，封弟叔鮮於管，弟叔度於蔡，餘各以次受封。

武王徵九牧之君，登豳之阜，以望商邑。營周居于雒邑而後去。

縱馬於華山之陽，放牛於桃林之虛。偃干戈，振兵釋旅，示天下不復用也。

【說明】

以上史記部分乃周本紀中武王伐紂革命經過的節錄。史記多本尚書牧誓、武成等篇資料及其他傳記，簡縮而成。篇幅仍很長，而詩經大明篇寫牧野之戰，僅二章十四句五十六字，卻極扼要而生動，予人深刻印象。「鷹揚」兩字最爲特出傳神。而一場大戰，最後只用「會朝清明」四字結束，以表達天下一下子廓清而轉爲光明和平，尤見工夫。與史記所寫鉞斬紂頭，分封諸侯而有縱馬華山、放牛桃林的結筆，可相匹敵。

司馬遷當然讀過大明篇的，但寫這場革命大戰，似乎只有最後那縱馬放牛偃戈釋旅的部分，可能是採用韓詩外傳所載。❹

詩經大雅以描寫(1)始祖后稷誕生的生民篇、(2)公劉遷豳的公劉篇、(3)太王遷岐的緜篇、(4)王季文王修德建業的皇矣篇，以及(5)太任生文王、太姒生武王而伐商成功的大明篇，記載了自周人始祖后稷的誕生，先人公劉播遷於豳的奮鬪，太王居岐稱周而立國，王季文王修德建業而奠基，武王伐商革命而代商爲天子，開創了周代八百年的天下。這五篇大雅，被稱爲追敍周祖創業的主要五史詩。在這五史詩中，描寫了六位男主角，三位女主角。司馬遷史記周本紀的前段，就是循此路線而寫。但三位女主角，他寫姜嫄，相當着力；寫聖母太任、太姒，他只寫了「季歷娶太任，生昌（文王）有聖瑞」的太任；大明篇用三章的文字着力寫過鎬，竟一字不提，也是一大疏漏。❺的文王「天作之合」「親迎于渭」「篤生武王」的太姒，卻一字未提。可是他連上代的「太姜生少子季歷」都寫了，可知是他一時的疏漏。只此一點，已可知這周代開創五史詩的重要史料，固具有很大的歷史價値，就是司馬遷在周本紀中未能吸收的部分，也値得珍視的。

又，武王建都鎬京，是西周奠都大事。史公既於周本紀中敍文王徙都豐，而對武王都

❹韓詩外傳第三卷武王伐紂一則中，敍分封諸侯後接寫：「濟河而西，馬放華山之陽，示不復乘；牛放桃林之野，示不復服也；車甲衅而藏之，示不復用也。於是廢軍而郊射，左射貍首，右射騶虞，然後天下知武王不復用兵也。」史記敍事事蹟相同，字句稍予簡略而已。惟禮記樂記，呂氏春秋愼大篇，亦有類似記載。

❺史記周本紀最後「太史公曰」下，在辯武王不居洛邑的話中，提到武王「都豐鎬」之事。其原文爲：「學者皆稱周伐紂居洛邑。綜其實，不然。武王營之，成王使召公卜居居九鼎焉。而周復都豐鎬。至犬戎敗幽王，周乃東徙于洛邑。」

(六)祭公諫穆王—周頌時邁篇

【詩經時邁】

時邁其邦，昊天其子之。實右序有周，薄言震之。莫不震疊，懷柔百神，及河喬嶽，允王維后。明昭有周，式序在位。載戢干戈，載櫜弓矢。我求懿德，肆于時夏，允王保之。

【史記】

穆王將征犬戎，祭公謀父諫曰：「不可。先王燿德不觀兵。夫兵戢而時動，動則威。觀則玩。玩則無震。是故周文公之頌曰：『載戢干戈，載櫜弓矢。我求懿德，肆于時夏。允王保之。』先王之於民也，茂正其德，而厚其性；阜其財求，而利其器用。明利害之鄉，以文脩之，使之務利而辟害，懷德而畏威。故能保世以滋大。……犬戎氏以其職來王。天子曰：『予必不享征之』，且觀之兵。無乃廢先王之訓，而王幾頓乎？」……

王遂征之，得四白狼四白鹿以歸。自是荒服者不至，諸侯有不睦者。

【說明】

此史公採國語周語第一篇，略有增損。祭公謀父引周頌時邁篇後段以諫周穆王之征犬戎。而曰：「周文公之頌」，後世均採其說而斷時邁篇爲周公旦所作。此爲周本紀敍事中第一次引詩之事，可知引詩固盛於春秋，穆王時已開此風。

魯齊毛三家都說時邁是「巡守告祭柴望」之樂歌，而韓詩說是「美成王能奮舒文武之道而行。」清王先謙撰詩三家義集疏，綜合各家曰：「武王克商，周公始作此歌以頌武王。及成王巡狩，乃歌此詩以美成王。與清廟頌文王，仍兼祀武王，又祀周公相同。」而明何楷又列時邁爲大武樂六章之第五樂章。蓋成王旣治，周公制禮作樂時採武、酌、賚、般、時邁、桓諸詩合成大武舞樂，今本周頌之次第，係遭秦火而亂耳。說詳外子文開與普賢合著之詩經欣賞與研究續集。

㈦懿王勢衰—小雅采薇篇

【詩經采薇】

采薇采薇，薇亦作止。曰歸曰歸，歲亦莫止。靡室靡家，玁狁之故。不遑啓居，玁狁之故。（首章）

駕彼四牡，四牡騤騤。君子所依，小人所腓。四牡翼翼，象弭魚服。豈不日戒，玁狁孔棘。（五章）

昔我往矣，楊柳依依。今我來思，雨雪霏霏。行道遲遲，載渴載飢。我心傷悲，莫知我哀。（末章）

【史記】

共王崩，子懿王囏立。

懿王之時，王室遂衰，詩人作刺。

【說明】

瀧川氏史記考證，據漢書匈奴傳云：「懿王時，戎狄交侵，中國被其苦，詩人始作疾而歌之，曰：『靡室靡家，獫允之故。』」獫允卽玁狁。以證史記所謂「詩人作刺」，卽指小雅采薇篇。

案采薇篇魯齊詩均指爲懿王時苦於玁狁之患所作怨刺之詩。毛詩則以爲文王時詩，詩序曰：「文王之時，西有昆夷之患，北有玁狁之難，以天子之命，命將率，遣戍役以守衞中國，故歌采薇以遣之。」司馬遷習魯詩，故從魯說。然據王國維之鬼方昆夷玁狁考，玁狁一名，西周中葉以後始有。前此稱之爲鬼方、昆夷，無稱爲玁狁者。而采薇篇詩中屢言玁狁，故屈萬里詩經釋義斷其與出車、六月諸詩之詠伐玁狁者皆作於宣王之世。

(八)芮良夫諫厲王——周頌思文篇、大雅文王篇

【詩經思文】

思文后稷，克配彼天。立我烝民，莫匪爾極。貽我來牟，帝命率育。無此疆爾界，

陳常于時夏。

【詩經文王】

亹亹文王，令聞不已。陳錫哉周，侯文王孫子。文王孫子，本支百世。凡周之士，不顯亦世。（次章）

【史記】

夷王崩，子厲王胡立。

厲王卽位三十年，好利近榮夷公。大夫芮良夫諫厲王曰：「王室其將卑乎？夫榮公好專利，而不知大難。夫利百物之所生也，天地之所載也，而有專之，其害多矣。天地百物皆將取焉，何可專也。所怒甚多，而不備大難。以是教王，王其能久乎？夫王人者，將導利而布之上下者也。使神人百物無不得極，猶日怵惕，懼怨之來也。故頌曰：『思文后稷，克配彼天。立我蒸民，莫匪爾極。』大雅曰：『陳錫載周。』是不布利而懼難乎？故能載周以至于今。今王學專利，其可乎？匹夫專利，猶謂之盜。王而行之，其歸鮮矣。榮公若用，周必敗也。」厲王不聽，卒以榮公爲卿士用事。

【說明】

史記諫厲王勿用榮夷公事，全文照錄自國語周語。僅更易一二字。芮良夫引大雅「陳錫載周」句，在文王篇第二章，與周頌思文篇並擧，所以明后稷、文王，布利於民，故能與盛，今王若學專利，重用榮夷公，則周必敗也。

以上史記周本紀所載，涉及詩經本文，可以對照者共后稷、公劉、太王、王季、文王、武王、穆王、懿王、厲王八世之事，至厲王之世而止。餘如周公貽鴟鴞之詩於成王，見魯周公世家，周紀中則不載。召公諫厲王止謗之文中有「使公卿至於列士獻詩」、「瞍賦」等語，韋昭謂瞍之所賦，卽公卿列士所獻之詩。此係有關詩經來源之文獻，但未涉及詩三百篇本文，故不予臚列。

瀧川氏史記考證云：「愚按：周紀穆王以前，多采詩、書、逸周書；穆王以後，多采國語、左傳；威烈王以後，多采戰國策。」詩雖三百餘篇，周本紀所本，僅周頌天作、時邁、思文三篇；魯頌閟宮一篇；大雅文王、大明、緜、思齊、皇矣、文王有聲、生民、公劉八篇；小雅采薇一篇，總共十三篇而已。蓋商頌固載殷事，而十五國風一百六十篇，原爲各國民謠，不涉王室事。偶涉王事如周公之作鴟鴞貽成王，亦仍載之一國之世家，故史記周本紀東周之文，無本之詩經者。然西周宣王幽王兩世之事，載之於大小雅之詩者極多，史記周本紀中竟一字未及，未免缺失。而尤以宣王中興大業，大小雅中如六月、出車兩篇伐玁狁之吉甫、南仲，采芑篇征蠻荆的方叔，江漢篇征淮夷之召虎，及常武篇中之程伯休父等，均宣王時之名臣，見漢書古今人表中。而常武篇記周王親征平徐夷，則平徐夷之周王，卽宣王無疑也。此等大事自應據詩記敍，而周紀中竟都付闕如，不可不謂史公之重大缺失也。又如幽王二年大地震，三年嬖愛褒姒而終以殺身，西周覆亡。前者小雅十月之交篇有描寫，後者小雅正月篇有「褒姒威之」、大雅瞻卬篇有「哲婦傾城」等句刺之。小雅十月之交篇亦有「豔妻煽方處」一句涉及。史公未照懿王之例加「詩人作刺」之辭。

又，豳風七篇，不僅鴟鴞一篇涉及成王，東山、破斧兩篇皆詠成王時周公東征之大事，此三詩既皆有關周公輔成王平亂之篇章，實亦周本紀之史料，宜補述之。

茲補成王、宣王、幽王三世詩史之對照。惟以宣王中興之詩篇繁多，特另立一章以討論之。此處先補成、幽二世於下：

(九)【補】周公輔成王平亂—豳風鴟鴞、東山、破斧三篇

【詩經鴟鴞】

鴟鴞鴟鴞，既取我子，無毀我室！恩斯勤斯，鬻子之閔斯。（首章）

迨天之未陰雨，徹彼桑土。綢繆牖戶。今女下民，或敢侮予。（次章）

予手拮据，予所捋荼。予所蓄租，予口卒堵。曰予未有室家。（三章）

予羽譙譙，予尾翛翛。予室翹翹，風雨所漂搖。予維音嘵嘵。（末章）

【詩經東山】

我徂東山，慆慆不歸。我來自東，零雨其濛。我東曰歸，我心西悲。制彼裳衣，勿士行枚。蜎蜎者蠋，烝在桑野。敦彼獨宿，亦在車下。（首章）

我徂東山，慆慆不歸。我來自東，零雨其濛。果贏之實，亦施于宇。伊威在室，蠨蛸在戶。町畽鹿場，熠燿宵行。不可畏也，伊可懷也。（次章）

我徂東山，慆慆不歸。我來自東，零雨其濛。鸛鳴于垤，婦歎于室。洒掃穹窒，我征聿至。有敦瓜苦，烝在栗薪。自我不見，于今三年。（三章）

我徂東山，慆慆不歸。我來自東，零雨其濛。倉庚于飛，熠燿其羽。之子于歸，皇

駁其馬。親結其縭，九十其儀。其新孔嘉，其舊如之何？（末章）

【史記】

太子誦代立，是爲成王。成王少，周初定天下，周公恐諸侯畔，周公乃攝行政當國。管叔蔡叔群弟疑周公，與武庚作亂畔周。周公奉成王命，伐誅武庚、管叔，放蔡叔。以微子開代殷後，國於宋。

成王長，周公反政成王，北面就群臣之位。成王在豐，使召公復營洛邑，如武王之意。周公復卜，申視，卒營築居九鼎焉。曰：「此天下之中，四方入貢，道里均。」作召誥、洛誥。

成王既遷殷遺民，周公以王命告，作多士、無佚。召公爲保，周公爲師，東伐淮夷，殘奄，遷其君薄姑。成王自奄歸，在宗周。作多方。既絀殷命，襲淮夷，歸在豐。作周官。

【說明】

史記周本紀中，敍管蔡流言，武庚作亂，周公伐誅武庚、管叔事，未提及周公作鴟鴞詩遺成王。而周公反政成王後，周公又東伐淮夷，殘奄。且有「成王歸自奄」句，則此役乃周公奉成王親征。周公作鴟鴞詩遺成王，載魯周公世家中。節錄其原文如下：

> 周公恐天下聞武王崩而畔，周公乃踐阼，代成王攝行政當國。管叔及其群弟流言於國曰：「周公將不利於成王。」周公乃告太公望、召公奭曰：「我之所以弗辟而攝行政者，恐天下畔周。」於是卒相成王，使其子伯禽代就封於魯。管、蔡、武庚等果率淮夷而反。周公乃奉成王命，興師東伐，作大誥。遂誅管叔，殺武庚，放蔡叔，收殷餘民，以封康叔於衛，封微子於宋，以奉殷祀，寧淮夷東土，二年而畢定。
>
> 諸侯咸服宗周，天降祉福，東土以集。周公歸報成王，乃爲詩貽王，命之曰鴟鴞。王亦未敢訓周公。❻
>
> 成王七年二月乙未，王朝步自周至豐。使太保召公先之雒相土。其三月，周公往營成周雒邑。成王長能聽政，於是周公乃還政於成王，成王臨朝。

當我看了魯世家後，對於前列周公輔成王平亂三詩，又發生兩個問題。第一、周公東征，究竟是周紀所載，前有伐誅武庚管叔，後有伐淮夷殘奄二次對呢？還是魯世家所載，管、蔡、武庚率淮夷反，周公一次東征，二年而畢定對呢？第二、魯世家記周公貽詩在東征完成以後。但毛詩序卻說：「鴟鴞，周公救亂也。成王未知周公之志，公乃爲詩以遺王，名之曰鴟鴞焉。」箋云：「未知周公之志者，未知其欲攝政之意。」那末，遺詩應在流言之時，不在亂平之後。瀧川史記考證云：「爲詩貽王以下，采書金縢。[7]是成王疑周公時，不宜置于此。梁玉繩曰：『若貽詩在誅管蔡後，詩何以云：「未雨綢繆」乎?』」所以這一點，我們可以斷定，毛詩沒錯。史記魯世家是敍事有欠明確。

關於第一問題，崔述作豐鎬考信錄，據周本紀認東征有前後二役，而斷東山、破斧兩篇，所詠爲伐淮夷踐奄事。他說：「詩稱『我徂東山』，又稱『于今三年』，是卽周公伐奄三年討其君事也。」當然崔氏斷東山篇所詠爲伐淮夷踐奄事是對的。但金縢敍周公平武庚管蔡之亂，也說：「居東二年，則罪人斯得。」魯世家的「寧淮夷東土，二年而畢定。」其平亂所費時間相同。而且破斧篇的「周公東征，四國是皇」句，毛傳云：「四國，管、蔡、商、奄也。」鄭箋亦云：「周公既反(返)攝政，東伐此四國，誅其君罪，正其民人。」是周公既攝政，東征此管、蔡、商武庚、淮奄四國，費二年時間一擧而平定。東山破斧兩篇所詠，亦指伐此四國而言也。所以我們可以論定：周公貽成王鴟鴞詩，是成王元年事。而周公東征艱苦地平定四國，而有破斧之作，東山篇則凱歸途中所作。破斧作於成王三年，東山則作於成王四年，故曰：「自我不見，于今三年」。[8]

❻ 訓一作誚。司馬貞史記索隱：「按尚書作誚，誚讓也。此作訓，字誤耳。」

❼ 尚書金縢原文爲：「武王既喪，管叔及其群弟乃流言於國曰：『公將不利於孺子』。周公乃告二公曰：『我之弗辟，我無以告我先王。』周公居東二年，則罪人斯得。于後，公乃爲詩以貽王，名之曰鴟鴞。王亦未敢誚公。」金縢用「于後」二字，則知所言亦與詩不合，魯世家是跟着金縢錯的。

❽ 破斧云：「四國是皇」、「四國是吪」、「四國是遒」，當作於周公東征最後一站「踐奄」之後。唐張守節史記正義引括地志云：「泗水徐城縣北三十里，古徐國，即淮夷也。兗州曲阜縣奄里，即奄國之地。」曲阜即魯都。周公東征士兵，其部分或且留此未返，以協防齊魯。此等士兵，傳唱破斧不已，後世乃稱之曰東音。故呂氏春秋音初篇，以邶風之燕燕爲北音，而以豳風之「破斧之歌」實始爲東音」也。

(十)〔補〕宣王中興——大小雅十二篇（下章另詳）

(十一)〔補〕幽王覆亡——小雅十月之交、正月，大雅瞻卬等三篇

【詩經十月之交】

十月之交，朔月辛卯，日有食之，亦孔之醜。彼月而微，此日而微。今此下民，亦

孔之哀。（首章）

日月告凶，不用其行。四國無政，不用其良。彼月而食，則維其常；此日而食，于何不臧！（次章）

爗爗震電，不寧不令。百川沸騰，山冢崒崩。高岸爲谷，深谷爲陵。哀今之人，胡憯莫懲。（三章）

皇父卿士，番維司徒，家伯維宰，仲允膳夫，棸子內史，蹶維趣馬，楀維師氏，豔妻煽方處。（四章）……

【詩經正月】

心之憂矣，如或結之。今茲之正，胡然厲矣！燎之方揚，寧或滅之。赫赫宗周，褒姒威之。（八章）

【詩經瞻卬】

瞻卬昊天，則不我惠。孔塡不寧，降此大厲。邦靡有定，士民其瘵。蟊賊蟊疾，靡有夷屆。罪罟不收，靡有夷瘳。（首章）

人有土田，女反有之；人有民人，女覆奪之。此宜無罪，女反收之；彼宜有罪，女

說之。哲夫成城，哲婦傾城。（次章）

懿厥哲婦，爲梟爲鴟。婦有長舌，維厲之階。亂匪降自天，生自婦人。匪教匪誨，時維婦寺。（三章）

鞫人忮忒，譖始竟背。豈曰不極？「伊胡爲慝」！如賈三倍，君子是識。婦無公事，休其蠶織。（四章）……

【史記】

四十六年，宣王崩，子幽王涅立。

幽王二年，西周三川皆震。伯陽甫曰：「周將亡矣。夫天地之氣，不失其序。若過其序，民亂之也。陽伏而不能出，陰迫而不能蒸。於是有地震。今三川實震，是陽失其所而塡陰也。陽失而在陰，原必塞。原塞，國必亡。夫水土演而民用也。土無所演，民乏財用，不亡何待？昔伊、洛竭而夏亡，河竭而商亡。今周德若二代之季矣。其川原又塞，塞必竭。夫國必依山川。山崩川竭，亡國之徵也。川竭必山崩。若國亡，不過十年。數之紀也。天之所弃，不過其紀。」是歲也，三川竭，岐山崩。

三年，幽王嬖愛褒姒。褒姒生子伯服。幽王欲廢太子。太子母申侯女而爲后。後幽王得褒姒愛之，欲廢申后，並去太子宜臼，以褒姒爲后，以伯服爲太子。

周太史伯陽讀史記曰：「周亡矣。昔自夏后氏之衰也，有二神龍止於夏帝庭。而言曰：『余褒之二君。』夏帝卜殺之與去之與止之。莫吉。卜請其漦而藏之，乃吉。於是布幣而策告之。龍亡而漦在。櫝而去之。夏亡，傳此器殷；殷亡，又傳此器周。此三代莫敢發之。至厲王之末，發而觀之。漦流于庭，不可除。厲王使婦人裸而譟之。漦化爲玄黿，以入王後宮。後宮之童妾，既齔而遭之。既笄而孕。無夫而生子，懼而弃之。宣王之時童女謠曰：『檿弧箕服，實亡周國。』於是宣王聞之，有夫婦賣是器者，宣王使執而戮之。逃。於道而見鄉者後宮童妾所弃妖子，出於路者聞其夜啼，哀而收之。夫婦遂亡犇於褒。褒人有罪，請入童妾所弃女子者於王以贖罪。弃女子出於褒，是爲褒姒。當幽王三年，王之後宮，見而愛之，生子伯服。竟廢申后及太子，以褒姒爲后，伯服爲太子。太史伯陽曰：「禍成矣。無可奈何！」

褒姒不好笑。幽王欲其笑，萬方故不笑。幽王爲熢燧大鼓，有寇至則擧熢火。諸侯悉至，至而無寇，褒姒乃大笑。幽王說之，爲數舉燧火，其後不信，諸侯益亦不至。

幽王以虢石父爲卿用事，國人皆怨。石父爲人佞巧善諛，好利，王用之。又廢申后去太子也。申侯怒，與繒、西夷、犬戎攻幽王。幽王舉燧火徵兵，兵莫至。遂殺幽王驪山下。虜褒姒，盡取周賂而去。

於是諸侯乃卽申侯而共立故幽王太子宜臼，是爲平王，以奉周祀。

平王立，東遷于雒邑辟戎寇。

【說明】

小雅十月之交篇，毛傳說是刺幽王，鄭箋說是刺厲王。依曆法推算，厲王二十五年十月朔辛卯，和幽王六年十月朔辛卯，都發生過日蝕。清阮元就斷爲幽王時詩。因爲詩中還有大地震的描寫。二年地震，六年日蝕，與詩更合。況詩中更有「艷妻煽方處」符合幽王的寵褒姒，而厲王未聞有寵美女如幽王者。

史記周紀載「幽王二年，西周三川皆震。」「是歲也，三川竭，岐山崩。」而有伯陽甫「周將亡矣」之語。「三年，幽王嬖愛褒姒」「欲廢申后。」小雅十月之交詩，先敍十月朔辛卯之日食，以爲凶兆，繼敍「百川沸騰，山冢崒崩；高岸爲谷，深谷爲陵」的大地震。那是因爲三年幽王寵褒姒，及生伯服後，竟廢申后及太子宜臼，故到六年又有日食出現，詩人此時作刺詩，就先敍當時的日食，再追敍四年前的大地震，來譏刺皇父等七人的當政，褒姒的勢盛。不過周紀本國語鄭語只說：「幽王以虢石父爲卿用事，國人皆怨。」而當政七人中，無石父之名。崔述考信錄說：「按十月詩所刺助虐之臣七人，無虢石父，豈石父與七人不同時與？國語稱其字，而詩稱其名與？要之，國語本難盡信，姑列之於存參。」則崔氏信詩，而於史記所本之國語則存疑也。

大雅瞻卬篇亦爲刺幽王寵褒姒以致亂之詩。讀前四章就能曉然。至於小雅正月的「褒姒威之」句，則直指西周滅亡於褒姒。詩雖或作於東周，或係幽王當時推斷之語，其爲斥褒姒爲禍首則一也。

雅詩三篇，十月之交可定爲幽王六年之詩。瞻卬專刺寵褒姒，當較十月爲晚，正月云：「褒姒威之」則更晚，當在幽王九年、十年，或已在東周初年。

以上補闕成王、幽王二世，計國風豳風鴟鴞、東山、破斧等三篇，小雅十月之交、正月等兩篇，大雅瞻卬一篇，共計補闕周室史事者共六篇。

以上所補，均係西周史事。至於東周，雅頌息跡。惟王風乃東周王畿之詩，宜亦多涉及王事者。例如揚之水篇，毛詩序曰：「揚之水，刺平王也。不撫其民，而遠屯戍于母家，周人怨思焉。」朱傳亦云：「平王以申國近楚，數被侵伐，故遣畿內之民戍之。而戍者怨思作此詩也。」又如兎爰篇，毛詩序曰：「桓王失信，諸侯背叛，構怨連禍。王師傷敗，君子不樂其生焉。」三家詩無異義。史記周紀中均未載其事，故無從對照。檢查他國之詩，惟曹風下泉篇，齊詩指爲有關荀伯勤王之詩。經明何楷、淸馬瑞辰等證成之。東遷以後，惟此一篇，可爲敬王時史詩之例。玆特補予對照說明於下：

㈦〔補〕晉荀躒勤王——曹風下泉篇

【詩經下泉】

冽彼下泉，浸彼苞稂。愾我寤嘆，念彼周京。（首章）

芃芃黍苗，陰雨膏之。四國有王，郇伯勞之。（四章）

【史記】

敬王元年，晉人入敬王。子朝自立，敬王不得入，居澤。

四年，晉率諸侯入敬王于周，子朝爲臣，諸侯城周。

【說明】

曹風下泉所詠爲晉六卿之一荀躒（卽郇伯）勤王事，係齊詩義。易林蠱之歸妹曰：「下泉苞稂，十年無王。荀伯遇時，憂念周京。」賁之垢文同。易林所傳爲齊詩說。明何楷世本古義據此闡明曹風下泉，爲曹人美晉荀躒納周敬王於成周而作。何楷曰：「左昭二十二年傳：天王使告於晉：『天降禍於周，俾我兄弟，並有亂心，以爲伯父憂，我一二親昵甥舅，不遑啓處，于今十年，勤戍五年，余一人無日忘之。』自春秋昭二十二年王子朝作亂，至三十二年城成周爲十年，與易林『十年無王』合。荀伯卽荀躒也。美荀躒而詩列曹風者，昭二十五年晉人爲黃父之會謀王室，具戍人，二十七年會扈令戍周，三十二年城成周，曹人蓋皆與焉。故曹人歌其事。」清馬瑞辰毛詩傳箋通釋證成其說。王先謙採入其詩三家義集疏，近人屈萬里先生詩經釋義並論定之。蓋周景王死而子朝作亂。晉國立王子丏（匄）爲王。是爲敬王。而王子朝自立於東都王城，晉人欲納敬王入王城而不得，敬王遂居澤，野處於狄泉（卽下泉）。晉荀躒率十國聯軍勤王，爲築成周城於狄泉以居敬王。王子朝奉周之典籍以奔楚，子朝之亂遂平。「不遑啓處，于今十年，勤戍五年」，卽敬王請晉城成周的話。史記周本紀「子朝爲臣」句與春秋傳不符。

下泉篇首章曹人詠其成於下泉，只見野草叢生，不禁嘆息着思念起想望重新進入的周京王城來。四章爲得勤王有功的統帥郇伯對他們的慰勞，加以讚美。

舊說，詩經時代，終結於諷刺陳靈公淫於夏姬的陳風株林篇，那是有史事的年代可推算的。據普賢的推算，下泉詩應作於周敬王四年（公元前五一六年），較株林篇要晚上八十多年，這才是詩經三〇五篇年代最後的一篇。（見拙著詩經硏讀指導「下泉篇新解」）

三、宣王中興史詩的考察

㈠周本紀敍宣王中興的簡略

史記周本紀，敍宣王事極簡略，對中興事業只寫了十八個字，一件具體事蹟也未提出。只有採自國語周語的不籍千畝與料民於太原兩件失德之事記載較詳。但周語所記虢文公與仲山甫各別的一大篇諫言，史記也只用「不可」和「民不可料也」的兩字或七字概括之。所以有關宣王全部的記載，竟只有一百字，夾在皆有七八百字的厲、幽兩王之間，顯得特別少。

我們再看司馬遷所記宣王中興的十八字是：

宣王卽位，二相輔之脩政，法文、武、成、康之遺風。

而二相輔政的結果是：

諸侯復宗周。

有這「諸侯復宗周」五字，班固的漢書匈奴傳中，才有「宣王中興」之稱曰：

懿王曾孫宣王，與師命將以征伐之，詩人美大其功曰：「薄伐獫允，至于大原。」「出車彭彭，城彼朔方。」是時四夷賓服，稱爲中興。[9]

而且舉出小雅六月篇的「薄伐玁狁（卽獫允）」（二章）「至于大原」（五章）和出車篇的「出車彭彭」「城彼朔方」（三章）等句，指出宣王中興大業，建立於六月詩所詠吉甫伐玁狁而至於太原，與南仲伐玁狁而城朔方。讓我們明白宣王中興的史料，就在詩經之中。所以我們要清楚宣王中興的大業，就可從考察雅詩着手。

(二)雅詩中保存宣王中興史料的篇章

（甲）崔述豐鎬考信錄所列

從詩經雅詩所保存宣王中興的史料，清儒崔述在他的豐鎬考信錄中有所採錄，可作參考。他所舉共有九條，照錄於下：

⑴雲漢，仍叔美宣王也。宣王承厲王之烈，內有撥亂之志，遇災而懼，側身修行，欲銷去之，天下喜於王化復行，百姓見憂，故作是詩也。（毛詩序）

——（子）六月篇章句摘錄——

⑵玁狁匪茹，整居焦穫。侵鎬及方，至于涇陽。（四章）

薄伐玁狁，至于大原。文武吉甫，萬邦爲憲。（五章）

吉甫燕喜，既多受祉。來歸自鎬，我行永久。（六章）

——（丑）出車篇章句摘錄——

⑶王命南仲，往城于方。出車彭彭，旂旐央央。天子命我，城彼朔方。赫赫南仲，玁狁于襄。（三章）

赫赫南仲，薄伐西戎。（五章）

以上宣王征西北之事。

——（寅）崧高篇章句摘錄——

(4)亹亹申伯，王纘之事。于邑于謝，南國是式。王命召伯，定申伯之宅。（二章）

王命申伯，式是南邦。因是謝人，以作爾庸。王命召伯，徹申伯土田。（三章）

——（卯）烝民篇章句摘錄——

(5)王命仲山甫，式是百辟。（三章）

出納王命，王之喉舌。（同上）

袞職有闕，維仲山甫補之。（六章）

王命仲山甫，城彼東方。（七章）

仲山甫徂齊，式遄其歸。（八章）

——（辰）韓奕篇章句摘錄——

(6)王錫韓侯，其追其貊。奄受北國，因以其伯。（六章）

以上宣王經略中原之事。

——（巳）采芑篇章句摘錄——

(7)蠢爾蠻荊，大邦爲讎。方叔元老，克壯其猶。方叔率止，執訊獲醜。（四章）

顯允方叔，征伐玁狁，蠻荆來威。（同上）

——（午）江漢篇章句摘錄——

⑻江漢浮浮，武夫滔滔。匪安匪遊，淮夷來求。（首章）

江漢湯湯，武夫洸洸。經營四方，告成于王。（二章）

江漢之滸，王命召虎，式辟四方，徹我疆土。（三章）

——（未）常武篇章句摘錄——

⑼赫赫明明，王命卿士，南仲大祖，大師皇父。整我六師，以修我戎。（首章）

王謂尹氏，命程伯休父，左右陳行，戒我師旅。率彼淮浦，省此徐土。（二章）

徐方既同，天子之功。四方既平，徐方來庭。（六章）

以上宣王經略東南之事。

崔氏從雅詩的考察結果，採取了大雅雲漢一篇之毛詩序。並從序文中：「承厲王之烈」句，斷定遇旱災宣王修行之年，爲初卽位時事，而否定了綱鑑大全的載於宣王六年。其餘摘取了小雅六月、出車、采芑三篇，和大雅崧高、烝民、韓奕、江漢、常武五篇的詩句，來充實宣王初年中興業績⑴征伐西北⑵經略中原⑶經略東南的三類大事。

崔氏對於史記所載若干史事，抱不信任態度予以批評。他對周紀所載褒姒的來歷，便指斥爲荒唐的記載。但詩書是最可靠的史料，而孟子猶曰：「盡信書，不如無書。吾於武成，取二三策而已。」因爲詩書中還是有誇張其事的話，要衡量過濾一下，才得其淨實。對於大小雅中有關宣王中興的事蹟，漢書已說：「宣王興師命將，詩人美大其功。」指出六月、出車等詩，是誇大的作品。

而早於崔述的清初大儒顧炎武，在他的日知錄卷三變雅條中，也指出「六月、采芑、車攻、吉日，宣王中興之作。」「有夸大之辭」，所以成爲變雅。所以崔述證宣王中興的詩，只摘取篇中數句。他說：「按雅之詠文武事者，事實多而鋪張少；詠宣王事者，事實少而鋪張多。此亦世變之一端也。故今於小雅六月、出車等篇，大雅崧高、烝民等篇，每篇只摘切要數言，載之以備當日之事，實見中興之梗概。其餘鋪張之詞，不暇錄，亦不勝錄也。」

可是我們發覺顧氏所舉小雅中的宣王中興之詩，與崔氏不同。崔氏所舉，多出車一篇，而少車攻、吉日兩篇。顧氏之所以列車攻、吉日而不舉出車，因依毛序，車攻是詠宣王復會諸侯於東都而田獵的詩；吉日是車攻的續篇，乃中興大事。而出車，則毛詩列爲文王時之作，非宣王時詩。可是崔氏是考證的能手，他考定出車所詠，是宣王命南仲伐玁狁的大事。

而車攻、吉日二詩主要是詠田獵之事，所以不予採納。

那末，清儒顧、崔二氏所列有關宣王中興的詩篇既不同，我們不妨再找清代馬驌的繹史來參考一下，然後作一決定。

(乙) 馬驌繹史所列

(1)小雅六月篇全文

附毛詩序

(2)小雅采芑篇全文

附毛詩序

(3)大雅江漢篇全文

附毛詩序

(4)大雅常武篇全文

附毛詩序

(5)大雅崧高篇全文

附毛詩序

(6)大雅烝民篇全文

附毛詩序

(7)大雅韓奕篇全文

附毛詩序

(8)小雅車攻篇全文

附毛詩序

(9)小雅吉日篇全文

附毛詩序

(10)逸詩石鼓文十章

附殘文拓片十幅

(11)小雅斯干篇全文

附毛詩序

(12)小雅無羊篇全文

附毛詩序

⒀小雅鴻鴈篇全文

附毛詩序

⒁大雅雲漢篇全文

附毛詩序

⒂小雅庭燎篇全文

附毛詩序

馬氏將所有毛詩序美宣王的小雅六月、采芑、車攻、吉日、斯干、無羊、鴻鴈、庭燎等八篇，大雅江漢、常武、崧高、烝民、韓奕、雲漢等六篇，共十四篇都全文抄錄，以爲宣王中興的史料。而對所詠事蹟未加說明，僅附詩序以塞責，未免太草率。又錄逸詩石鼓文十章，附加說明云：「石鼓詩十章，周宣王獵碣也。或云：文王之鼓，至宣王時刻詩。或云：成王大蒐于岐山之詩也。詩於體屬小雅，相傳爲太史籀書。據漢書：史籀十五篇，周宣王太史作。」並附石鼓殘文圖片。普賢按：繹史所載石鼓詩十章，乃錄自古文苑。其篇首卽曰：「吾（我）車旣工（攻），吾馬旣同。」與小雅車攻爲相同句。斷此詩爲宣王獵碣者固不少，唐張懷瓘、竇泉、韓愈；宋王厚之；明馮訥、楊愼、廐三衡等主之。惟持異說者亦不乏其人。除前述，主文王之鼓，宣王時刻者，唐韋應物也；以爲成王時詩者，宋程大昌也；又有以爲秦篆者，宋鄭樵也；以爲宇文周者，金馬定國也。諸說紛紜，皆無確證。近人加以考核，始定爲秦刻，與宣王中興無關。所以我們得再就馬氏所列附有詩序的十四篇，加上崔氏所列九篇中馬氏所缺的小雅出車一篇，共十五篇加以考察，而列出我們所採納的詩篇來。

㈢宣王中興重要史詩十二篇的採納

現在我先就崔述所取而馬驌繹史所無的小雅出車一篇來探討。就崔氏摘錄該篇第三章、第五章的詩句來看，已顯示出是王命南仲征玁狁伐西戎。可是這王是否宣王，還成問題。毛詩小雅采薇篇的序說：「文王之時，西有昆夷之患，北有玁狁之難。以天子之命命將率，遣戍役以守衛中國，故歌采薇以遣之，出車以勞還，杕杜以勤歸也。」所以出車的序，也只說：「出車，勞還率也。」而鄭玄詩譜，將這采薇、出車、杕杜三篇皆列爲文王之世的產品。可是史記卻指稱采薇爲懿王時詩，朱熹詩序辯說也就說：「此未必文王之詩，以天子之命者，衍說也。」因此我在懿王勢衰一節中，已據王國維、屈萬里的考證，改定采薇與出車、六月都是詠宣王時征伐玁狁之作。而崔述則採史記、漢書所載，主采薇爲懿王時詩，出車爲宣王時詩。他改定出車爲宣王時詩的理由是漢書古今人表中，次於宣王之世的南中，即南仲。出車篇中「王命南仲」「玁狁于襄」之王，非文王應是宣王。而「自天子所」「天子命我」的天子即王，亦指宣王而言。毛詩的解「天子」爲商紂，而「王」爲文王，是不妥的。

又，「六月稱『侵鎬及方』，此詩稱『往城于方』，其地同；六月稱『六月棲棲，戎車既飭』，此詩稱『昔我往矣，黍稷方華』，其時又同。然則此二詩乃一時之事，其文正相表裏。蓋因鎬、方皆爲玁狁所侵，故分道以伐之：吉甫經略鎬而南仲經略方耳。故漢書以出車六月，同爲宣王時詩。古今人表宣王時有南仲，而文王時無之。且馬融上書，亦稱獫狁侵鎬及方。及宣王立中興之功，是以南仲赫赫，列在周詩。然則是齊魯韓三家皆以此爲宣王詩矣。」[10]崔述的考證極爲精細而明確。所以我採崔說，定：

(1)小雅出車篇是歌頌宣王命南仲征伐玁狁之詩。

由上所述，我已採王國維、屈萬里之說，采薇篇也是宣王時詩。所以我可定：

(2)小雅采薇篇也是有關宣王時征伐玁狁之詩。

仿崔氏的錄章摘句，我補充采薇篇重要章句於下：

——（申）采薇篇章句摘要——

采薇采薇，薇亦作止。曰歸曰歸，歲亦莫止。靡室靡家，玁狁之故。不遑啓居。（首章）

采薇采薇，薇亦剛止。曰歸曰歸，歲亦陽止。王事靡盬，不遑啓處。憂心孔疚，我行不來。（三章）

「豈敢定居？一月三捷。」（四章）

「豈不日戒？玁狁孔棘！」（五章）

昔我往矣，楊柳依依；今我來思，雨雪霏霏。行道遲遲，載渴載飢。我心傷悲，莫知我哀。（六章）

而六月篇毛序既曰：「宣王北伐也」。而齊詩學者則說：「宣王興師命將，征伐玁狁，詩人美大其功。」魯詩學者也說：「周室既衰，四夷並侵，玁允最彊，至宣王而伐之，詩人美而頌之曰：『薄伐玁允，至于大原。』」又曰：「周宣王命南仲、吉甫攘玁允，威蠻荆。」韓詩及歷代學者無異義。而詩中有「王于出征，以匡王國。」「王于出征，以佐天子。」「文武吉甫，萬邦為憲」等句。而詩文中吉甫、張仲兩人名，均次漢書古今人表宣王之世。所以我們可定：

(3)小雅六月篇是歌頌宣王命吉甫征伐玁狁的詩。

再看大雅崧高、烝民兩篇，毛詩序兩篇首句都是：「尹吉甫美宣王也。」而崧高續句是「天下復平，能建國親諸侯，褒賞申伯焉。」詩中所詠，卽王命召伯爲申伯作邑于謝，以保南土，王餞于郿時吉甫作詩以贈申伯者。吉甫卽小雅六月篇宣王命伐玁狁的吉甫。六月篇有「文武吉甫，萬邦爲憲。」崧高詩就是這位文武兼備楷模人物的作品。烝民篇詩序的終句是：「任賢使能，周室中興焉。」詩中所敍是：「王命仲山甫，城彼東方。」「仲山甫徂齊。」毛傳：「東方，齊也。古者諸侯之居逼隘，則王遷其邑而定其居。蓋去薄姑而遷於臨菑也。」三家詩無異義。朱熹詩集傳則扼要地說：「宣王之舅申伯出封於謝，而尹吉甫作詩以送之。」及「宣王命樊侯仲山甫築城于齊，而尹吉甫作詩以送之。」歷代無異議，所以我們可定：

(4)大雅崧高篇是宣王封元舅申伯於謝，命召伯虎爲之經營，築城建廟，以固南疆的詩。

(5)大雅烝民篇是宣王命樊侯仲山甫爲齊國築城於東方，充實國力的詩。

其次，再看大雅韓奕篇毛詩序：「尹吉甫美宣王也。能錫命諸侯。」三家無異義。但朱子辯說曰：「其曰尹吉甫者，未有據。其曰能錫命諸侯，則尤淺陋無理矣。旣爲天子，錫命諸侯，自其常事。春秋戰國之時，猶能行之者，亦何足爲美哉？」崔氏錄其第六章的四句「王錫韓侯，其追其貊。奄受北國，因以其伯。」是命韓侯爲北國一方之伯，以撫柔蠻夷，拱衞京畿也。故崔氏指爲宣王經略中原之事。所以我們可定：

(6)大雅韓奕篇是宣王經略中原，命韓侯爲北國之伯的詩。

小雅采芑篇毛詩序：「采芑，宣王南征也。」三家無異義。詩曰：「顯允方叔，征伐玁狁，蠻荊來威。」漢書古今人表方叔次於宣王之世，但此詩非「宣王南征」，故孔疏云：「謂宣王命方叔南征蠻荊之國。」崔述曰：「考之采芑，稱方叔征伐玁狁，蠻荊來威，是玁狁之伐，在東南用師之前。」如此我們可定：

(7)小雅采芑篇是既伐玁狁，宣王命方叔南征蠻荊的詩。

大雅江漢篇毛詩序：「江漢，尹吉甫美宣王也。能興衰撥亂，命召公平淮夷。」三家無異義。朱子辯說，也只指出「其曰尹吉甫者未有據。」詩中「王命召虎，式辟四方。」的召虎，即厲宣二世的召穆公虎。史記所載，均稱召公。詩甘棠、崧高稱召伯，而江漢篇則曰召虎，以其先祖召康公奭稱召公。朱傳曰：「宣王命召穆公平淮南之夷，詩人美之。」所以我們可定：

⑻大雅江漢篇是宣王命召虎平淮夷的詩。

大雅常武篇毛詩序：「常武，召穆公美宣王也。有常德以立武事，因以爲戒然。」三家無異義。朱熹集傳云：「宣王自將以伐淮北之夷，而命卿士之謂南仲爲大祖兼大師。」詩曰：「濯征徐國」「徐方不回，王曰還歸。」則宣王征服徐夷而班師，所以我們可定：

⑼大雅常武篇是宣王自將征服淮北徐夷的詩。

大雅雲漢篇，馬驌繹史載雲漢詩八章全文於小雅斯干、無羊、鴻鴈三篇之後，除附毛詩序全文外，並註「在六年。」崔述豐鎬考信錄則首先錄毛詩雲漢序於宣王元年甲戌之後而作斷語曰：「綱鑑大全載此事於宣王六年，征伐四方，封申城齊之後，繹史亦載之於常武崧高諸詩之末。余按序文云：『承厲王之烈』，則是以爲初卽位時事也。且大雅自民勞以後篇次未有錯亂，此詩既在崧高、烝民之前，則爲宣王初年之詩無疑。故列於此。」其意爲宣王元年而未敢決耳。查毛詩雲漢篇序云：「雲漢，仍叔美宣王也。宣王承厲王之烈，內有撥亂之志，遇烖而懼，側身脩行，欲銷去之，天下喜於王化復行，百姓見憂，故作是詩也。」箋云：「仍叔周大夫也。春秋魯桓公五年夏，天王使仍叔之子來聘。」朱子辯說云：「此序有理。」集傳卽採毛序之說。三家詩亦以爲宣王救災之詩。王先謙詩三家義集疏云：「韓詩曰：『對彼雲漢。』韓說曰：『宣王遭旱仰天也。』鈔本北堂書鈔天部引韓詩及注文所云：『宣王遭旱仰天』，與毛序同，特未言仍叔作詩耳。」姚際恒詩經通論，就主張作者是否仍叔，應該存疑。其他諸書載宣王時遭旱者尚有漢代董仲舒春秋繁露郊祀篇云：「周宣王時，天大旱，歲惡甚。」王充論衡須頌篇云：「成湯遭旱，周宣亦然。」而前此周代隋巢子並云：「厲宣之世，天旱地坼。」則宣王時遭旱災是無可置疑的。毛序孔疏云：

> 宣王遭旱，旱晚及旱年多少，經傳無文。皇甫謐以爲宣王元年，不藉千畝，虢文公諫而不聽，天下大旱，二年不雨，至六年乃雨。以爲二年始旱，旱積五年，謐之此言，無所憑據，不可依信。

今人高葆光著詩經新評價，在評論雲漢篇時，舉新證云：「西人韓廷吞 (Huntington) 謂西曆紀元前七八〇年爲世界最乾燥時期。」因而推論說：「宣王初年時碰到嚴重的旱災是鐵的事實。」普賢按：西元前七八〇年已爲宣王最後一年的四十六年，何得說是初年事？那末，崔述所不信的「綱鑑大全載此事於宣王六年」，又是根據那裏來的呢？依普賢推斷，孔穎達雖不信皇甫謐之說，但自宋以來通鑑系列的史書，仍採皇甫謐之說而定雲漢詩作於「至六年乃雨」的宣王六年，蓋宋司馬光撰編年史資治通鑑，起自戰國周威烈王二十三年。朱熹據以撰通鑑綱目，均不及春秋以前史。宋末金履祥撰資治通鑑前編，始補春秋以前史。其後仿朱子體例，以編歷代史而取綱鑑兩字以爲書名者，有王世貞撰綱鑑，袁易撰綱鑑補，吳乘權撰綱鑑易知錄。乾隆時有御批歷代通鑑輯覽之書。綱鑑大全卽此類史書之綜合也。普賢向各圖書館查閱「綱鑑大全」雖未得，但查閱金氏通鑑前編，將雲漢詩繫於宣王六年大旱之下，並於「大旱」二字下注云：「大紀連年書旱。」（按：金氏所稱大紀，卽宋胡宏所撰皇王大紀。）吳氏綱鑑易知錄載「宣王二年旱」，「六年大旱，王側身修行。」御批歷代通鑑輯覽，也載「宣王六年大旱，自二年不雨，至于是年。」兩書均以雲漢詩作於宣王六年。以上三書均據孔疏之文，採皇甫謐之說很明顯。

再查司馬光同時人劉恕所撰資治通鑑外紀，則於共和十四年載：「厲王崩于彘，太子靜長於召公家，二相共立之，是爲宣王，大旱。」宣王六年又載：「自二年不雨，至於是歲。」這於孔疏自宣王「二年不雨，至六年乃雨」之外，又多了共和十四年宣王立，卽大旱的記載。則宣王於共和十四年初立時，就遇大旱，又是根據何書呢？

查劉恕好奇，所撰通鑑外紀，網羅異說，甚或雜採及衆皆目爲僞書之竹書紀年。試查竹書紀年，果於共和十四年得之。其文曰：「共和十四年大旱，火焚其屋，共伯和篡位。立秋又大旱。其年周厲王死，宣王立。」那末，通鑑外紀是採竹書紀年共和十四年大旱，又採皇甫謐帝王世紀宣王「二年不雨，至六年乃雨」之說了。但竹書紀年現存古本、今本兩種。古本僅書共和十四年大旱，今本則於厲王之世載：

　　二十二年大旱。[12]
　　二十三年大旱。
　　二十四年大旱。
　　二十五年大旱。
　　二十六年大旱。王陟于彘。
　　周定公召穆公立太子靖爲王。
　　共伯和歸其國。
　　遂大雨。

　　這難道不就是連續大旱五年的實錄嗎?今本的厲王二十六年，就是古本的共和十四年。(竹書的共和是共伯和攝行天子事。厲王於十二年即亡奔彘，與史記所載厲王三十七年出奔於彘，「召公周公二相行政，號曰共和」不同。共和皆共十四年。故竹書載厲王死於二十六年。）王國維所以給竹書紀年作疏證，就是要逐條註明其作僞所依據，以證此書非汲冢所出原文，乃後人的僞作。但這五年的連續大旱，王氏無疏，適足以反證厲王死時，已大旱五年，宣王立而遂大雨爲不假。隋巢子的「厲宣之世，天旱地坼」，也可爲旁證。崔述的推斷雲漢詩是宣王初立時之作是對的。因爲宣王有二相輔政，立於久旱之後，那有不祈雨之理？既祈雨遂大雨，那末雲漢之詩，當然就產生了。

竹書紀年的連續大旱五年既然是可採納的，那末，自宣王二年起又大旱五年，記載得太不尋常了。似乎有將厲王死前連續大旱五年，誤置於宣王二年至六年的可能。那末，我們非得查考皇甫謐當時著書的情形不可了。

查竹書紀年，是司馬遷沒見到的戰國七雄之一的魏國的史記。秦始皇焚書，是將別國的史記都燬了。直到晉武帝太康二年，汲郡人掘魏襄王冢，發現了一批蝌蚪文的竹簡古書，其中有紀年十三篇，記夏以來至周幽王爲犬戎所滅，續以晉事至魏安釐王二十年而止。武帝以其書付諸秘書校讐，寫成今文。束晳在著作，得觀竹書。事見晉書束晳傳。至梁沈約曾爲竹書紀年作註。後皆散佚。現存有古今兩版本，不盡相同，蓋皆後人所輯集者。皇甫謐則不仕武帝，隱居著書，老病不輟。而其門人摯虞等則爲武帝時名臣。皇甫謐卒於太康三年，竹書才出年餘，知者不多，或且校讐未畢，謐未見竹書，而僅聞竹書載宣王初立卽遇連續五年之大旱，而後得雨。皇甫予以推算，則應至宣王六年乃雨。又據國語周語有：「宣王卽位，不藉千畝，虢文公諫曰不可。……王弗聽。」的記載。兩者均爲宣王初立時事。故串連而記於其帝王世紀書中，成爲毛詩孔疏所引之文字。否則，皇甫之說，毫無根據，豈非有意作僞了嗎？

雲漢詩的孔疏引皇甫文字中並無宣王祈雨之語，其實竹書紀年宣王祈雨，卻記在二十五年。今本載：「二十五年大旱，王禱于郊廟，遂雨。」那又是一次大旱。在這一條下，徐箋引皇甫謐的話，卻與孔疏有一字不同。孔疏是「二年不雨，至六年乃雨。」而徐箋卻作「三年不雨，至六年乃雨。」本來，皇甫謐帝王世紀已於宋末失傳，所以原文究竟是「二年不雨」，還是「三年不雨」已無從查對。但因後來居然給我找到了有道光年間顧尚之的帝王世紀輯佚本，亦可參考，書中所載，竟是「五年不雨，至六年乃雨。」而另一條又載：

> 宣王元年，以邵穆公爲相，秦仲爲大夫，誅西戎。是時天大旱，王以遇災而懼，整身修行，欲以消去之，祈于羣神，六月乃得雨，大夫仍叔美而歌之，今雲漢之詩是也。是歲，西戎殺秦仲。王於是進用賢良樊仲山父、尹吉父、程伯休父、虢文公、申伯、韓

侯、顯父、南仲、方叔、仍叔、邵穆公、張仲之屬，並爲卿佐。自厲王失政，獫狁、荆蠻交侵中國，官政隳廢，百姓離散。王乃修復宮室，興收人才，容納規諫，安集兆民。命南仲、召虎、方叔、吉父，並征定之。復先王境土，繕車徒，興畋狩禮，天下喜王化復行，號稱中興。

這一條是顧尚之輯自太平御覽八十五的。把前此各書所有記載宣王中興的文字，都概要地包括進去了。其中宣王元年大旱王祈神，六月乃得雨，亦卽竹書紀年所載共和十四年遂大雨的異文。蓋魏史記竹書紀年旣有共和末年連年大旱，至共和十四年，大旱旣久，廬舍俱焚，立秋又大旱，厲王死，周定公召穆公立太子靖爲王，遂大雨的記載，則六國中其他齊、楚、燕等五國史書，必亦有載其事者。並知遂大雨，乃宣王祈于羣神六月之久而來。共和十四年秋又大旱，厲王死，宣王立而祈雨，六月乃得雨。則得雨之時，係在宣王元年，故將其事載於宣王元年，而其所載「宣王元年，是時天大旱，王以不雨遇災，祈于羣神，六月乃得雨」，係與竹書紀年共和十四年「宣王立遂大雨」同爲一事。觀二書其記事始得全備。那末，雲漢詩的產生時間，應爲宣王元年，才是適當的結論。蓋若宣王初立而五年大旱，五穀不登，則中興事業，皆當在六年以後。若元年祈神得雨，於是人民得安居耕種，恢復正常生活，然後

雲漢篇崔述未錄其重要章句，玆補行摘錄於下：

——（酉）雲漢篇章句摘要——

倬彼雲漢，昭回于天。王曰：「於乎！何辜今之人！天降喪亂，饑饉薦臻。靡神不舉，靡愛斯牲。圭璧既卒，寧莫我聽！」（首章）

「旱既大甚，則不可推。兢兢業業，如霆如雷。周餘黎民，靡有孑遺。昊天上帝，則不我遺。胡不相畏？先祖于摧。」（三章）

「旱既大甚，黽勉畏去。胡寧瘨我以旱？憯不知其故。祈年孔夙，方社不莫。昊天上帝，則不我虞。敬恭明神，宜無悔怒。」（六章）

「旱既大甚，散無友紀。鞫哉庶正，疚哉冢宰。趣馬師氏，膳夫左右；靡人不周，無不能止。瞻卬昊天，云如何里？」（七章）

「瞻卬昊天，有嘒其星。大夫君子，昭假無贏。大命近止，無棄爾成。何求為我？以戾庶正。瞻卬昊天，曷惠其寧？」（八章）

其次小雅寫田獵的車攻、吉日兩姊妹篇，車攻的序是：「車攻，宣王復古也。宣王能內修政事，外攘夷狄，復文武之竟土，修車馬，備器械，復會諸侯於東都，因田獵而選車徒焉。」吉日的序是：「吉日，美宣王也。能愼微接下，無自盡以奉其上焉。」據序，後篇吉日序只是田獵詩，而前篇車攻序則將宣王中興的業績，巨細靡遺，周詳地敍述了。但考其詩文，也只是一篇田獵詩。不過詩中有「會同有繹」句，則是諸侯朝天子之事；有「東有甫草，駕言行狩」，「搏獸于敖」等句，則天子狩獵于東都之東。蓋甫草者，甫田之草。敖，敖山。均在洛陽之東，且墨子明鬼篇有：「周宣王合諸侯於圃田，車數百乘」的話，圃田即甫田。所以序云：「會諸侯於東都，因田獵」爲可信。我們可定：

(11)小雅車攻篇是宣王中興復會諸侯於東都雒邑，因而田獵的詩。

但吉日篇只是普通美天子田獵之詩，就不必列爲宣王中興的史詩了。補車攻篇的章句摘錄於下：

——(戊)車攻篇章句摘要——

田車既好，四牡孔阜。東有甫草，駕言行狩。(二章)

之子于苗，選徒囂囂。建旐設旄，搏獸于敖。(三章)

駕彼四牡，四牡奕奕。赤芾金舃，會同有繹。(四章)

允矣君子，展也大成。(八章)

再其次爲小雅斯干無羊兩篇。斯干序云：「宣王考室也。」無羊序云：「宣王考牧也。」一言營造宮室有成，一言牧事有成，均非中興大事，僅如魯頌閟宮與駉之美僖公，況斯干無羊之未必美宣王也。

最後小雅鴻鴈庭燎兩篇。鴻鴈序云：「美宣王也。萬民離散，不安其居，而能勞來還定，安集之至於矜寡，無不得其所焉。」庭燎序云：「美宣王也，因以箴之。」內修政事，外攘夷狄，乃中興之大事。鴻鴈與雲漢皆救災安民之事。惟朱子辯說，謂自鴻鴈以下時世多不可考。則未必美宣王之詩，故不採納。庭燎只是普通咏早朝之詩，所以馬氏比崔氏多列美宣王諸篇，我只採納了事有所據，詩文可驗的車攻一篇，其餘都放棄了。

可是我除採納崔氏九篇、馬氏一篇，並另加采薇一篇外，發覺小雅黍苗一篇，倒也是該增列爲宣王中興重要史詩的。因爲這篇也是詠召伯城謝的詩，可說是大雅崧高的姊妹篇。毛詩序：「黍苗，刺幽王也。不能膏潤天下，卿士不能行召伯之職焉。」只是因爲黍苗前後的詩，毛序都定爲刺幽王的作品。所以朱子辯說就說：「此宣王時美召穆公之詩，非刺幽王也。」三家與毛異，則曰：「黍苗道召伯述職，勞來諸侯也。」但詩曰：「肅肅謝功，召伯營之」，所詠明白爲召伯營謝之事，與大雅崧高篇爲同一事。所以我們可定：

⑿小雅黍苗篇是宣王封申伯于謝，命召穆公代爲經營，時人美之的詩。

補黍苗篇摘錄章句於下：

——（亥）黍苗篇章句摘要——

芃芃黍苗，陰雨膏之；悠悠南行，召伯勞之。（首章）

肅肅謝功，召伯營之；烈烈征師，召伯成之。（四章）

原隰既平，泉流既清，召伯有成，王心則寧。（五章）

以上所採納小雅六月、采薇、出車、采芑、黍苗、車攻等六篇，大雅雲漢、崧高、烝民、韓奕、江漢、常武等六篇，可說是宣王中興的重要史詩十二篇。

㈣宣王中興十二史詩時間先後的排列

瀧川氏史記考證云：「史敍宣王中興，凡詩所稱北逐玁狁，南征荊蠻，及吉甫、方叔之倫，概不書。蓋宣王不終，史祇依國語作紀，故多闕略。崔述曰：『詩小雅六月、出車，詠宣王征西北之事也。大雅崧高、烝民、韓奕，詠宣王經略中原之事也。小雅采芑、大雅江漢、常武，詠宣王經略東南之事也。』詩所詠宣王之事，其先後雖未敢盡以篇次爲據，然以其言考之，采芑稱方叔伐玁狁，蠻荆來威，是玁狁之伐在東南用師之前也。江漢稱經營四方，告成于王；常武稱四方既平，徐方來庭。是徐淮之役，在四方略定之後也。以其理推之，西戎逼近畿甸，患在切膚，所當先務。封申城齊，皆關東事，似可稱緩。若淮、漢、荆、徐，則距畿較遠。近者未安，不能遠圖，理之常也。愚按：史記敍宣王不及南北經略事，今依崔氏豐鎬考信錄補之。」

我們若再依崔氏將雲漢篇宣王祈雨救災，列於南北征伐、中原經略諸篇之前；而黍苗篇則與崧高同列；復會諸侯於東都而田獵的車攻篇以殿後，則其中興大事先後次序可得其概略矣。

㈤宣王中興史詩十二篇的繫年

茲參考崔述探討之意見，試列中興史詩十二篇所詠史事時間先後次序如下：

1. 大雅雲漢
2. 小雅六月、出車、采薇
3. 大雅崧高、小雅黍苗、大雅烝民、韓奕
4. 小雅采芑、大雅江漢、常武

5.小雅車攻

可是查考史記編年雖自共和元年起，十二諸侯年表中宣王之世的四十六年未記一事，至幽王之世始載二年「三川震」，三年「王取褒姒」，十一年「幽王爲犬戎所殺」三事。司馬光撰編年史資治通鑑，則起自威烈王二十三年，初命晉大夫魏斯、趙籍、韓虔爲諸侯，已入戰國時代。故朱子通鑑綱目亦無宣、幽編年。宋末金履祥撰通鑑前編，及明清人所編綱鑑、歷代通鑑輯覽等書，始補武王以來周紀之編年。上及堯舜，以甲子配歲。（如帝堯元載，歲次甲辰，帝舜元載，歲次丙戌等）玆檢取御批歷代通鑑輯覽、吳乘權綱鑑易知錄、金履祥通鑑前編，以爲代表。[12]將其有關宣王中興史詩繫年文字抄錄於下：

（甲）通鑑系列三書中與史詩年代的摘錄

綱鑑易知錄	歷代通鑑輯覽	通鑑前編
甲戌周宣王元年		
【綱】命秦仲爲大夫，討西戎。	命秦仲征西戎。	以秦仲爲大夫，誅西戎。
【綱】命尹吉甫帥師伐玁狁。（詩人作六月之詩以美王。）	命尹吉甫北伐玁狁。（時玁狁內侵，逼京近邑。王命吉甫北	以尹吉甫爲將，北伐玁狁，至于太原。

	伐，逐之大原而歸。于是有六月之詩。)	(附小雅六月篇全文。)
乙亥二年		
【綱】旱		
【綱】命方叔將兵南征荆蠻。(詩人賦采芑以美王。)	命方叔南征荆蠻。(即楚。時荆蠻背叛，方叔嘗預北伐有功，王命率師南征，荆蠻來服。于是有采芑之詩。)	以方叔爲將，南征荆蠻。(附小雅采芑篇全文。)
【綱】遣召穆公虎帥師伐淮南之夷。(詩人作江漢以美王。)	命召虎平淮夷。(淮南之夷。淮夷不服，王命召虎率師循江漢討平之。疆理其地，南至于海。師還，錫虎圭瓚秬鬯，以嘉其勳，尹吉甫乃賦江漢之詩以美之。)	
王自將親征淮北徐夷。(詩人作常武以美王。)	王親征徐戎。(在淮之北王既命召虎平淮南之夷，乃親率六	王伐淮夷。(附大雅常武篇全文。)

師以征淮北，徐方來庭。召虎作常武之詩美王，因以爲戒。）

己卯六年

【綱】大旱。王側身修行。【紀】宣王承厲王之烈，內有撥亂之志，遇災而懼，側身修行，欲消去之。天下喜於王化復行，百姓見憂，故仍叔作詩（大雅雲漢篇）以美之。

大旱。（自二年不雨至于是年。）王承厲王之烈，內有撥亂之志，遇烖而懼，側身修行，欲消去之。天下喜于王化復行，百姓見憂，仍叔作雲漢之詩以美之。

秦仲死于西戎，命其子伐戎破之。

大旱（大紀連年書旱。附大雅雲漢篇全文。）

秦仲伐西戎死之，王命其子莊伐戎破之。

（附錄秦本紀「西戎殺秦仲，秦仲有子五人，其長者曰莊公，周宣王乃召莊公昆弟五人，與兵七千，使伐西戎，破之。」等語。及秦風無衣篇全文。）

辛巳八年

巡狩東都

王內修政事，外復文武境土

，乃選車徒，備器械，會諸侯于東都，因以田獵講武。
詩人爲作車攻吉日。

以上三書所載史詩，通鑑輯覽與前編，僅錄六月、采芑、江漢、常武、雲漢、車攻、吉日七篇，但較崔述考信錄、馬驌繹史又多秦風無衣一篇。查歷來無以無衣爲秦莊公時之詩者，金氏附無衣篇無據。而吉日篇曰：「漆沮之從」，明其獵於西都京畿，與車攻之「東有甫草」「搏獸于敖」之於洛邑之東，其地不同，決非同時同地之事。故僅六篇可取。易知錄則無車攻、吉日，而只六月、采芑、江漢、常武、雲漢五篇而已。雲漢篇大旱之載於六年，實採皇甫謐元年至六年大旱傳訛之說，而依毛詩孔疏略去元年，故註云：「自二年不雨，至于是年。」五年大旱，宣王必俟六年始祈雨救災，是極不合情理。而舉凡北伐南征諸役，集中於元年二年，亦恐非事實。

於是更就司馬遷未見之古文魏國史記竹書紀年所載抄錄之，以爲比較：

（乙）竹書紀年中中興史詩年代的摘錄

（兼參徐文靖竹書紀年統箋、王國維竹書紀年疏證兩書）

共和十四年大旱，厲王死。周定公、召穆公立太子靖爲王。

遂大雨。

普賢按：竹書紀年有二版本，古本二卷，梁沈約所註，文多散佚。今本加入後來輯佚，惟多與古本不符。故王國維加以疏證，以證其爲僞書。惟厲王時大旱則同。宣王立而「遂大雨」則今本之文。

三年王命大夫仲伐西戎。

（徐箋）詩序曰：「車鄰，美秦仲大有車馬。」王氏維禎曰：「秦仲誅西戎卽小戎之詩是也。朱子乃屬之襄公，誤矣。」

（王疏）史記秦本紀：「周宣王卽位，乃以秦仲爲大夫，誅西戎。」後漢書西羌傳：「及宣王四年，使秦仲伐戎。」

普賢按：王疏未提秦風小戎詩，徐箋擧秦風車鄰詩，與伐西戎無關。至於小戎篇詩序亦曰「美襄公，備其兵甲以討西戎。」非秦仲事也。而秦襄公伐西戎乃平王時事。

四年王命蹶父如韓，韓侯來朝。

（徐箋）詩序曰：「韓奕美宣王也，能錫命諸侯。」其詩曰：「蹶父孔武，靡國不到。爲韓姞相攸，莫如韓樂。」蹶父如韓之事也。詩又曰：「韓侯入覲，以其介圭，入覲于王。」韓侯來朝之事也。

（王疏）詩大雅「蹶父孔武，靡國不到，爲韓姞相攸，莫如韓樂。」又：「韓侯入覲。」

五年夏六月尹吉甫帥師伐玁狁，至于太原。

（徐箋）詩序曰：「六月宣王北伐也。」其詩曰：「薄伐玁狁，至于大原。文武吉甫，萬邦爲憲。」

（王疏）詩小雅「六月棲棲，戎車既飭。」又：「文武吉甫，萬邦爲憲。」又：「薄伐玁狁，至于大原。」

秋八月方叔帥師伐荆蠻。

（徐箋）詩序曰：「采芑，宣王南征也。」其詩曰：「蠢爾蠻荆，大邦爲讎。方叔元老，克壯其猶。」是其事也。

（王疏）詩小雅「蠢爾蠻荆，大邦爲讎。方叔元老，克壯其猶。」

六年召穆公帥師伐淮夷。

（徐箋）詩序曰：「江漢，尹吉甫美宣王也。能興衰撥亂，命召公平淮夷。」其詩曰：「淮夷來鋪，王命召虎。」是其事也。

（王疏）詩序「江漢，尹吉甫美宣王也。能興衰撥亂，命召公平淮夷。」

王帥師伐徐戎，王命休父從王伐徐戎，次于淮。

（徐箋）詩序曰：「常武，召穆公美宣王也。」其詩曰：「南仲太祖，太師皇父，整我六師，以修我戎。」又曰：「王謂尹氏，命程伯休父，率彼淮浦，省此徐土。」是其事也。

（王疏）詩大雅：「王奮厥武」又：「王命卿士，南仲太祖，太師皇父，整我六師，以修我戎。」又：「王謂尹氏，命程伯休父，左右陳行，戒我師旅，率彼淮浦，省此徐土。」

王歸自伐徐，錫召穆公命。

（徐箋）常武之詩曰：「徐方不回，王曰旋歸。」是王歸自伐徐之事也。江漢之詩曰：「王命召虎，來旬來宣。文武受命，召公維翰。」是其錫命之事也。

（王疏）詩大雅：「徐方不回，王曰還歸。」詩大雅：「王命召虎，來旬來宣。」

又：「肇敏戎公，用錫爾祉，釐爾圭瓚，秬鬯一卣。告于文人，錫山土田。」

七年王錫申伯命。

（徐箋）詩序：「崧高，尹吉甫美宣王也。天下復平，能建國親諸侯，褒賞申伯焉。」

（王疏）同徐箋。

王命樊侯仲山甫城齊。

（徐箋）詩序：「烝民，尹吉甫美宣王也。」其詩曰：「王命仲山甫，城彼東方。」

毛傳曰：「樊穆仲也。東方齊也。蓋去薄姑而遷于臨淄也。」……

（王疏）詩大雅：「王命仲山甫，城彼東方。」又：「仲山甫徂齊。」

八年初考室。

（徐箋）詩序：「斯干，宣王考室也。」……

（王疏）詩序：「斯干，宣王考室也。」

九年王會諸侯于東都，遂狩于甫。

（徐箋）詩序：「車攻，宣王復古也……而選車徒焉。」其詩曰：「四牡龐龐，駕言徂東。」又曰：「東有圃草，駕言行狩」，是其事也。……

（王疏）詩序：「車攻，宣王復古也。宣王能內修政事，外攘夷狄，復會諸侯東都。」

又詩曰：「東有甫草，駕言行狩。」

二十五年大旱，王禱于郊廟遂雨。

（徐箋）詩序曰：「雲漢，仍叔美宣王也。宣王承厲王之烈，內有撥亂之志，遇災而懼。」其詩曰：「旱既太甚，蘊隆蟲蟲。不殄禋祀，自郊徂宮。上下奠瘞，靡神不宗。」是其禱于郊廟之事也。

（王疏）詩大雅：「旱既大甚，蘊隆蟲蟲。不殄禋祀，自郊徂宮。」

普賢按：詩序既云：「承厲王之烈，內有撥亂之志，遇災而懼。」雲漢詩自應在北伐南征之前，作於宣王初立之年「遂大雨」句下，最合情理。徐王箋疏，自應移前。至於二十五年大旱，宣王自亦禱于郊廟，惟詩人既作雲漢，本年無詩可也。

以上竹書紀年徐王箋疏，與宣王中興史詩有關可取者計：韓奕、六月、采芑、江漢、常武、崧高、烝民、斯干、車攻、雲漢十篇。放棄斯干，則得重要者九篇。再補前曾提出之出車、采薇之伐玁狁，黍苗之召伯代申伯營謝，共得十二篇。所補三篇，采薇可列六月之後，黍苗可列崧高之後。則宣王中興事蹟，與詩篇之配合，其年代可得其大概。加以整理，其年代雖未必全部確實，然較之他書爲合於當時情勢多矣。

（丙）宣王中興史詩十二篇繫年

(1)宣王元年王爲久旱祈禱得雨。先是已連續大旱五年，共和十四年秋，又大旱。厲王死，宣王立，王祈雨救災，六月乃得雨——詩大雅雲漢篇。

(2)四年，韓侯來朝，賜韓侯爲北國之伯，以鞏固北方邊防。韓侯娶蹶父之女而歸——詩大雅韓奕篇。

(3)五年六月，王命尹吉甫帥師北伐玁狁，至于太原。又命南仲往城朔方。而伐玁狁，有所俘獲而歸——詩小雅六月、采薇、出車三篇。

(4)命方叔帥師南征平服荆蠻——詩小雅采芑篇。

(5)六年，遣召穆公帥師循江漢進軍伐淮南之夷，拓土闢疆——詩大雅江漢篇。

(6)王自將親征淮北徐夷，徐夷降服——詩大雅常武篇。

(7)七年，王封申伯于謝，命召穆公經營之——詩大雅崧高、小雅黍苗二篇。

(8)王命樊侯仲山甫城齊——詩大雅烝民篇。

(9)九年，王會諸侯于東都雒邑，遂狩于甫田——詩小雅車攻篇。

【附】宣王命秦仲伐西戎被殺，六年召秦仲子五人，與兵七千使伐西戎，破之。此亦中興大事之一，無詩。

【說明】

儒者治學，以六藝爲本，詩書二經，尤爲信實可靠。惟尙書古文有僞，詩經雖有誇張之辭，衡情可得其實。司馬遷史記周本紀，採詩書二經尤多。只是自宣幽二世起，卽不取材於有關王朝大事之詩篇，而多採經傳以外國語等書所載。是以宣王中興，僅以籠統十八字敍之。卽北伐南征大事，亦付闕如。反以不籍千畝與料民太原所佔篇幅爲多。崔述曰：「國語主於敷言，非紀事之書，故以語名其書，而政事多不載焉。然其言亦非當日之言，乃後人取當時諫君料事之詞而衍之者。諫由於君之有失道，故衍諫詞者必本其失道之事言之，非宣王之爲君盡若是，亦非此外無他善政可書也。」記褒姒之來源，尤爲荒唐。⑭

普賢就崔述考信錄、馬驌繹史二書所學宣王中興諸詩，斟酌增刪，得宣王中興大事重要史詩十二篇，擬予繫年。查司馬光撰編年史資治通鑑，起自東周威烈王二十三年，朱子據以編通鑑綱目，均不及宣幽之世。而其從此一系列擴及三代之史籍，諸如通鑑前編、御批歷代通鑑輯覽、綱鑑易知錄等書，雖已據詩爲其中興大事繫年，然竟全列於宣王元年二年，使人難於盡信。反觀晉太康二年汲冢所得竹書紀年，爲司馬遷所未見。其所載宣王中興諸事與詩經合者，所列年代亦較近情理。故取以爲藍本，略予修整成此繫年，以供治史者之參考。

雲漢詩的繫年定於宣王元年，係參據竹書紀年共和十四年所載，與皇甫謐帝王世紀所載宣王元年時天大旱，王祈于羣神，六月乃得雨，大夫美而歌之，今雲漢之詩是也。二者併合而成。其餘十一篇之年代，均依竹書記事之年而定。崔述考信錄以先列六月、出車篇之北伐玁狁，再列崧高、烝民、韓奕篇之經略中原，然後及於江漢、常武篇之經略東南。今觀竹書所載宣王中興大事，則韓侯來朝在四年，吉甫伐玁狁在五年六月，方叔伐荆蠻在五年八月，召穆公伐淮夷、宣王親征徐戎在六年，錫申伯命，命仲山甫城齊在七年。殿以九年之王會諸侯于東都遂狩于甫，凡九年而成中興大業。較崔氏所列，更爲詳密。蓋宣王初立時連年大旱後，雖西北邊患緊急，不宜用兵，先令秦仲伐西戎，即不利，故玁狁雖侵略至於涇水之北，在大軍討伐之前，先命韓侯爲北國之伯，以爲防禦。至宣王五年，始令吉甫南仲，兩路出師，撻伐玁狁。吉甫之至于大原，崔述謂即今陝西固原，屈萬里謂在山西西部，非今日山西省會之太原也。至於出車之「薄伐西戎」，乃南仲伐玁狁而震撼及於西戎耳。通鑑前編、通鑑輯覽，皆載宣王六年秦仲之子伐西戎破之，可參考。

伐玁狁收效，卽命方叔南征荆蠻，六年而召伯平淮夷，宣王親征徐戎。於是東南平定。邊患旣除，於是爲鞏固南國統治，而徙封申伯於謝；鞏固東方統治而派仲山甫城齊，以便號令諸侯。然後至宣王九年而會諸侯于東都，「諸侯復宗周」，中興大業得完成。

⑨ 馬驌繹史卷二十七宣王中興列漢書匈奴傳引六月、出車詩條下註，舉史記之異說曰：「然史記匈奴傳又以二詩在襄王之時。」經查史記匈奴傳原文爲：「其後二十餘年，而戎狄至洛邑，伐周襄王。王奔于鄭之氾邑。……故詩人歌之曰：『戎狄是應。』『薄伐獫狁，至於大原。』『出輿彭彭，城彼朔方。』周襄王旣居外四年，乃使告急于晉。」詩人所歌，乃什錦歌耳。蓋首句出魯頌閟宮，應作膺；二三句出小雅六月；四五句出小雅出車。輿作車。非襄王時詩人所作也。

⑩ 王先謙詩三家義集疏出車篇篇首篇名下注疏云：「又史記衞將軍傳載益封衞靑詔書，亦擧六月、出車二詩皆以爲宣王時事。」經查史記原文，爲：「天子曰：『匈奴逆天理，亂人倫。數爲邊害。故與師遣將，以征厥罪。詩不云乎？『薄伐玁狁，至于大原』『出車彭彭，城彼朔方。』今車騎將軍靑，度西河，至高闕，獲首虜二千三百級……已封爲列侯，遂西定河南地……益封靑三千戶。」引六月出車詩各二句而已，未言係宣王時詩也。

⑪ 見王先謙詩三家義集疏六月篇首注。

⑫ 此係據中華書局四部備要本竹書紀年王國維今本竹書紀年疏證與雷學琪竹書紀年義證三本所載。徐

文靖竹書紀年統箋本，則「二十二年大旱」作「二十一年大旱」惟其二十六年大旱之箋語中有云：「今據竹書厲王流彘以後二十二年至二十六年歲皆大旱」，則「二十一年大旱」之「一」字，自應作「二」字也。

⑬齊召南歷代帝王年表、孫馮翼集世本、劉恕資治通鑑外紀等書，或不涉及與詩篇關係，或大事簡略不繫年，均予放棄。

⑭崔述豐鎬考信錄卷七云：「余按神有氣而無形，龍則有形物也。神安能化爲龍漦在櫝中千年而不化？何以一譟而爲黿也？且童妾未旣齓而遭黿，旣笄而後孕，何以知其孕之因於黿？厲王以後，歷共和十四年、宣王四十六年，凡六十年幽王乃立，若褒姒生於宣王之初年，則至幽王之時已老；若生於宣王之末年，則是童妾受孕四十餘年而始生也。其荒唐也如是，而司馬氏信之，其亦異矣。」

四、史詩的比較研究

㈠周祖創業史詩與宣王中興史詩的比較

崔述豐鎬考信錄擧詩以補史，於摘小雅六月、出車章句以補宣王中興事蹟，命吉甫南仲伐玁狁條下，引班固漢書匈奴傳載：

宣王興師命將，詩人美大其功曰：「薄伐玁狁，至于大原。」「出車彭彭，城彼朔方。」

以爲證。因論宣王中興史詩「美大其功」與周祖創業史詩之不同曰：

> 按雅之詠文武事者，事實多而鋪張少；詠宣王事者，事實少而鋪張多。此亦世變之一端也。

較早於崔述者，顧炎武亦曾論及此點。在他的日知錄卷三變雅題下，就曾評宣王中興諸詩爲「夸大」。他說：

> 六月、采芑、車攻、吉日，宣王中興之作，何以爲變雅乎？采芑傳曰：「言周室之強，車服之美也。言其強美，斯劣矣。」觀夫鹿鳴以下諸篇，未嘗有夸大之辭。大雅之稱文武，皆本其敬天勤民之意。至其言伐商之功盛矣，大矣，不過曰：「會朝清明」而止。然宣王之詩，不有侈于前人者乎？

對於宣王中興史詩，班固以爲「美大其功」，崔述以之與文武創業史詩作比，指其「鋪張多」，顧炎武指其「夸大之辭」，「侈于前人」，是否二雅中的史詩周祖創業諸篇比較精簡而眞實，宣王中興諸篇則較劣而多鋪張夸大不實之處呢？試予檢閱，也並不盡然。

（甲）宣王中興史詩中鋪張夸大不實的探討

(1)大雅雲漢

周餘黎民，靡有孑遺。（三章）

首先要舉出的，是大雅雲漢篇這兩句，孟子就在答咸丘蒙的話中說：

雲漢之詩曰：「周餘黎民，靡有孑遺。」信斯言也，是周無遺民也。

周宣王對天老爺禱告說「那旱災厲害得使周室所餘的人民，已經連半個都沒有了。」這不是過甚其辭嗎？

可是孟子卻告訴咸丘蒙：「說詩者，不以文害辭，不以辭害志，以意逆志，是爲得之。」不要先看表面的文字。這種誇張之辭，是不足爲病的。

(2)大雅崧高

崧高維嶽，駿極于天。維嶽降神，生甫及申。（首章）

崧高篇一開頭就說：「巍峨的吳嶽，高聳直達天，山嶽降神生了仲山甫和申伯。」稱頌宣王的兩位大臣是嶽神所生。這也只是和祝壽的「這位老太不是人，王母娘娘下凡塵」一樣捧人的不實之辭而已。

(3)大雅江漢

于疆于理，至于南海。（三章）

宣王命召虎平定淮水之南的淮夷，還在長江以北的地區，卻說要劃疆理土，到達南海。實在太離譜了。這的確是崔述所指宣王中興史詩中美大其功，鋪張太多，夸大不實之辭。

(4)小雅六月

王于出征，以匡王國。（首章）

薄伐玁狁，以定王國。（三章）

薄伐玁狁，至于大原。文武吉甫，萬邦爲憲。（五章）

(5)小雅出車

王命南仲，往城于方。出車彭彭，旂旐央央。天子命我，城彼朔方。赫赫南仲，玁狁于襄。（三章）

赫赫南仲，玁狁于夷。（六章）

這是班固以爲「美大其功」的兩篇。崔述已斷此二詩爲一時之事，乃分道伐玁狁。大原卽今陝西固原，方亦在宗周之西北，「玁狁孔熾」「侵鎬及方至于涇陽」威脅極大，所以戰事勝利，「玁狁于夷」，說成「以匡王國」，也不算過分誇大。至於吉甫既爲伐玁狁的大將，又留下了崧高、烝民等雅詩大作，讚他能文能武，可爲各國的楷模，也說得很有分寸的。以此例南仲，稱他赫赫，也不爲過份。

(6)小雅采芑

方叔涖止，其車三千。旂旐央央，方叔率止，約軝錯衡，八鸞瑲瑲。服其命服，朱芾斯皇，有瑲葱珩。（二章）

毛傳：「言周室之強，車服之美也。言其強美，斯劣矣。」正義曰：「名生於不足。詩人所以盛矜於強美者，斯爲宣王承亂劣弱矣而言也。」此毛詩以雅分正變，深求之言耳。顧氏何得卽以采芑夸大強美爲病也？崔述卽云：「雅本無正變之分」，故以正雅出車屬之宣王。況變雅詠宣王雲漢之詩，未嘗非「本其敬天勤民之意」！中興之詩，固不劣也。不可以毛詩雅分正變之偏見，而強分其優劣也。

(7)小雅車攻

之子于征，有聞無聲。允矣君子，展也大成。（八章）

或曰「有聞無聲」乃誇大之辭。其實與常武詩的寫宣王伐徐凱歸，只簡要地用「王曰還歸」四字結束全篇，同樣適得其妙。天子出狩的不聞喧嘩，本是常事，但只此輕輕着筆於威儀的描寫，也就點染了宣王中興的大成了。

(乙) 周祖創業史詩中鋪張誇大不實的探討

(1)大雅生民

厥初生民，時維姜嫄。(首章)

履帝武敏歆，攸介攸止，載震載夙，載生載育。時維后稷。(首章)

后稷不過是周之始祖，非自有后稷而始有人類也。詩乃云「厥初生民」，此周祖創業五史詩，第一篇第一句就是誇大不實之辭。與宣王中興十二史詩第一篇雲漢就有「周餘黎民，靡有孑遺」的不實之辭類似，而與一在正雅、一在變雅無干也。

「履帝武敏歆」至「時維后稷」鄭箋云：「帝，上帝也。敏，拇也。介，左右也。夙之言肅也。祀郊禖之時，時則有大神之迹，姜嫄履之，足不能滿。履其拇指之處，心體歆歆然，其左右所止住，如有人道感己者也。於是遂有身而肅戒不復御。後則生子而養長，名之曰弃。舜臣堯而舉之，是爲后稷。」鄭箋之說，與史記合。此無父生子之神話，其言不雅訓，則生民之詩，亦與崔述所謂「詠宣王事者，事實少而鋪張多」者，當等量齊觀也。

⑵大雅大明

文王嘉止，大邦有子。（四章）

大邦有子，俔天之妹。（五章）

命樾曰：「俔天之妹，言譬如天上之少女也。」此亦對武王母之溢美辭也。

⑶大雅皇矣

維此王季，奄有四方。

太王居岐，在戎狄之間，王季時尙非大國，而曰「奄有四方」，屈萬里詩經釋義曰：「自是誇大之辭。」然則周初創業史詩，與魯頌閟宮的稱太王「實始翦商」及宣王中興之江漢篇「至于南海」，同其誇大不實也。

綜觀周祖創業史詩，與宣王中興諸篇，均有誇大溢美之辭，蓋誇張得宜，描寫生動，乃文字之技巧，筆墨之佳妙，何足病哉？前者之大明篇有「會朝淸明」之精鍊簡明，後者之車攻篇有「有聞無聲」之輕描傳神，亦相伯仲。此皆其優點，皇矣之「奄有四方」，江漢之「至于南海」，同樣爲鋪張失實，不可爲訓。而生民之無父生子，崧高之嶽神降生，乃先民之智識若此，不予深究可也。

㈡史詩的記事與記言

近人之所以稱大雅生民、公劉、緜、皇矣、大明五篇爲周祖創業史詩，而不及大雅思齊、文王有聲及周頌天作、魯頌閟宮諸篇者，以五篇用敍事方式述重要史事，而餘皆未能如是也。現在我們稱大雅雲漢、崧高、烝民、韓奕、江漢、常武，小雅六月、采薇、出車、采芑、黍苗、車攻各篇爲宣王中興史詩，而不及小雅鴻鴈、吉日、斯干、無羊、庭燎諸篇者亦然。然細察雲漢之詩，全篇皆宣王祈雨之禱詞，僅篇首「倬彼雲漢，昭回于天」兩句爲禱前之描寫。是以史書有記事記言之分。史詩亦可有記事記言之別也。惟雲漢而外，此十七史詩中，雖如皇矣、大明、江漢、韓奕、崧高、烝民等篇亦雜有記言之章句，而純記言之詩，僅雲漢一篇耳。

抑有進者，雅詩中之敍事記言者，皆史詩也。則大雅有雲漢之爲宣王祈雨禱辭，抑之爲衞武公假詩人之言以自儆，固皆記言之史詩；小雅何人斯、巷伯兩篇均獨白之詩，祈父、黃鳥、我行其野、谷風諸詩全篇皆怨訴之詞；蓼莪，孝子自責之言，亦皆記言史詩也。

更推而廣之，唐杜甫有三吏三別等敍事詩，以記當時民生疾苦，被稱爲詩史，其三吏三別等篇，蓋亦史詩也。詩經國風之各國民謠，乃民情風俗之社會史料，則其中之敍事詩皆史詩也。以鄭衞之詩爲例，碩人之記護送莊姜入衞，氓之敍棄婦婚姻始末，亦皆詩史之記事者也。鄭風女曰鷄鳴，史詩之記言者也；溱洧，記事與記言雜出者也。而細味齊風鷄鳴，全篇皆夫婦對話之記言史詩也。

玆將鷄鳴、女曰鷄鳴兩詩全錄於下，以見全豹：

齊風鷄鳴

「鷄既鳴矣，朝既盈矣。」（婦詞）「匪鷄則鳴，蒼蠅之聲。」（夫詞）（首章）

「東方明矣，朝既昌矣。」（婦詞）「匪東方則明，月出之光。」（夫詞）（次章）

「蟲飛薨薨，甘與子同夢；會且歸矣，無庶予子憎！」（婦詞）（末章）

鄭風女曰鷄鳴

女曰：「鷄鳴。」士曰：「昧旦。」「子興視夜。」「明星有爛。將翺將翔，弋鳧與鴈。」（首章）

「弋言加之，與子宜之。宜言飲酒，與子偕老。琴瑟在御，莫不靜好。」（次章）

「知子之來之，雜佩以贈之。知子之順之，雜佩以問之。知子之好之，雜佩以報之。」（末章）⓯

再推而廣之，三頌中亦有史詩。商頌之玄鳥、長發、殷武，可謂記事史詩。周頌之閔予小子，記嗣王朝於廟之詞；敬之、小毖，嗣王自勵之辭，謂爲記言史詩亦可也。

⓯女曰雞鳴首章爲男女兩次對話，次章女詞，末章男詞。見詩經欣賞與研究續集女曰雞鳴篇評解。

㈢史詩與風雅頌的關係

如前所述，周祖創業史詩五篇均爲大雅，宣王中興史詩十二篇大小雅各占六篇。此足以窺知大小雅爲狹義史詩主要之產地。但廣義之史詩，則風詩與頌詩之中，亦多史詩。而史詩以敍事爲主，但亦不乏記言之作。風雅頌中，亦各有記言史詩。此於研究史記周本紀與詩經的關係時，已附帶予以考察。

現在我又發現風雅頌中史詩非但題材可以相同，風格也多類似者。蓋史詩筆觸是可以穿越風雅頌之界限的。

先說小雅之采薇與豳風之東山，一敍宣王時之北伐玁狁，一敍成王時之周公東征，題材都是王朝征伐的大事。雖一屬國風，一隸小雅，而其風格完全相同。正像孿生姊妹，讓你分辨不出誰是風謠，誰是雅詩。小雅出車與召南草蟲；小雅黍苗與曹風下泉，各有幾乎完全相同的一章。又如國風小雅之都有杕杜與谷風，因其一開頭就是「有杕之杜」或「習習谷風」等相同的詩句，連篇名也相同了。這種風格類似，題材也相同的篇章，非但出現在風雅二者之間，也顯露於雅頌二者之間。而且好多是貫通於風雅頌三者之間的。我國古來卽有將七月篇分屬豳風、豳雅、豳頌三體者；而風與頌處於不同方向的兩端，而小雅則為溝通兩端的橋樑中心。為節省篇幅，以下各舉四例，只加提示，不予闡釋。

（甲）貫通風雅頌之間四例

例一、獨白的情境

(1)閔予小子（周頌）(2)雲漢（大雅）(3)我行其野（小雅）(4)將仲子（鄭風）

例二、農事的敍述

(1)良耜（周頌）(2)甫田（小雅）(3)七月（豳風）

例三、宮室的建造

(1)閟宮（魯頌）(2)緜（大雅）(3)斯干（小雅）(4)定之方中（鄘風）

例四、舞態的描繪

(1)振鷺（周頌）(2)有駜（魯頌）(3)賓之初筵（小雅）(4)簡兮（邶風）

（乙）貫通雅頌之間四例

例一、始祖的追記

(1)玄鳥（商頌）(2)閟宮（魯頌）(3)生民（大雅）

例二、供魚的祭祀

(1)潛（周頌）(2)魚麗（小雅）

例三、樂器的展示

(1)有瞽（周頌）(2)那（商頌）(3)靈臺（大雅）

例四、考牧的詩篇

(1)駉（魯頌）(2)無羊（小雅）

（丙）貫通風雅之間四例

例一、征伐的題材

(1)江漢（大雅）(2)采薇（小雅）(3)東山（豳風）

例二、田獵的場面

(1)吉日（小雅）(2)騶虞（召南）(3)駟驖（秦風）

例三、早朝的掃描

(1)庭燎（小雅）(2)鷄鳴（齊風）

例四、祭祀的錄影

(1)旱麓（大雅）(2)楚茨（小雅）(3)采蘋（召南）

五、結　論

由以上各章的考察與研討，我們可得下列幾條結論：

㈠、詩經是最寶貴而可靠的史料，其間雖有誇張失實之處，衡情度理，予以過濾，即可寫成淨實的歷史記載。有關其時、地、人物等的考證，亦有助於正確的研判。司馬遷撰史記，多採書、詩。詩經爲周詩，故周本紀中採詩獨多，關係最爲密切，是以撰詩經與史記的比較研究，自周本紀入手。

(二)、司馬遷撰史記。雖力求雅馴，國語中漫衍之辭亦予淘汰，但周本紀中仍不免過濾不淨。反之，於宣王中興諸大事，竟未採雅詩以實之，可謂一大疏漏。

(三)、史記周本紀採詩至厲王而止，其中周祖后稷、公劉、太王、王季、文王、武王六世之創業記載，本諸詩篇最多，即大雅生民、公劉、緜、皇矣、大明等稱爲詩經中周祖創業史詩的五篇。另考察雅詩中宣王中興大事，可以充實中興業績者，計有小雅六月、采薇、出車、采芑、黍苗、車攻等六篇；大雅雲漢、崧高、烝民、韓奕、江漢、常武等六篇，共計十二篇，可稱爲宣王中興史詩十二篇。茲參酌竹書紀年、皇甫謐帝王世紀、劉恕通鑑外紀、金履祥通鑑前編、吳乘權綱鑑易知錄、乾隆御批通鑑輯覽及崔述考信錄等書，將此十二篇試加繫年，以供治史者之參考：

(1)宣王元年——雲漢篇之大旱求雨。

(2)四年——韓奕篇之賜韓侯爲北國之伯。

(3)五年——六月、采薇、出車三篇之北伐玁狁，南仲往城朔方，尹吉甫至于太原。而秦仲伐西戎被殺，其子五人攻破西戎之無詩者附於宣王六年。

(4)五年——采芑篇之方叔南征，平服荆蠻。

⑸六年——江漢篇之召虎伐淮夷，拓土南疆。

⑹六年——常武篇之宣王自將親征徐夷。

⑺七年——崧高篇之封申伯于謝，命召虎經營之。

⑻七年——烝民篇之命仲山甫城齊。

⑼九年——車攻篇之宣王會諸侯于東都雒邑，遂狩于甫田，中興大業告成。

㈣、其他詩經詩篇可與周本紀對照予以補列者尚有：⑴豳風東山、破斧等篇之爲西周成王時之周公東征，⑵小雅十月之交、正月，大雅瞻卬等篇之爲幽王時之寵褒姒而覆亡，以及⑶曹風下泉篇之爲東周敬王時晉荀躒之勤王。其作詩年代，亦予論定：而定下泉之作於敬王四年（公元前五一六年），爲詩經時代最晚之詩，以代舊說以陳風株林篇之靈公淫於夏姬者，尤爲詩經學上之一大事。

㈤、清儒顧、崔二氏，皆以爲周初史詩事實多而鋪張少；宣王中興之詩，則事實少而鋪張多，有誇大之辭。試予考察比較，知爲偏見。並擧例以明之，如宣王時詩江漢篇之「于疆于理，至於南海」，周初史詩皇矣篇之「維此王季，奄有四方」，同爲誇大不實之辭也。

㈥、史籍有記事記言之分，詩經史詩亦有記事記言之別。宣王中興史詩十二篇中，常武之記宣王親征徐夷始末，爲記事史詩；雲漢之專記宣王祈雨禱詞，爲記言史詩卽其例也。

(七)、詩經分風雅頌三類，各有界限。而史詩之題裁與風格，有可穿越其界限者，例如以營建宮室爲題材者：頌有閟宮，大雅有緜，小雅有斯干，風有定之方中。全篇以獨白方式出之者：頌有閔予小子，大雅有雲漢，小雅有我行其野，風有將仲子。而小雅諸詩，尤多貫通風雅頌之篇，蓋小雅題材最廣，風格兼具，實爲溝通頌與風之橋樑也。

中華民國七十一年九月起草，十二月十二日完稿

附錄

重要參考用書目錄

(1)毛詩鄭箋　漢毛亨傳鄭玄箋　新興書局相臺岳氏本　六十一年二月版
(2)毛詩正義　唐孔穎達疏　臺灣中華書局　五十五年三月臺一版
(3)詩集傳　宋朱熹撰　臺灣中華書局　六十年十月臺四版
(4)韓詩外傳　漢韓嬰撰　漢魏叢書本

(5)三家詩遺說考　清陳喬樅撰　皇清經解續編藝文影印
(6)詩三家義集疏　清王先謙撰　世界書局　四十六年二月初版
(7)詩經釋義　民國屈萬里著　中國文化大學出版部　六十九年九月新一版
(8)詩經評註讀本　民國裴普賢編著　三民書局　七十一年七月初版
(9)詩經傳說彙纂　清王鴻緒等編纂　鐘鼎文化事業出版公司　五十六年六月版
(10)詩經通論　清姚際恆撰　廣文書局　五十年版
(11)毛詩傳箋通釋　清馬瑞辰撰　藝文印書館影印
(12)詩地理徵　清朱右曾撰　皇清經解續編藝文影印
(13)史記會注考證　日本瀧川龜太郎著　藝文印書館影印
(14)豐鎬考信錄　清崔述撰　嘉慶丁丑二月太谷縣署中刻
(15)繹史　清馬驌撰　康熙九年澹寧齋刊本
(16)通鑑前編　宋金履祥撰　乾隆乙丑年重鐫金板郡率祖堂藏
(17)通鑑外紀　宋劉恕撰　四部叢刊史部　上海涵芬樓藏明刊本
(18)帝王世紀　晉皇甫謐撰　指海第六集
(19)歷代帝王年表　清齊召南撰　粵雅堂叢書

(20)世本 漢宋衷注、清孫馮翼輯本 問經堂刊本
(21)御批歷代通鑑輯覽 清乾隆御批 中國聯合出版供應社 五十五年六月初版
(22)綱鑑易知錄 清吳乘權編纂 新興書局 四十四年八月初版
(23)竹書紀年統箋 梁沈約注、清徐文靖統箋 藝文印書館 五十五年一月初版
(24)竹書紀年義證 清雷學淇撰 藝文印書館 六十六年五月再版
(25)古本竹書紀年輯校、今本竹書紀年疏證 民國王國維著 藝文印書館 六十三年四月三版
(26)西周史事概述 民國屈萬里著 中央研究院歷史語言研究所集刊第四十二本第四分
(27)西周文學（上篇） 民國何佑森著 同右 第四十五本第二分
(28)司馬遷之人格與風格 民國李長之著 臺灣開明書店 五十七年十一月版
(29)二十五史史記 漢司馬遷著 藝文印書館影印
(30)二十五史漢書補註 漢班固著、清王先謙補註 同右
(31)二十五史晉書 唐太宗撰 同右
(32)原抄本日知錄 清顧炎武著 明倫出版社 五十九年十月三版
(33)國語韋氏解 世界書局 四十五年十二月初版
(34)隋巢子 周隋巢子撰、清馬國翰輯 玉函山房輯佚書第七帙

「詩經欣賞與研究」四集跋

劉兆祐

二十多年前，我就時常拜讀糜文開教授所譯的印度作家泰戈爾的詩和裴普賢（溥言）教授有關詩經的論著，對他們在學術上的成就，非常欽佩。民國五十三年，拜讀了他們合著的「詩經欣賞與研究」初集，才知道他們是賢伉儷，益加仰慕他們。因為泰戈爾的詩在印度是家喻戶曉的，詩經在中國，也是老幼必誦的；中印文化，又是那樣的密切。夫婦由同時從事兩個文化古國最偉大詩篇的研究，進而共同完成一部經典之作，這在中外古今是鮮有的美談盛事！

兩千多年前，孔子就以詩經為教材。他認為誦讀詩經不僅可以多識鳥獸草木等名物，還可以興、可以觀、可以羣、可以怨，也就是立言處事的根本。所以兩千多年來的讀書人，沒有不研習它的。研究的人一多，各種解說，也就雜然紛陳了。所以不少的詩經學者，終其一生，都把寶貴的時間，耗費在字義的考訂上面，而很少能析論詩中所含蘊的境界和情趣。從漢朝開始，讀書人更受到儒家教化思想的影響，把詩經國風淳樸的民歌，一一給蒙上一層道德教條的面紗，使讀者難以確切體會到上古人民誠摯的感情和樸實的生活。譬如「關雎」一詩，本來是優美的情詩，可是詩序却說它是「后妃之德也」，魯詩和韓詩也認為「刺后妃失德君子晏朝而作」，雖然一者認為是「美詩」，一者認為是「刺詩」，但是他們把這一首情詩當做教化的工具却是一致的。又如「子衿」，是一首寫男女青年約會的詩，可是詩序却說成「刺學校廢也」。宋代的歐陽修、朱熹等人，雖然開始不相信漢儒的說法，但是也沒能撥雲見日，讓每一首詩再現原來的淳樸面目。糜教授裴教授伉儷就直接了當的解釋為公子哥兒和少女的情詩。這種勇於擺落兩千年來經學桎梏的膽識與直探詩經作品原旨的卓見，是遠邁前人的。

此外，從漢代的毛公開始，對詩經的文字訓詁，也是衆說紛紜，有些文字，兩千年來，仍得不到合理的解釋，糜、裴二先生在注釋部分，不僅能從紛紜衆說中，擷取最接近原意的一家，而於近人的說法，像王國維、錢賓四（穆）、屈翼鵬（萬里）、聞一多等先生的精闢見解，也都取精採入，所以本書的注釋，是薈萃了兩千年來各家的精粹，再加上二先生最新的見解。最可貴的，是他們用最精美的詞彙和最自然的韻律，把每一首改寫成語體詩，誦讀起來，就像咀嚼一首首蘊有先民感情的現代詩。

詩經三百零五首的共同特色是「溫柔敦厚」，不論用那一種研究的方法，如果不能把這個特色表現出來，都將使詩經失色。糜教授伉儷的著作，最令人激賞的就是他們處處把握了詩經感情的脈搏，把先民溫柔敦厚的胸懷表達出來，我想，這和他們溫柔敦厚的風範有關。

凡是從事古典文學作品研究的學者，大概都有這樣的經驗：純粹撰寫嚴肅的學術作品，固然並不容易，但還算單純；若是要使作品既不失嚴肅的學術價值，又要讓一般人讀來興味盎然，那就是一件需要相當功力的工作了。糜先生伉儷的著作，一方面謹慎於考據，一方面又能兼顧文學性、可讀性，可以想見他們在撰寫這三百零五首欣賞時的構思經營，一定是辛苦備嘗的。

民國六十四年，我承乏東吳大學中國文學系系務，特地懇託屈翼鵬師敦請裴教授到系裏教授詩經，敦請糜教授講述中印文學，都深受學生的歡迎與愛戴。後來承乏中國文學研究所所務，復蒙裴教授俞允指導研究生撰寫詩經方面的論文。現在，獲知裴教授在經過了二十年的不斷研究，終於完成了三百零五首的欣賞與研究工作，實在值得高興。

記得今年春節，我到他們府上拜年，糜教授正在花園裏修剪花木，精神還很好。沒想到三週後——正月二十二日，就得到他不幸去世的消息。裴教授在忙碌的教學工作之餘，懷着喪去二十多年研究上、生活上佳耦的哀痛，繼續完成這最後八十篇的研究，這種為學術奉獻的精神，委實令人欽佩。

今年暑假，裴先生命我撰寫序文，惶恐不敢當。我以一個晚輩，能有機緣時時向他們請益，已深感榮幸。我這篇短文，只把我對他們著作的粗淺心得寫出，載在卷末，以表示我對糜教授的懷念和對二位先生的敬意。

民國七十二年九月二十二日劉兆祐謹識於東吳大學中國文學研究所

「詩經欣賞與研究」四集後記

抑住深沉的悲哀，懷着無盡的思念，多少次，筆未提，淚先流。就這樣，我終於踐履了和文開生前的約言——「詩經欣賞與研究」第四集一定要在今年內完成。但當時的約言，是兩人合作，却不料在第三集出版後三年多的時光，只合作完成了八十篇的四分之一，而他竟於今年三月六日，臥病兩週後，以心臟衰竭離我而去。於是，我雖然在極度的悲慟之中，仍然强打精神，獨力完成其餘的四分之三，以達成文開生前的願望，並安慰他在天之靈。

這八十篇的欣賞，是「詩經欣賞與研究」前三集所餘三百零五篇中最後的一部分，計國風中召南兩篇、邶風三篇、鄘風兩篇、王風兩篇、鄭風四篇、齊風三篇、魏風一篇、唐風五篇、秦風、陳風、檜風、曹風及豳風各一篇；小雅二十九篇；大雅十三篇；周頌八篇、魯頌一篇、商頌兩篇。其中僅唐風揚之水一篇曾發表於東方雜誌復刊第十六卷第十期。而此集之目錄，前十六篇為文開生前所排，其餘則為我按照詩經原書依次而列。

至於研究論文部份，文開由於近年來體弱多病，兼授文化大學印度研究所的印度文學研究，要編撰講義，又要批閱學生的讀書報告，指導學生的碩士論文，所以只勉强出版了六十萬字的印度文學歷代名著選兩巨册，而無暇及此，也無力及此。但對於我所撰寫的論文，每完一章或一節，必經他過目，或提供意見，或商改文字。三年之中，我於課餘之暇，陸續完成了「詩經二南時地異說之研判」、「詩經比較研究—楚辭篇、楚辭補充篇」、「詩經比較研究—舊約雅歌篇」及「詩經比較研究—史記周本紀篇」等論文，及數篇由演講稿整理而成的短文，其中「詩經二南時地異說之研判」原係供研究所同學研討專題之一，已收入「臺靜農先生八十壽慶論文集」中，其餘四篇，曾先後發表於中外文學、孔孟學報及幼獅學誌等刊物。但因鑑於第三集頁數太多（七八二頁），書過厚重，故此集只收入「詩經比較研究—史記周本紀篇」及「詩經的文學價值」二篇。其餘楚辭篇、楚辭補充篇、雅歌篇，連同「詩經欣賞—從經學到文學」、「周宣王中興史詩十二篇欣賞」等短文，則彙輯一起，交由學生書局另出單行本。

最初我倆是抱着復興中華文化的宗旨，覺得我們祖先留下的寶貴遺產，不應只作為少數學者專家研究探討的對象，而應該用深入淺出的方法，使古奥的經典能普及於一般民衆，使中學程度的國人即可欣賞、接受，進而瞭解祖先創業之艱難，奮鬥精神之可貴；並且認識我中華民族在兩三千年以前，卽有那麼高度的文化產物，卽有那麼美妙的文學作品，期於潛移默化中，增進國人品德的修養，增强國人的民族自尊心和自信心。所以就選定了我倆最感興趣的詩經，利用業餘之暇來從事這份工作。

在撰寫詩經欣賞部份，為使讀者對於深奧的文字容易瞭解，讀着不至有枯燥之感，所以對於每篇的今譯，特別注意，儘量使所譯的詩句，不只表意，而且傳神，更要讀起來有韻律之美。因而，往往為一字之推敲，徘徊終夜；一句之斟酌，廢寢忘餐。然而，不妥之處，仍所難免。

記得我倆開始撰寫第一集時，先是各人挑選自己比較喜愛的詩篇，分別撰寫，然後交換審閱，或互相改正，或彼此補充，或提出問題共同討論。有時會因意見不同而有所論辯，這是我倆結縭二十六年的共同生活中，唯一會引起意見相左的事情，但也並不常有。如今思之，那些日子，是多麼甜美；那種生活，又是多麼愜意啊！然而此情此境，只可讓我在今後孤寂的歲月中回味咀嚼了……。至於二、三集的撰寫，則多半由我主筆，文開提供意見，加以修正。

如今這第四集，則大部由我獨力完成。限於個人能力，其中難免有疏謬之處。如有些許可取之點，則應歸於文開之功，或是文開在天之靈給我的啓示和感召。惜乎他未及見此集之成即歸道山矣，嗚呼！悲哉！

「詩經欣賞與研究」自第一集至此第四集之問世，前後已歷十九寒暑，而三民書局劉經理振强先生始終抱定提倡學術之精神，復興文化之志願，雖在此經濟不景氣的年代，仍肯不惜工本，出版此書，令人感佩。而這第四集又蒙臺師靜農賜撰序文；東吳大學中文研究所劉所長兆祐先生惠撰跋文，均為本書增光，幷此深致謝忱。

裴普賢

於民國七十二年八月臺北舟山路靜齋